mtb

Zum Buch:

Matthew DeLuca hat eigentlich keine Zeit, sich um sein Privatleben zu kümmern: Die Neueröffnung seines Weinguts im Napa Valley steht kurz bevor. Zum Glück hat er seine schüchterne Assistentin Bryn, die ihm tatkräftig hilft. Doch irgendwie scheint sie verändert, aus der grauen Maus ist urplötzlich eine sexy Femme fatale geworden. Wie konnte er sie nur all die Jahre übersehen? Schon bald verliert er sich in einer leidenschaftlichen Affäre mit Bryn und bringt damit nicht nur seine Karriere in Gefahr ... sondern auch sein Herz!

Sinnlich, frech und romantisch – zum Verlieben!

Zur Autorin:

Monica Murphy ist *New York Times-*, *USA Today-* und internationale Bestsellerautorin. Mit ihrem Mann und ihren drei Kindern lebt die gebürtige Kalifornierin in der Nähe des Yosemite-Nationalparks. Monica ist ein Workaholic und liebt ihren Job als Autorin. Wenn sie nicht gerade schreibt, liest sie und verreist mit ihrer Familie.

Lieferbare Titel:

Monica Murphy „Crave – Ich will dich!“
Monica Murphy „Torn – Ich begehre dich!“!

Der Preis dieses Bandes versteht sich einschließlich der gesetzlichen Mehrwertsteuer.

Umwelthinweis:
Dieses Buch wurde auf chlor- und säurefreiem Papier gedruckt.

Monica Murphy

Savor –
Ich brauche dich!

Roman

Aus dem Amerikanischen von
Gabriele Ramm

mtb

MIRA® TASCHENBUCH
Band 35075
1. Auflage: September 2016

MIRA® TASCHENBÜCHER
erscheinen in der HarperCollins Germany GmbH,
Valentinskamp 24, 20354 Hamburg
Geschäftsführer: Thomas Beckmann

Deutsche Erstveröffentlichung

Titel der amerikanischen Originalausgabe:
Savor

erschienen bei: Avon Impulse,
an Imprint of Harper Collins Publishers

Published by arrangement with
Harper Collins Publishers, New York

Konzeption/Reihengestaltung: fredebold&partner GmbH, Köln
Umschlaggestaltung: büropecher, Köln
Redaktion: Maya Gause
Titelabbildung: Thinkstock / Getty Images, München: egorr
Satz: GGP Media GmbH, Pößneck
Druck und Bindearbeiten: GGP Media GmbH, Pößneck
Printed in Germany
Dieses Buch wurde auf FSC®-zertifiziertem Papier gedruckt.
ISBN 978-3-95649-596-0

www.harpercollins.de

1. KAPITEL

Matt

„Kann man eigentlich nach dem Geruch von jemandem süchtig werden?“ Meine Stimme klingt zwar beiläufig, doch meine Gedanken wirbeln wild durcheinander. Mein Blick ist fest auf die Frau gerichtet, über die ich rede. Die, von der ich glaube, dass ich langsam, aber sicher süchtig nach ihr werde, obwohl mein Verstand mir sagt, dass diese spezielle Sucht ein großer Fehler ist. Schlecht für mich. Schlecht für alle.

Ivy Emerson schaut mich entgeistert an. Die Verlobte meines Freundes und die Mutter seines zukünftigen Kindes ist zufälligerweise auch eine der besten Innenarchitektinnen im ganzen Napa Valley, *und* sie arbeitet für mich. „Von wem genau redest du?“

Verdammt. Habe ich das eben wirklich laut gesagt? Das war definitiv nicht meine Absicht.

Wir sitzen in meinem Büro, die Tür steht sperrangelweit offen, sodass ich eine hervorragende Sicht nach draußen in das Vorzimmer habe, wo der Schreibtisch meiner Assistentin steht. Der Schreibtisch von Bryn James. Der Miss James, deren berauschender Duft mir die Sinne verwirrt und meinen Schwanz hart werden lässt.

Der Miss James, die nur unscheinbare Sachen trägt und ein stilles Wasser ist. Sprich, sie ist so gar nicht mein Typ.

Wieso fühle ich mich also trotzdem zu ihr hingezogen? Wieso macht mich ihr verdammter Duft so verrückt?

Das ergibt doch alles keinen Sinn.

„Von niemandem im Besonderen", schwindele ich und zucke mit den Schultern. Ivy ist vorbeigekommen, um mit mir kurz über ihre letzte Rechnung zu sprechen. Nimmt man ihre astronomischen Honorare und Archer Bancrofts Reichtum zusammen, ist es ziemlich wahrscheinlich, dass es irgendwann darauf hinausläuft, dass die beiden die Weltherrschaft übernehmen. Oder die Welt einfach aufkaufen.

„Du lügst wie gedruckt", murmelt sie und schüttelt den Kopf. „Und machst dir auch noch selbst was vor."

„Was? Wieso?" Ich greife nach einem Kuli und kritzele meine Initialen unter die Rechnung, während Ivy sich auf dem Stuhl vor meinem Schreibtisch niederlässt. „Gib die Rechnung Bryn, dann macht sie den Scheck für dich fertig. Willst du ihn gleich mitnehmen oder später noch mal vorbeikommen, um ihn abzuholen?"

Ivy lächelt. „Außerdem bist du ein typischer Vertreter der Spezies Ausweichender, stimmt's? Ach, ihr Männer. Ihr seid echt alle gleich."

Stirnrunzelnd sehe ich sie an und frage mich, worauf sie nun wieder anspielt. Ich kenne Ivy, seit sie ein Teenager war. Damals habe ich mich mit ihrem Bruder Gage und ihrem jetzigen Verlobten Archer angefreundet. Die Schwierigkeit dieser langen Bekanntschaft ist, dass Ivy ständig die professionellen Grenzen überschreitet, wenn wir zusammenarbeiten. Sie hat kein Problem damit, mir ganz genau zu sagen, was sie denkt und empfindet.

Meistens – so wie jetzt auch – will ich das aber gar nicht hören.

„Ivy." Ich senke die Stimme und starre sie böse an, doch sie lächelt, als würde sie mich lediglich für einen einzigen Witz halten. Die Frau lässt sich einfach nicht beirren. „Wann willst du deinen Scheck haben?"

Sie macht eine wegwerfende Geste, sodass die Armbänder an ihrem Handgelenk zu klimpern beginnen. „Steck ihn einfach in die Post. Bryn wird schon wissen, was sie damit tun muss und wohin sie ihn schicken soll. Sie ist so effizient, findest du nicht auch?"

„Sehr." Ich schiebe die Rechnung über den Schreibtisch in Ivys Richtung, in der Hoffnung, dass sie den Wink mit dem Zaunpfahl versteht. Ich möchte, dass sie verschwindet, damit ich wieder an die Arbeit gehen kann. Damit ich mal recherchieren kann, ob man wirklich süchtig nach dem Duft eines anderen werden kann. Ich habe schon von Pheromonen gehört …

„Sie duftet auch immer so gut. Ich habe sie sogar mal nach ihrem Parfum gefragt, aber sie will es mir nicht verraten. Ich glaube, sie möchte, dass es ihr Geheimnis bleibt." Ivy grinst so breit, dass ihr vermutlich die Wangen wehtun.

Verdammt. Wieso, zum Teufel, habe ich diese dämliche Frage eben überhaupt laut ausgesprochen? Sie ist mir so rausgerutscht, ohne dass ich darüber nachgedacht habe.

Etwas, das mir in letzter Zeit häufiger passiert – vor allem wenn ich Miss James zu lange anschaue.

Dann geschieht nämlich Folgendes: Ich höre auf zu denken. Mein Verstand schaltet sich ab. Ich kann sie dann bloß noch anstarren und träumen. Was würde sie wohl tun, wenn ich sie auf ihren Schreibtisch drücken, nach ihrem langen dunklen Haar greifen und ihren Kopf zurückziehen würde? Wenn ich sie mit all der Leidenschaft küssen würde, die sich in mir aufgestaut hat, seit sie für mich arbeitet?

Was sie praktisch seit dem Tag tut, seit ich dieses Weingut übernommen habe. Sie gehörte nämlich sozusagen zum Inventar. Eine fest angestellte Assistentin, allein für mich. Der vorherige Besitzer nannte sie ein Geschenk.

Ein wahrlich verführerisches Geschenk. Eins, das anscheinend auf dieser Erde weilt – direkt vor meiner Bürotür –, um mich vor Verlangen in den Wahnsinn zu treiben.

Nur weil sie so verdammt gut riecht.

Oh, und natürlich wegen ihrer sexy Stimme. Die Stimme, die sie nicht so oft benutzt, weil sie so verdammt still ist. Und dann diese Haarpracht ... die sie leider in einem festen Knoten oder einem strengen Zopf versteckt.

Irgendetwas verbirgt sich da auch unter ihrer unscheinbaren und wenig schmeichelhaften Kleidung. Das spüre ich. Ich bin schließlich kein Idiot. Sie versteckt Brüste und einen Arsch, und sowohl das eine als auch das andere ist vermutlich ziemlich spektakulär.

Natürlich könnte es sich auch bloß um ein Wunschdenken meinerseits handeln, denn es bereitet mir ernsthaft

Sorgen, dass ich mich zu meiner Assistentin hingezogen fühle. Meiner sehr unscheinbaren und trotzdem sehr verführerischen Angestellten.

Es ergibt alles überhaupt keinen Sinn.

„Vergiss einfach, dass ich diese Frage gestellt habe", brumme ich, doch das bringt Ivy nur zum Lachen.

Du meine Güte, sie macht mich echt wütend. Manchmal weiß ich wirklich nicht, wie Archer das aushält.

„Sei nicht so miesepetrig. Es ist völlig okay, zuzugeben, dass du was für Bryn übrighast." Sie beugt sich auf ihrem Stuhl vor und lächelt verschwörerisch. „Ich habe so das Gefühl, dass du ihr auch nicht ganz gleichgültig bist, weißt du?"

Ich weiß es. Aber ich darf darauf nicht reagieren. Bryn James arbeitet für mich. Sie ist meine Assistentin. Sie ist ständig an meiner Seite. Wir verbringen vermutlich mehr Zeit miteinander als mit irgendeinem anderen Menschen in unserem Leben – vor allem in letzter Zeit, denn die große Wiedereröffnung des Weinguts steht kurz bevor. Bryn ist eine Repräsentantin meines Unternehmens. Man stelle sich das einmal vor: Ich fange jetzt an, mit meiner Angestellten herumzumachen, und dann geht das alles in die Brüche. Das würde mich richtig in Schwierigkeiten bringen. Sie könnte mich wegen sexueller Belästigung am Arbeitsplatz belangen und finanziell so ausnehmen, dass ich mit eingekniffenem Schwanz und einem ruinierten Unternehmen dastehen würde.

Oh nein. Darauf werde ich es nicht ankommen lassen.

Ich habe gesehen, wie das bei meinem Dad gelaufen ist. Das wird mir nicht passieren.

„Selbst wenn. Daraus kann nichts werden." Ich werfe Ivy einen strengen Blick zu. „Und diese Unterhaltung bleibt unter uns, verstanden?" Ich schaue über ihre Schulter, um zu sehen, ob Bryn an ihrem Schreibtisch sitzt. Ihr Platz ist jedoch verwaist.

Gott sei Dank.

Ivy wird ernst und hebt feierlich die Hand. „Diese Unterhaltung bleibt unter uns. Bei meiner Pfadfinderehre."

„Du warst doch nie bei den Pfadfindern", murmele ich, besorgt darüber, dass sie ihr Versprechen auf eine Unwahrheit gründet. Wahrscheinlich wird sie die Sache überall hinausposaunen. Genauer gesagt, Archer und Gage gegenüber erwähnen. Und auf deren Scheißkommentare kann ich gut und gern verzichten.

Ach, verdammt, ich denke viel zu viel über das alles nach.

Sie lacht noch einmal. „Ich verrate nichts, versprochen. Aber ich muss dir was erzählen, Matt." Sie lehnt sich wieder nach vorn und senkt die Stimme. „Bryn ist richtig verknallt in dich. Vielleicht hast du es noch nicht bemerkt, doch ich weiß es genau. Man merkt es an ihrer Stimme und daran, wie ihre Augen leuchten, wann immer sie dich ansieht oder über dich redet. Und an der Art und Weise, wie sich ihre Bewegungen deinen anpassen, wenn ihr zwei zusammen seid … Na ja, das ist schon relativ offensichtlich. Ein Experte auf dem Gebiet der Körpersprache hätte einen Heidenspaß an euch beiden."

Experte für Körpersprache? Wovon, zum Teufel, redet Ivy da? „Ich habe keine Ahnung, worauf du hinauswillst. Solche Schwärmereien im Büro bedeuten jedenfalls rein gar nichts. Das ist ein harmloses Geplänkel, das niemand weiterverfolgt. Schluss, aus, Ende."

Das versuche ich mir die ganze Zeit einzureden. Ich darf die Sache mit Bryn nicht weiterverfolgen, so verlockend es auch sein mag. Mal ganz davon abgesehen, dass es höchst unpassend wäre, etwas mit meiner Assistentin anzufangen, kommen wir auch aus völlig unterschiedlichen Welten. Sie wirkt nett und normal, still und unauffällig, während ich wohl eher das Gegenteil bin. Mein Leben ist seit Jahren ein einziger Affenzirkus.

„Ach so, ich verstehe. Du willst das Richtige tun, und das ist auch bewundernswert. Also siehst du natürlich nichts weiter als eine effiziente Assistentin in Miss James."

Na ja, damit liegt Ivy nicht so falsch. Als ich Bryn kennenlernte, hat sie kaum zwei Worte gesagt. Sie hielt den Kopf immer gesenkt, wenn ich mit ihr geredet habe, und hat nur mit „Ja, Sir" und „Nein, Sir" geantwortet. Es schien fast so, als würde sie mit den Wänden verschmelzen wollen, um bloß nicht bemerkt zu werden.

Deshalb habe ich sie tatsächlich kaum bemerkt.

Nachdem wir uns jedoch an die gemeinsame Arbeit gewöhnt hatten, geschah etwas. Ich glaube, dass Ivy nicht ganz unschuldig an Bryns langsamer Veränderung ist. Inzwischen schaut Bryn mir sogar in die Augen, wenn sie mit mir redet, und sie wirkt irgendwie sehr viel lebhafter.

Außerdem hat sie angefangen, etwas mehr Farbe zu tragen, was meine Aufmerksamkeit unweigerlich auf ihren Oberkörper gelenkt hat. Obwohl ich mich selbstverständlich bemühe, möglichst nicht darauf zu achten.

Diese winzigen Veränderungen haben mich auf einmal dazu gebracht, all diese Kleinigkeiten zu registrieren … zum Beispiel ihre Augenfarbe (blau), wie ihr Haar aussieht (wie Seide, und ich würde es liebend gern mal berühren), und diese verlockenden vollen Lippen (sie sind verdammt spektakulär).

Manchmal verharrt ihr Blick auf mir, wenn sie mich anschaut, und mir geht es andersherum genauso. Ihr Lächeln wird weicher, sie senkt die Stimme, wenn sie redet, und das regt meine Fantasie an. Würde sie so klingen, kurz bevor ich sie küsse? Bevor ich sie nackt ausziehe? Bevor ich sie in mein Bett locke?

Mist. Das sind alles ziemlich gefährliche Gedanken. Fast ziehe ich die alte Miss James vor. Die, die mit der Tapete verschmolz, langweilig und nichtssagend. Das mag vielleicht gemein klingen, aber, verdammt, eine derartige Ablenkung ist echt das absolut Letzte, was ich zurzeit brauche.

Und sie stellt im Moment die größte Ablenkung für mich dar. Dabei habe ich definitiv Wichtigeres zu tun.

„Sie ist eine großartige Assistentin. Das ist alles. Hör auf, da irgendetwas hineinzuinterpretieren, wo nichts ist“, erkläre ich und klinge dabei wie ein genervter alter Mann.

„Ach, komm schon. Du kannst ruhig zugeben, dass du dich zu ihr hingezogen fühlst. Du hast die Wette doch gewonnen, Matt. Offen und ehrlich.“ Ihre Augen funkeln. „Gib einfach nach. Gage und Archer können dir deswegen ja nichts mehr anhaben.“

„Ich glaube, du willst mich nur verarschen“, kontere ich. Die Millionenwette – ha, als hätte ich bisher auch nur einen Cent von meinen beiden Freunden, diesen Arschlöchern, bekommen, die mir jeder fünfhunderttausend Dollar schulden! Als wir vor knapp einem Jahr auf dem Hochzeitsempfang eines Freundes waren, waren sie bereitwillig auf meinen Vorschlag eingegangen, diese beiden Idioten. Ich hatte sie herausgefordert: Derjenige von uns dreien, der als Letzter noch Single ist, gewinnt eine Million Dollar. Anfangs war es eigentlich nur ein Scherz gewesen. Ich hatte angenommen, dass Archer und Gage wirklich die Letzten wären, die sich jemals verlieben würden. Vor allem Archer. Nie hätte ich gedacht, dass sie mich oder diese Wette ernst nehmen würden.

Aber überraschenderweise hatten sie es getan. Und schnell war mir klar, dass ich als Gewinner dieser Wette hervorgehen würde.

Archer war der Erste, den es erwischte. Und Gage folgte kurz nach ihm. Nicht einmal sechs Monate hatte es gedauert, bis sie zu Fall gebracht wurden. Fuck, Archer hatte sich noch am selben Abend, als wir die Wette abgeschlossen haben, mit Ivy eingelassen.

Verrückt. Es ist fast so, als hätte die Wette sie angespornt, loszuziehen, um sich eine Frau zu suchen und sich zu verlieben.

Ivys Lachen reißt mich aus meinen Gedanken. Als ich aufblicke, sehe ich, dass sie aufgestanden ist. Sie schnappt sich die Rechnung von meinem Schreibtisch. „Ich verarsche dich halt gerne. Und jetzt muss ich los. Es war wie immer ein Vergnügen, ein paar Minuten in deiner Gesellschaft zu verbringen, Mister DeLuca. Ich freue mich schon auf nächste Woche, wenn wir anfangen, alles für die Eröffnung vorzubereiten."

„Bis dann", erwidere ich, doch sie ist bereits auf dem Weg nach draußen und lässt die Rechnung auf Bryns Schreibtisch fallen, ehe sie ganz aus meinem Sichtfeld verschwindet.

Ich lehne mich auf meinem Stuhl zurück, reibe mir das Kinn und spüre, wie die Bartstoppeln über meine Handfläche kratzen. Ich muss mich dringend mal rasieren. Scheiße, ich brauche dringend mal Urlaub. Seit ich aus einer Laune heraus dieses Weingut gekauft habe, heißt es für mich nur noch Arbeit, Arbeit, Arbeit.

Dabei hatte ich gedacht, die Sache würde Spaß machen. Mal was anderes. Ich hatte etwas gesucht, womit ich mich nach meinem spektakulären Aus in der National Baseball League beschäftigen kann.

Meine gesamte Jugend habe ich auf dem Baseballfeld verbracht. Habe nur für diesen Scheiß gelebt und anschließend Baseball zu meinem Beruf gemacht. Eigentlich hatte ich geplant, sehr viel länger zu spielen, als mein Vater es je getan hat. Und vor allem sollte es eine noch großartigere Karriere als seine werden.

Diese Hoffnungen wurden alle zunichtegemacht, als ich auf dem Feld rückwärts lief, bereit, einen Ball zu fangen, und dann ins Stolpern kam. Worüber ich gestolpert bin, weiß ich nicht mehr. Über meine eigenen Füße? Niemand konnte es hinterher sagen.

Das Einzige, woran ich mich noch erinnere, ist, dass ich eben noch ganz oben war und für ein richtig großes Spiel trainierte – und im nächsten Moment lag ich im Krankenhaus und wurde auf eine sehr langwierige Knieoperation vorbereitet.

Meine Karriere war beendet, und dabei hatte ich bloß acht Saisons gespielt. Mein Leben hatte sich mit einem Mal von Grund auf verändert, und ich hatte keine Ahnung, was ich als Nächstes tun sollte.

Archer hatte sich schon seit Längerem darum bemüht, Gage und mich dazu zu überreden, auch ins Napa Valley zu ziehen. Und nachdem ich mich gezwungenermaßen vorzeitig aus dem Sport verabschieden musste, hatte ich mich notgedrungen auf die Suche nach einer interessanten Investition und einem möglichen Zeitvertreib begeben.

Innerhalb von Tagen hatte ich etwas gefunden: ein alteingesessenes Weingut, das einmal der Stolz der Gegend gewesen war, jedoch harte Zeiten durchmachte, seit der Patriarch gestorben war. Das Weingut stand kurz vor der Zwangsvollstreckung. Doch ehe es dazu kommen konnte, hatte ich es zu einem Spottpreis aufgekauft.

Und sah mich einer Handvoll Angestellter gegenüber –

eingeschlossen einer Miss Bryn James –, die mich als ihren persönlichen Retter betrachteten.

Wie sich herausstellte, waren weder die Angestellten noch der produzierte Wein das Problem gewesen, sondern der älteste Sohn des Winzers, der das Geld für nichts und wieder nichts zum Fenster rausgeworfen hatte. Er hatte das Unternehmen ausbluten lassen und die Kassen der Familie völlig geleert. Übrig blieb ein vor sich hin dümpelndes Unternehmen mit langweiliger Marketingstrategie, veralteter Etikettierung und ohne einen erkennbaren Plan für die nächsten sechs Monate, geschweige denn für die nächsten fünf Jahre.

Das Ganze war dem Untergang geweiht gewesen.

Also habe ich mir das Weingut geschnappt, meinen Namen draufgepappt, und damit war das DeLuca-Weingut geboren. Während der vergangenen Monate habe ich nonstop gearbeitet, um die große Neueröffnung vorzubereiten. Die meisten Einheimischen hier im Napa Valley, vor allem die anderen Winzer, halten mich wohl für einen Witz. Sie sehen in mir den großen, bösen und vorzeitig pensionierten Baseballspieler Matthew DeLuca, der hier aufgetaucht ist und so tut, als wüsste er, wie man ein Weingut führt. Sie denken, ich wäre auf der Suche nach einem Hobby hergekommen und hätte es schließlich in dem Gut gefunden.

In gewisser Weise haben sie recht, aber das würde ich natürlich niemals zugeben.

Ich möchte ihnen beweisen, dass sie sich irren. Ich will ihnen zeigen, dass ich genau weiß, was ich hier tue. Ich will mir ihren Respekt verdienen. Anders als mein Vater, dem man zwar immer wieder Respekt entgegengebracht hat, der ihn dann aber durch eigenes Zutun verwirkt hat.

Ich bin nicht wie er. Er ist ein Witz. Die Öffentlichkeit hat versucht, auch aus mir einen Witz zu machen. Und das wird sicherlich noch öfter passieren. Mein Ziel ist es, ein für alle Mal zu beweisen, dass ich, obwohl ich Vinnie DeLucas Sohn bin, noch lange nicht so bin wie er.

Genau deshalb muss ich mich von Miss James fernhalten. Sie ist süß, doch sie ist eine Frau, die für mich arbeitet. Und das könnte alle möglichen Probleme heraufbeschwören.

Probleme, die ich echt nicht gebrauchen kann.

Bryn

Ich setze mich hinter meinen Schreibtisch, greife nach der Rechnung, die Ivy dagelassen hat, und lege sie auf den Stapel mit den Sachen, die ich vor Feierabend erledigen muss. In letzter Zeit komme ich selten vor sechs Uhr hier weg, und ich fürchte, heute könnte es sogar noch später werden.

In gut einer Woche findet die große Wiedereröffnung statt, und bis dahin ist furchtbar viel zu tun. Außerdem muss ich mir jetzt am Wochenende wohl endlich mal Zeit nehmen und zusammen mit Ivy shoppen gehen, um ein passendes Kleid zu finden. Es ist nicht so, dass Matt mich schlecht bezahlt. Aber eigentlich kann ich mir solch eine Ausgabe nicht leisten, vor allem nicht für ein Kleid, das ich vermutlich nur einmal anziehen werde, ehe ich es in die hinterste Ecke meines Kleiderschrankes verbanne.

Trotzdem ... Ich möchte so gut wie möglich für Matt aussehen – natürlich bloß, weil ich ja sozusagen eine Repräsentantin des DeLuca-Weinguts bin.

Na klar. Es hat rein gar nichts damit zu tun, dass du ihn für so umwerfend hältst, dass dir jedes Mal schwindelig wird, wenn er in deine Richtung schaut. Oder wenn er dir dieses Lächeln schenkt. Oder wenn du in seinem Büro bist, nur ihr zwei, und ihr zusammenarbeitet, wenn er seine Stimme zu einem leisen Murmeln gesenkt hat und sein frischer, maskuliner Duft in der Luft hängt, der dich ganz verrückt macht. Es hat auch nichts mit der Art zu tun, wie er dich ansieht, wenn er glaubt, dass du ihn nicht beachtest. So als würde er dich langsam ausziehen wollen, um mit den Händen über deinen nackten Körper zu streichen. Gefolgt von seinem Mund ...

Seufzend lasse ich den Kopf hängen und starre auf die Tastatur vor mir. Mich in meinen Chef zu verknallen ist so ziemlich das Idiotischste, was ich je getan habe. Und ich habe in der Vergangenheit schon eine Reihe von idiotischen Dingen getan.

Ich verdrehe die Augen und beginne zu tippen. Meine Gedanken drehen sich im Kreis. In meinem Kopf herrscht ein einziges Durcheinander, und immer wieder denke ich über diese Verliebtheit nach, die doch sowieso zu nichts führen kann. Wie soll ich denn da vernünftig mit Matt reden können? Kaum bin ich in seiner Nähe, schaltet sich mein Verstand automatisch ab. Wenn er zu mir an den Schreibtisch kommt, fühle ich mich leicht benommen. Und wenn er mich anlächelt, setzt mein Herzschlag aus.

Und das Schlimmste an der ganzen Sache ist, dass ich das alles schon einmal erlebt habe. Dabei handelte es sich allerdings nicht bloß um eine Schwärmerei. Nein, ich habe mich – im wahrsten Sinne des Wortes – von meinem ehemaligen Chef ein ums andere Mal um den Schreibtisch jagen lassen, während er mir an den Hintern gefasst hat. Und an meine Brüste. Ich habe seine Hände zwar abgewehrt, dabei aber leider gekichert. Schließlich habe ich mich auch noch von ihm küssen lassen.

Ziemlich lange und ziemlich heftig … und noch einiges mehr.

Erst danach habe ich herausgefunden, dass er eine Frau und Kinder hat, und, Scheiße, da wäre ich am liebsten gestorben. Ich habe sofort am nächsten Tag gekündigt. Damals war ich gerade neunzehn, hatte schreckliche Angst und habe befürchtet, dass seine Frau mich fertigmachen würde. Und es wäre ihr gutes Recht gewesen, wie ich finde, denn immerhin habe ich mit ihrem Mann rumgemacht. Wieso habe ich etwas so Schreckliches getan? Was habe ich mir nur dabei gedacht?

„Gott hat dich mit einem hübschen Körper und einem schönen Gesicht gesegnet“, hat meine Grandma mir vor langer Zeit einmal gesagt. „Das wird dir nichts als Ärger einbringen, Mädchen. Du bist viel zu hübsch für dein eigenes Wohl."

Ich verziehe das Gesicht, während meine Finger über der Tastatur innehalten. Na großartig. Jetzt verfolgt mich auch noch meine Grandma. Aber die Worte, die sie gesagt hat – und das, was mit meinem ehemaligen Chef passiert ist –, sind der Grund, warum ich angefangen habe, mir ein unscheinbareres Äußeres zuzulegen. Mein Gesicht hat mir einfach zu viele Probleme eingehandelt.

Als ich ein kleines Mädchen war, versuchte der stadtbekannte Perversling, der nur drei Trailer von uns entfernt wohnte, mich in seinen Wagen zu zerren. Daraufhin tat ich das, was meine Mom mir immer eingetrichtert hatte, was man in solch einer Situation tun sollte: Ich spuckte dem Kerl ins Gesicht und lief fort.

Und als ich auf der Highschool war, wurde ich von drei Typen aus dem Footballteam in der leeren Sporthalle in eine Ecke gedrängt und von ihnen auf die Knie gestoßen, weil sie ihren Spaß mit mir haben und mir ihre Schwänze in den Mund stecken wollten. Nur das Auftauchen ihres Trainers rettete mich, der ihnen sagte, sie sollten machen, dass sie fortkommen. Danach hat nie wieder jemand ein Wort über den Vorfall verloren.

Das war, abgesehen von dem Ereignis mit dem stadtbekannten Perversling, der furchterregendste Augenblick in meinem Leben.

Als daher mein süßholzraspelnder Exchef seinen Charme versprühte und mich irgendwie dazu brachte, ihn mit all der aufgestauten Leidenschaft einer naiven Neunzehnjährigen, die zu viele Liebesromane gelesen hatte, zu küssen … Nun, da war es wenig überraschend, dass meine albernen Träume wie Seifenblasen zerplatzten.

Sämtliche meiner albernen Träume sind zerplatzt. Und was mich dabei stets in Schwierigkeiten brachte, war mein allzu hübsches Gesicht.

Damals zog ich sofort weg, ließ Texas hinter mir und machte mich auf den Weg nach Kalifornien, dem verheißungsvollen Land der Träume und des Glücks. Ich gab mir größte Mühe, in Hollywood Fuß zu fassen, und glaubte, wenn ich schon so gut aussehe, könnte ich wenigstens versuchen, das Beste daraus zu machen.

Allerdings wurde mir ziemlich bald klar, dass ich bloß eins von unzähligen anderen hübschen Gesichtern war. Ich ergatterte eine Rolle in einem TV-Werbespot für einen kleinen Sender, der jedoch nur spätabends ausgestrahlt wurde. Außerdem posierte ich auf einer Reihe von Auto-Shows im Bikini, wo ich ständig damit beschäftigt war, allzu übergriffigen Männern, die meinen Hintern oder sonst was begrapschen wollten, auf die Finger zu klopfen.

Frustriert machte ich mich dann online auf die Suche nach einem Job. Nach irgendeinem Job, irgendwo, es war mir egal, ich wollte einfach weg aus Hollywood. Doch auch dieser Traum zerplatzte. Niemand wollte mich einstellen – es sei denn, ich wäre bereit gewesen, mit demjenigen zu schlafen. Oder ihm einen Blowjob zu verpassen.

Aus irgendeinem Grund waren alle scharf auf einen Blowjob.

Perverslinge.

Schließlich stieß ich doch noch auf eine vielversprechende Stellenanzeige: Gesucht wurde eine persönliche Assistentin im Napa Valley. Auf diese Weise konnte ich aus Hollywood weg, ohne Kalifornien ganz verlassen und womöglich nach Hause zurückkehren zu müssen. Dort hätten mich ja alle für eine absolute Versagerin gehalten.

Also begann ich mit meiner Verwandlung. Ich bekam den Job und hörte auf, mich zu schminken, trug nur noch Dutt oder Pferdeschwanz und besorgte mir neue, relativ hässliche Klamotten in neutralen Farben. Ich war bloß noch ein Schatten meines früheren Ichs. Ich war still. Aber ich war eine verdammt gute Angestellte.

Leider war der vorherige Besitzer des Weinguts ein verdammt schlechter Chef.

Als er all sein Geld verjubelt hatte und der Besitz in die Zwangsvollstreckung ging, war ich mir sicher, dass ich jetzt in meine staubige Heimatstadt zurückmusste, an den Ort, wo meine Träume zerplatzt waren. Ich hatte schon angefangen, meine Sachen zu packen, und nach Möglichkeiten gesucht, die wenigen Möbel aus der miesen kleinen Wohnung, die ich mir kaum leisten konnte, zu verkaufen, als mein ganz persönlicher Held in meinem Leben auftauchte und es für immer veränderte.

Matthew DeLuca.

Der höllisch attraktive ehemalige Baseballspieler hatte aufgrund einer Knieverletzung seine Karriere vorzeitig beenden müssen. Er sah aus wie ein Filmstar, als er mit seinem fantastischen Aussehen und dem umwerfenden Lächeln eines Tages ins Büro marschierte und mit seiner tiefen, aufregenden Stimme – die meinen Körper jedes Mal, wenn ich sie höre, in Schwingung versetzt – verkündete, dass er unser aller Leben zum Besseren verändern würde.

Und genau das tat er.

Nicht nur zahlte er all die ausstehenden Gehälter, um die uns unser ehemaliger Chef betrogen hatte. Nein, er gab allen Angestellten des Chandler-Weinguts, das seitdem unter dem Namen DeLuca firmiert, auch noch eine Gehaltserhöhung. Anschließend fragte er uns, ob es uns etwas ausmachen würde, während der kommenden Monate Überstunden zu machen, um das Weingut bis zur Wiedereröffnung auf Vordermann zu bringen.

Er brauchte keinen von uns zweimal zu fragen. Wir waren mehr als willig, alles zu tun, um unseren neuen Chef glücklich zu machen. Und uns das zusätzliche Gehalt zu verdienen.

Matt hat mir also nicht nur das Leben gerettet, er ist außerdem ein guter Chef. Fair, intelligent, großzügig. Auch wenn er mich hart arbeiten lässt, schafft er es, dass ich mein Bestes gebe. Und er hat noch nie versucht, mich um den Schreibtisch zu jagen, um mir einen Kuss zu stehlen.

Obwohl ich mir manchmal wünschte, er würde es tun.

„Miss James, könnten Sie mir noch eine aktuelle Liste der Gäste erstellen, die nächste Woche zur Party kommen wollen?“

Matts knapper, geschäftsmäßiger Ton reißt mich aus meinen Gedanken, und als ich aufblicke, sehe ich ihn mit besorgter Miene vor meinem Schreibtisch stehen. Die Brauen hat er zusammengezogen, den Kopf zur Seite geneigt, und er sieht insgesamt so aus, als wollte er versuchen, herauszufinden, was mir fehlt.

Tja, ich kann ihm ja wohl kaum erzählen, dass *er* mir fehlt, oder?

„Ja, Sir.“ Ich lächele ihn schmallippig an. So lächele ich in letzter Zeit nur noch. Früher hatte ich ein strahlendes, offenes Lächeln, doch das hat mir viel zu viel Ärger eingebracht. Es hat den Männern einen falschen Eindruck vermittelt.

„Sie werden auch daran teilnehmen, richtig?“ Diesmal zieht er eine Braue hoch, während er auf meine Antwort wartet.

Mein Mund wird ganz trocken, und ich gleite mit der Zunge über die Lippen. Dabei bemerke ich, dass Matts Blick einen winzigen Moment lang zu meinem Mund wandert, bevor er mir wieder in die Augen schaut. „Richtig“, erwidere ich, ihn nachahmend. Ich muss vor Ort sein, um sicherzustellen, dass alles planmäßig läuft. Obwohl ich schreckliche Angst davor habe, mich da sehen zu lassen.

Was ist, wenn er … wenn er jemanden mitbringt? Dann wäre ich am Boden zerstört. Ich müsste so tun, als wäre alles gut, müsste weiter meinen Job machen, während ich innerlich langsam zerbrechen würde.

Was total blöd ist. Blöd, blöd, blöd.

„Gut." Er nickt kurz. „Ich brauche Sie dort."

„Ich werde da sein", sage ich schwach und bin insgeheim dankbar, dass ich sitze, denn meine Knie fühlen sich ziemlich wackelig an. Himmel, hilf! Es gefällt mir, dass er gesagt hat, er braucht mich dort.

Dass er *mich* braucht.

„Danke." Matt nickt erneut und geht zur Tür. „Ich bin draußen auf dem Weinberg. Simsen Sie mich an, wenn Sie mich brauchen."

„Mach ich. Viel Spaß!", rufe ich ihm hinterher, während mein Blick auf seinen knackigen Hintern fällt. Wie fast immer ist Matt leger gekleidet und hat Jeans an, denn den größten Teil seiner Zeit verbringt er ohnehin zwischen den Weinreben. Er ist ganz versessen darauf, alles zu lernen, was nötig ist, um hochwertige Trauben zu produzieren, die dann hochwertigen Wein ergeben. Zu den Jeans trägt er normalerweise Oberhemden, deren Ärmel er häufig bis zum Ellenbogen hochgerollt hat, sodass seine kräftigen gebräunten Unterarme zu sehen sind. Ein Anblick, der mir ebenfalls weiche Knie beschert.

Gelegentlich taucht er auch im Anzug auf. Meistens wenn er eine Besprechung in seinem Büro mit irgendwelchen wichtigen Leuten hat. Mit Investoren, Großhändlern und so. Das sind die schlimmsten Tage. Dann ist meine Konzentration total hin. Der Mann kann einen Anzug ausfüllen wie kein anderer. Diese breiten Schultern und der kräftige Oberkörper, das dunkle Haar, das im Nacken einen Tick zu lang ist – eine kleine Erinnerung an seine Zeit als Baseballspieler, vermute ich. Sein volles braunes Haar wellt sich an den Enden auf äußerst ansprechende Weise. Sprich, mir juckt es immer in den Fingern, mit den Händen hindurchzufahren.

Ich kann mich kaum beherrschen. Der Mann wirkt auf mich wie eine Droge, ohne die ich nicht mehr leben kann. Natürlich ist es hoffnungslos, doch zugleich macht mich diese Sucht glücklich. Es ist geradezu lächerlich, wie oft ich an ihn denke.

Er scheint jedoch keinen Gedanken an mich zu verschwenden.

Mein Handy klingelt, und als ich Ivys Nummer auf dem Display erkenne, gehe ich ran. Eigentlich mag ich es nicht, Privatgespräche während der Arbeitszeit zu führen. Matt hat zwar noch nie etwas gesagt, aber für mich fühlt es sich nicht richtig an.

Wobei ich allerdings ohnehin nicht sonderlich viele private Anrufe bekomme. Ich habe kaum Freundinnen hier, denn ich bin ja noch relativ neu in der Gegend. Einen Freund habe ich ebenso wenig; Männer bedeuten sowieso nur Ärger. Tja, und meine Grandma ruft mich auch nie an. Meistens tut sie so, als würde ich gar nicht existieren.

„Du musst Samstag mit mir einkaufen kommen", verkündet Ivy, nachdem ich mich gemeldet habe.

Unbehagen breitet sich in mir aus. Eigentlich wollte ich gerne mit ihr losziehen. Ich habe mich dazu von ihr überreden lassen. Aber je länger ich darüber nachgedacht habe, desto klarer wurde mir, dass ich es mir nicht leisten kann, in den Läden einzukaufen, die Ivy frequentiert. Sie ist steinreich. Im Gegensatz zu mir. „Ivy, ich weiß es zu schätzen, dass du mit mir shoppen gehen willst. Aber ich kann einfach nicht so viel Geld für ein Kleid ausgeben“, erkläre ich ihr, während ich meinen Stuhl herumdrehe, damit ich aus dem Fenster hinaus auf die Weinberge schauen kann.

Dort draußen entdecke ich Matt, der mit dem Manager spricht. Sein Haar glänzt in der Sonne, und sein weißes Oberhemd spannt sich auf sehr ansprechende Weise über seinen breiten Schultern.

„Ich gehe lieber in einen dieser normalen Läden wie Ross oder so.“ Schnell füge ich noch hinzu: „Das ist eher meine Preisklasse.“

„Du gehst auf keinen Fall zu Ross.“ Ivy seufzt, klingt jedoch fest entschlossen. „Ich habe einen Plan, und du bist ein Teil davon, daher musst du mit mir einkaufen gehen. Und ich bringe noch eine Freundin mit. Sie wird dir gefallen. Es ist die Freundin meines Bruders. Sie ist ein echter Schatz.“

Na toll. Ich weiß, dass Gage Emerson, Ivys Bruder, ein hochkarätiger Makler ist, der Matt geholfen hat, dieses Weingut zu finden. Er ist reich und sieht toll aus. Genau wie Matt. Und genau wie Ivys Verlobter, Archer Bancroft.

Und ich? Ich bin die unbedeutende kleine Bryn James aus Cactus in Texas, die in einem Trailer aufgewachsen ist und ihr Leben lang arm wie eine Kirchenmaus war. Wie eine der Schlangen, die unter unserem Wohnmobil ihr Zuhause hatte, habe ich mich irgendwann gehäutet und ein neues Leben begonnen. Hier in Kalifornien, dem *Golden State*.

Das Gold ist zwar ein wenig abgeblättert, seit ich hier bin, aber nicht so schlimm, dass man dem nicht mit ein bisschen Politur Abhilfe schaffen könnte.

„Klingt …"

„Wie dein schlimmster Albtraum?" Ivy lacht, während ich schockiert schweige. Woher wusste sie das? „Ich mag dich, Bryn. Wirklich sehr. Und ich glaube, dass du mich auch magst."

„Ja, sicher", erwidere ich automatisch und höre mich dabei wie ein Roboter an.

Ivy lacht noch lauter. „Du musst einfach … lockerer werden. Du bist viel zu verklemmt. Hast du Freunde? Einen Freund? Trägst du auch mal andere Farben als immer nur Braun und Beige?"

„Hey." Das finde ich verletzend. Obwohl Ivy natürlich die Wahrheit sagt. „Ich habe auf deine Empfehlung hin letzten Monat diese bunten Tops gekauft."

„Ich weiß. Und ich bin stolz, dass du so mutig warst. Aber du brauchst noch mehr Farbe, Bryn. Du bist so hübsch – das brauchst du gar nicht erst abzustreiten, denn, vertrau mir, du bist es tatsächlich. Wir könnten dir doch mal eine neue Frisur verpassen. Oder dir einen Satz neuer

Klamotten kaufen oder so." Sie hält kurz inne. „Bitte, bitte! Ich übernehme auch die Kosten."

„Auf keinen Fall. Nein, nein. Ich will deine Almosen nicht." Ich drehe mich vom Fenster weg und starre auf meinen Computerbildschirm, allerdings verschwimmt alles vor meinen Augen. Meist ist es doch so, dass jemand, der einem etwas Gutes tut, eine Gegenleistung erwartet.

Jedenfalls habe ich diese Erfahrung gemacht.

„Es ist kein Almosen, versprochen. Es ist nur ... Ach, ich erklär dir das alles am Samstag. Wir könnten uns zum Mittagessen treffen, dabei erzähle ich dir dann alles, und anschließend gehen wir schön shoppen. Wie hört sich das an?"

Wie ein Albtraum. Wie ein Almosen. Ich sollte Nein sagen. Ich möchte mich niemandem verpflichtet fühlen. Schlimm genug, dass ich meinem Chef gegenüber schon so empfinde. Ich schulde ihm so viel, und er ahnt es nicht einmal.

Ich will nicht, dass Ivy meint, sie müsse sich um mich kümmern. Das ist so oberpeinlich.

„Sag einfach zu, Bryn. Komm schon", beschwört Ivy mich, und ich gebe endlich nach, weil ich ein Waschlappen bin und gar nicht anders kann.

„Na schön, ich komme mit. Aber ich habe das letzte Wort bei allem, okay? Was die Klamotten und so angeht", erkläre ich mit fester Stimme.

„Ja! Du wirst es nicht bereuen, das schwöre ich." Die Aufregung ist ihr richtiggehend anzuhören. Vielleicht bedeutet ihr dieser Shopping-Ausflug mehr, als ich anfangs dachte. „Oh, und Bryn?"

„Ja?"

„Erzähl Matt nichts von unserer Einkaufstour, okay?"

„Ooookay."

Hm.

Sehr merkwürdig.

2. KAPITEL

Bryn

Wir wollen uns zum Lunch im Autumn Harvest im Zentrum von St. Helena treffen. Die Bäckerei samt Café wird von Ivys Freundin betrieben und ist offenbar ebenso superschick wie superbeliebt, wie die lange Schlange vor dem Tresen beweist. Die Leute stehen an, um sich Sandwiches, Kuchen und Torten oder einen der vielen Kaffees zu kaufen. Als ich reinkomme, habe ich schon Sorge, ob wir überhaupt einen Sitzplatz finden.

Doch erleichtert stelle ich fest, dass meine schwangere Freundin bereits an einem Tisch weiter hinten sitzt. Ivy winkt mir sofort aufgeregt zu.

Ich dränge mich durch das überfüllte Café und blicke hinauf zum Menü, das mit Kreide auf einer großen schwarzen Tafel geschrieben steht, die über dem Tresen hängt. Die Suppen- und Sandwichauswahl hört sich großartig an, und mein Magen knurrt vor lauter Vorfreude.

Ach herrje. Ich kann nur hoffen, dass das nicht passiert, wenn ich Ivys Freundin kennenlerne. Das wäre wirklich kein sonderlich guter erster Eindruck.

„Bryn! Schön, dich zu sehen." Ivy springt auf und umarmt mich so fest, als wäre ich eine lang vermisste Freundin. Ich erwidere ihre Umarmung, seltsam berührt von ihrer Zuneigung, denn das erlebe ich so gut wie nie in letzter Zeit.

Daher bin ich auch die Erste, die sich wieder löst. Lächelnd schaue ich die Frau an, die jetzt neben Ivy steht. Sie ist jung, hat ihr langes blondes Haar zu einem Pferdeschwanz zusammengebunden und mustert mich mit kühlen blauen Augen.

„Das ist meine Freundin Marina Knight", sagt Ivy und deutet mit der Hand zu Marina. „Ihr gehört das Autumn Harvest, und außerdem ist sie meine zukünftige Schwägerin."

„Ach, hör auf." Marina verdreht die Augen. „Dein Bruder hat noch keinen Ehering an diesen Finger gesteckt."

„Na, aber einen Verlobungsring", kontert Ivy. „Marina, das ist Bryn James. Sie ist Matts Assistentin."

„Oooh." Dieser lange, gedehnte Laut ist sehr vielsagend. „Ich habe schon viel von dir gehört." Zu gern würde ich erfahren, was sie über mich geredet haben, während ich mich gleichzeitig davor fürchte.

„Freut mich, dich kennenzulernen", sage ich zu Marina und schüttele ihr die Hand. Ganz formell und geschäftsmäßig. Das klang doch schon mal ziemlich gut. Ruhig und gefasst. In solch stressigen Situationen neige ich sonst nämlich gern mal dazu, in den typisch texanischen Slang zu verfallen.

Es hat mehr als ein Jahr gedauert, ehe ich den näselnden, gedehnten Tonfall und all die typisch texanischen Ausdrücke losgeworden bin, aber es genügt eine Kleinigkeit, und wenn ich dann nicht aufpasse, verfalle ich schnell wieder in diesen Dialekt.

„Ich freue mich auch", erwidert Marina und klingt dabei ein wenig zu enthusiastisch. „Ivy hat mir schon so viel von dir erzählt."

Tatsächlich? Das wundert mich jetzt doch. Ich hatte angenommen, dass sie vielleicht mal kurz über mich gesprochen hätten, mehr aber auch nicht. Warum, zum Teufel sollte Ivy sich mit ihrer Freundin über mich unterhalten? Ich tappe echt im Dunkeln und kann nur hoffen, dass ich diesen Nachmittag irgendwie überstehe.

Wir setzen uns, und Marina erläutert die Speisekarte, indem sie erklärt, was sie für das Beste hält und welches heute die Spezialitäten sind. Nachdem wir uns entschieden haben, ruft sie einen ihrer Angestellten, der unsere Bestellung aufnimmt – ein Vorteil, wenn man mit der Besitzerin am Tisch sitzt.

Alle anderen müssen sich am Tresen anstellen und dort ihre Bestellung aufgeben.

„Also … Ivy meinte, dass du dich mal gründlich verändern willst."

„Das habe ich nie gesagt", widerspreche ich Marina und starre Ivy überrascht an. Sie guckt jedoch völlig unschuldig, man könnte fast sagen, engelsgleich. Allerdings entdecke ich auch die Teufelshörner, die unter ihren Haaren hervorlugen.

„Komm schon, Bryn. Du willst einer schwangeren Frau doch wohl nicht ihren Herzenswunsch abschlagen, oder?" Ivy blinzelt mich an, der Inbegriff einer netten, liebenswerten Freundin, und mein Ärger darüber, zu etwas gedrängt zu werden, was ich gar nicht will, schwindet ein wenig.

„Mit diesem Spruch wirst du dich die gesamte Schwangerschaft lang rausreden, stimmt's?", fragt Marina und verdreht erneut die Augen.

In dem Moment weiß ich, dass Marina mir gefällt.

„Na klar, was denkst du denn?", bestätigt Ivy und grinst. „Bryn, ich sehe ja, dass dir das unangenehm ist. Aber bitte, ich bin eine hormongeplagte schwangere Frau, die sich nichts sehnlicher wünscht, als etwas Spaß zu haben. Und Spaß zu haben bedeutet heute, dass wir ein umwerfendes Kleid für dich finden und obendrein in einen Schönheitssalon gehen."

Allein bei dem Wort Schönheitssalon verkrampft sich mein Magen. Es ist gleichbedeutend mit teuer. Ich sollte es wissen. Ich war nämlich nie zuvor in einem, weil ich es mir absolut nicht leisten kann.

„Du machst ihr Angst, Ivy", schimpft Marina mit leiser Stimme. „Hör auf, so dick aufzutragen. Vielleicht solltest du ihr einfach die Wahrheit sagen."

Die Wahrheit? Das klingt verdächtig. Doch es werden keine Wahrheiten ausgeplaudert, jedenfalls jetzt noch nicht. Ivy lächelt mich lediglich an und wechselt dann das Thema. Wir reden über alles und nichts, während wir auf unser Essen warten – das heißt, Marina und Ivy plaudern vor sich hin, während ich nur etwas zum Gespräch beitrage, wenn ich gefragt werde. Ansonsten bin ich still und genieße die angenehme und zugleich hippe Atmosphäre hier im Café.

Schließlich kommt unsere Bestellung, und ich falle geradezu darüber her. Ich habe richtig Hunger. Normalerweise esse ich zu Hause und gehe selten aus, hauptsächlich deshalb, weil ich so gut wie niemanden hier kenne. Und da ich nicht kochen kann, gibt es bei mir oft nur ziemlich erbärmliche Mahlzeiten, die aus Schnellgerichten für die Mikrowelle oder fertigen Salaten bestehen, die ich mir im Supermarkt um die Ecke hole. Wenn ich die aufgegessen habe, bleibt meistens ein Gefühl von Leere und Unzufriedenheit zurück.

So wie sich auch mein Leben anfühlt.

Als ich mein Sandwich halb aufgegessen habe, stelle ich fest, dass die beiden anderen gar nichts zu sich nehmen. Ich blicke von meinem Teller auf und erwische Ivy und Marina dabei, wie sie mich anstarren, als wäre ich ein Alien, der gerade auf dem Planeten Erde gelandet ist.

Langsam kaue ich zu Ende, schlucke und lege den Rest des Sandwichs zurück auf den Teller. „Äh, habe ich irgendwas im Gesicht?"

Marina schüttelt den Kopf. „Isst du sonst nie? Du führst dich auf, als wärst du am Verhungern."

„Ich gehe selten weg", gebe ich zu und komme mir total blöd vor.

„Ach, komm schon, lass sie in Ruhe, und fasse es als Kompliment auf. Ganz offensichtlich mag sie deine Sandwiches", meint Ivy und lächelt gutmütig.

„Ich will sie doch nicht ärgern. Ich meine bloß ... Na ja, normalerweise verputzen Mädels in unserem Alter ein Sandwich nicht auf diese Weise", erklärt Marina.

Jetzt fühle ich mich noch elender. Ich bin ein Gierschlund. Aber ich esse sonst immer solche widerlichen Sachen, dass es mir sicher nicht schadet, wenn ich mir mal den Luxus einer Suppe und eines leckeren Sandwiches gönne.

„Schwanger zu sein bedeutet absolute Freiheit. Ich liebe es, dass ich endlich mal essen kann, ohne mir Sorgen um mein Gewicht machen zu müssen." Ivy beißt genüsslich in ihr Sandwich, um ihre Worte zu unterstreichen.

„Du bist aber nicht schwanger, Bryn, oder? Das ist nicht deine Entschuldigung, richtig?", hakt Marina nach.

Ihre Frage entsetzt mich. Schwanger? Um Himmels willen. „Ganz bestimmt nicht", stelle ich klar.

Ivy prustet los und presst eine Hand auf die Brust. „Na, Gott sei Dank. Das hätte unseren schönen Plan gründlich zunichtegemacht."

Okay. Allmählich habe ich genug von ihrer Geheimniskrämerei. Ich habe das Gefühl, dass sie in mir ihr kleines Projekt sehen, und das gefällt mir nicht. „Also, was geht hier vor?"

„Was meinst du?", fragt Ivy.

„Ich habe den starken Verdacht, dass du mich unter Vorspiegelung falscher Tatsachen hier zum Essen eingeladen hast." Es behagt mir nicht, dass ich immer so misstrauisch bin, aber ich kann nicht dagegen an. Mein Leben lang habe ich immer den Eindruck, dass irgendjemand irgendetwas von mir will. Das hat dazu geführt, dass ich eine Art Mauer um mich errichtet habe und ungeheuer vorsichtig geworden bin.

Ich habe keine Ahnung, was die beiden vorhaben, und das empfinde ich als unangenehm und nervenaufreibend.

„Erzähl es ihr einfach, Ivy", murmelt Marina und macht mich noch nervöser.

Diese Frauen hier im Napa Valley sind schon komisch. Dabei dachte ich, in Hollywood laufen all die obskuren Charaktere herum …

„Oh, na gut." Ivy stößt einen genervten Seufzer aus. „Ich wollte ja, dass es eine Überraschung wird, doch du wirst irgendwie zu unruhig. Wir wollen versuchen, dich mit Matt zu verkuppeln."

Entgeistert starre ich sie an. Moment mal. Was? „Redest du von Matt … also meinem Chef, Matt DeLuca?"

Jetzt verdreht Ivy die Augen. „Kennst du einen anderen Matt?"

Na ja, ich bin mit einem Matt Short zur Schule gegangen, aber der wohnt noch in Cactus und arbeitet dort als Schweißer im Betrieb seines Vaters, soweit ich weiß. „Aber er ist mein Chef", wende ich ein und denke dabei an den anderen Chef, für den ich mal gearbeitet habe. Der mit Frau und Kind und mit den Händen, die auf meinem Körper auf Wanderschaft gegangen sind, und der mich wortwörtlich so oft um den Schreibtisch gejagt hat, dass wir im Teppich vermutlich Spuren hinterlassen haben.

„Na und?" Ivy macht eine wegwerfende Handbewegung und entkräftet damit meine Einwände. „Ich glaube, dass er scharf auf dich ist."

Die zarte Hoffnung, die aufgrund dieser Worte in mir heranwächst, ersticke ich sofort im Keim. Vergiss es, schärfe ich mir ein. „Das bezweifle ich. Ich bin seine Assistentin.“ Die unscheinbare Klamotten trägt und sich bemüht, effizient, aber unsichtbar zu sein.

„Na und? Anziehungskraft ist Anziehungskraft.“ Schulterzuckend beißt Ivy von ihrem Sandwich ab.

Ich beobachte sie und Marina beim Essen. Die beiden scheinen vollkommen gelassen zu sein, während ich ein einziges Nervenbündel bin. Es ist eine Sache, mich zu meinem Chef hingezogen zu fühlen, solange diese Gefühle mein Geheimnis sind.

Aber es ist etwas ganz anderes, wenn andere bemerken, dass da was zwischen uns sein könnte, und dann auch noch von mir verlangen, dass ich diesbezüglich etwas unternehme.

„Ich bin nicht sein Typ“, sage ich schließlich, weil ich es nicht über mich bringe, mit allem herauszurücken und ihnen zu verraten, was ich wirklich empfinde.

Ich ziehe mich ganz bewusst so an und benehme mich so zurückhaltend, weil ich Matt DeLucas Aufmerksamkeit nicht will! Ich will nicht, dass er mich bemerkt!

In letzter Zeit will ich es aber doch. Jeden Tag muss ich dagegen ankämpfen. Es wäre so leicht, mir einen kurzen Rock anzuziehen, dazu ein offenherziges Top, um darin ins Büro geschlendert zu kommen, mir mit der Zunge über die Lippen zu fahren und ihm ein verführerisches Lächeln zuzuwerfen. Ich könnte mein Haar offen tragen, es über die Schulter werfen, das Kreuz durchdrücken und ihm einen Blick auf meine Brüste gewähren, denn sogar ich muss zugeben, dass sie durchaus ansehnlich sind.

Aber all das tue ich nicht. Es ist den Ärger, der folgen würde, nicht wert.

„Ich vermute, dass du dich hinter diesem langweiligen Äußeren versteckst. Du hast noch nie besser ausgesehen als in diesem Moment“, meint Ivy.

Ich trage Jeans und ein rotes T-Shirt, und mein Haar habe ich zu einem Pferdeschwanz zusammengebunden. Ich bin nicht geschminkt, und die Jeans haben mir vor einem Jahr gepasst, als ich noch sehr viel kurviger gewesen bin, daher sitzen sie nicht gerade perfekt. Mit anderen Worten: Es ist nicht unbedingt das schmeichelhafteste Outfit, das ich besitze.

„Na, vielen Dank auch“, murmele ich.

„Das war mein Ernst. Die Art, wie du dich kleidest, wie du dich anderen gegenüber benimmst, das kommt mir nicht echt vor. Es kommt mir fast so vor, als würdest du alles daransetzen, um dich zu verstecken.“ Ivy mustert mich und lässt den Blick über mein Gesicht schweifen. Was mir so unangenehm ist, dass ich nervös auf meinem Stuhl herumrutsche. „Du hast ein richtig hübsches Gesicht.“

Oh nein. „Danke“, antworte ich unsicher.

Ivy kneift die Augen zusammen und stößt Marina mit dem Ellenbogen an. „Besser gesagt, ein wunderschönes. Du könntest glatt als Angelina Jolie durchgehen. Findest du nicht auch, Marina?“

„Oh, bitte." Das hat man mir schon das ein oder andere Mal gesagt. Meistens waren es jedoch irgendwelche lüsternen sogenannten Regisseure, bei denen ich vorgesprochen habe. Natürlich hatten die gehofft, mir an die Wäsche gehen zu können, ehe sie mir die Rolle geben würden. Ich vermisse Hollywood nicht im Geringsten. „Ich sehe überhaupt nicht aus wie sie."

Nun nimmt Marina mich genauer unter die Lupe. „Doch, ich finde auch, dass du ihr ähnelst."

Schlagartig vergeht mir der Appetit. Ich starre auf mein halb aufgegessenes Sandwich, traurig, dass ich es nicht mehr genießen kann.

„Woher kommst du eigentlich, Bryn? Ich glaube, das hast du mir nie erzählt", sagt Ivy.

„Ich bin aus Südkalifornien hierhergezogen." Ich zucke mit den Achseln und bleibe ganz bewusst vage.

„Und wo hast du davor gelebt?", will Marina wissen. „Ich höre da so einen leichten Akzent heraus."

Mist. Ich hatte gehofft, den verräterischen Slang endgültig verbannt zu haben. „Na schön, ich bin in Texas aufgewachsen", gestehe ich seufzend. „In einer Kleinstadt, von der ihr sicherlich noch nie etwas gehört habt."

„Jetzt brenne ich darauf, mehr zu erfahren", erklärt Marina.

Ich bin nach Kalifornien gekommen, um meine Vergangenheit zu vergessen und um neu anzufangen. Das hier soll sozusagen meine zweite Chance sein, ich will ein neues Ich. Und ganz sicher nicht beim Mittagessen in unliebsamen Erinnerungen schwelgen. „Cactus in Texas, Einwohnerzahl dreitausendzweihundert. Am äußersten Zipfel des Landes“, erkläre ich knapp.

Ivy grinst. „Wenn du über deine Heimatstadt sprichst, kommt dein Texanisch wieder durch.“

Meine Wangen glühen. „Tja, ich bin wohl immer noch eine Hinterwäldlerin.“ Bin ich wirklich. Und in dieser Stadt voller reicher Leute, wo alles schön und üppig grün ist, bin ich nichts weiter als ein einfaches Mädchen vom Land.

„Du bist doch keine Hinterwäldlerin. Du bist bezaubernd.“ Ivy lächelt und greift nach ihrem Glas mit Eiswasser, das sie mit einem Strohhalm trinkt. „Kommt, lasst uns aufessen, damit wir einkaufen gehen können, ehe meine nachmittägliche Müdigkeit einsetzt.“

„Wir fahren zu Ross, nicht wahr?“, frage ich schwach, obwohl mir klar ist, dass es hier nirgends, weder in noch um St. Helena herum, einen dieser Billigläden gibt.

„Auf gar keinen Fall.“ Ivy klingt entschlossen, und auch Marina schüttelt vehement den Kopf.

„Es gibt in der Nähe ein paar Boutiquen, und in einer davon finden wir mit Sicherheit etwas. Etwas, was so fantastisch aussieht, dass du Matt damit aus den Socken haust“, meint Marina.

„Warum seid ihr beide so wild darauf, mich mit Matt zu verkuppeln?“ Ich sollte nicht einmal im Traum daran denken, mich mit meinem Chef einzulassen. Und ich verstehe nicht, wieso diese beiden Frauen so darauf aus sind, ihren

Freund mit dessen Assistentin – also mir – zusammenzubringen. Es ergibt keinen Sinn.

„Er ist einsam. Ich schwöre, in all den Jahren, in denen ich ihn schon kenne, habe ich ihn nie mehr als einmal mit derselben Frau gesehen", sagt Ivy. „Er ist so eine Art Serien-Dater. Er muss jetzt endlich mal eine Frau für eine ernsthafte Beziehung finden. Eine Frau, auf die er zählen kann."

Ach herrje, das hört sich nicht gut an. Es bedeutet, dass er unter Bindungsangst leidet.

„Er war ein Profi-Baseballspieler", werfe ich ein, und meine Stimme trieft vor Sarkasmus, denn ehrlich … „Willst du mir etwa weismachen, dass er Schwierigkeiten hat, Frauen aufzutun?"

„Nein, das ganz sicher nicht. Aber er hat Probleme, eine nette Frau zu finden", gibt Ivy zurück.

„Er ist auf jeden Fall derjenige von den dreien, der am wenigsten zynisch ist", fügt Marina hinzu. „Und das ist nur zu deinem Vorteil, Bryn. Er gehört wenigstens nicht zu den Ungläubigen."

Ich schaue zwischen den beiden hin und her, so als würde ich ein Tennisspiel verfolgen. Ich habe keine Ahnung, was ich glauben soll, wem ich glauben soll. Es klingt alles irgendwie so märchenhaft, so aschenputtelmäßig.

Dabei glaube ich wirklich nicht an Märchen.

„Er ist kein Ungläubiger? Was meinst du damit?", will ich wissen.

„Na ja, er glaubt an die Liebe."

„Du, mein Freund, bist ein launisches Arschloch." Gage zeigt mit seinem Bier in meine Richtung, ehe er einen großen Schluck trinkt, während Archer feixt und zustimmend nickt.

Arschlöcher. Alle beide. Nennen *mich* ein launisches Arschloch. Ich habe gute Gründe, um launisch zu sein. Schließlich arbeite ich bis zum Umfallen, um das Weingut wieder auf Vordermann zu bringen, damit ich im Napa Valley nicht zum Gespött werde. Während die beiden glücklich und zufrieden mit ihren Frauen vor sich hin leben und fest in ihren Berufen etabliert sind. Verdammt, Archer will bald heiraten, und ein Baby bekommen er und Ivy auch.

Ich dagegen habe noch einmal ganz von vorn anfangen müssen. Und das nervt.

„Ihr habt beide geschummelt", brumme ich, während ich das Etikett von meiner Bierflasche pule und es in kleine Stücke zerreiße. Die Sauerei hier auf dem Tisch wird nachher irgendjemand wegmachen müssen.

Und es ist mir echt scheißegal.

Wir sitzen im Klubhaus des Golfresorts und trinken noch ein Bier, nachdem wir eine intensive – und in meinem Fall miserable – Runde Golf gespielt haben. Ich will eigentlich bloß nach Hause.

Oder meinen Kummer in reichlich Bier ertränken.

„Verdammt, wir haben nicht geschummelt. Du bist echt ein erbärmlicher Verlierer. Ich habe offen und ehrlich gewonnen. Es ist nicht unsere Schuld, dass du in letzter Zeit nie mehr Zeit zum Golfspielen hast", meint Archer und sieht mich vielsagend an.

Tja, da hat er wohl leider recht. Ich habe für nichts mehr Zeit. Alles dreht sich nur noch um das Weingut. Folglich stellt sich mir die Frage – und definitiv nicht zum ersten Mal, seit ich es gekauft habe –, ob ich wirklich das Richtige getan habe. Das Weingut bedeutet eine riesige Verantwortung. Ich habe großartiges Personal, das mir hilft, das Gut zu betreiben, aber verdammt …

Ich brauche mal eine Pause.

Die Aussicht, mit meinen beiden Freunden eine Runde Golf zu spielen, schien mir eine gute Möglichkeit, um Stress abzubauen. Stattdessen fühle ich mich jetzt gestresster als vorher. Ich habe echt schlecht gespielt und war völlig unkonzentriert. Ich habe endlose Telefonate geführt, mehr gesimst, als dass ich den Schläger geschwungen hätte, und auf diese Weise alle total genervt, einschließlich des vierten Mannes, eines anderen Mitglieds des Golfklubs, der mit uns gespielt hat.

Und nun sitzen wir hier in der fast leeren Lounge – es ist Samstagnachmittag, und ich vermute, dass all die anderen Männer nach Hause zu ihren Frauen zurückgekehrt sind – und reden über meine miese Laune.

Ich hasse es ganz besonders, wenn ich im Zentrum des Interesses stehe. Auch wenn mir klar ist, dass meine Freunde es gut mit mir meinen, will ich mich nicht damit befassen.

„Weißt du, was dein Problem ist?“, fragt Gage und unterbricht meine Gedanken.

Anscheinend habe ich keine andere Wahl und muss mich wohl doch damit beschäftigen. „Oh, bitte erleuchte mich“, antworte ich gedehnt und wappne mich, weil ich darauf gefasst bin, dass er mit einer Beleidigung fortfahren wird. So geht das bei uns eigentlich immer. Wir sind Freunde, wir kümmern uns umeinander, feiern unsere Erfolge, bejammern unsere Niederlagen, aber letztendlich verarschen wir uns ständig.

Darauf können wir uns jederzeit verlassen.

„Du musst mal wieder flachgelegt werden.“ Gage zeigt mit dem Finger auf mich. „Und zwar schleunigst.“

Scheiße. Da trifft er den Nagel auf den Kopf. Ich kann mich nicht erinnern, wann ich das letzte Mal Sex hatte. Vor über einem Jahr habe ich mir während des Trainings diese beschissene Verletzung zugezogen. Verdammt, ausgerechnet während des *Trainings*! Damit war ich für Monate außer Gefecht gesetzt, meine Karriere war am Ende. Und ich auch.

Als ich derart auf dem Tiefpunkt war, hatte ich keine Zeit für Frauen. Himmel, ich war ein einziges Wrack und trauerte meiner Karriere und dem Leben, wie ich es kannte, hinterher. Außerdem hatte ich das Gefühl, ein Stück von mir verloren zu haben. Das Verhältnis zu meinem Dad wurde – wenig überraschend – noch schlechter. Er war so stolz auf mich gewesen, als ich in seine Fußstapfen getreten war und in der obersten Liga mitspielte. Es war das Einzige, worauf er stolz war, was mich betraf. Und als es damit vorbei war, erlosch auch sein Interesse.

Total.

Als ich dann kräftiger wurde, musste ich mich einer anstrengenden Physiotherapie unterziehen, auf die ich mich so konzentrierte, dass mir Frauen völlig egal waren. Und sobald ich wieder gesund war, machte ich mich auf die Suche nach einer Investition, einer neuen Karriere, einem neuen Ziel. Diese Aufgabe frisst heute meine gesamte Zeit, daher …

Sitze ich nun hier, bin launisch und brauche zugegebenermaßen dringend ein wenig sexuelle Aufmerksamkeit.

Das Problem an der Sache? Nur eine Frau hat in letzter Zeit meine Aufmerksamkeit erregt, und ich weiß nicht einmal, wieso. Ich werde aus ihr einfach nicht schlau. Bryn ist mir ein Rätsel.

Ein Rätsel, das ich gern lösen würde.

O Gott. Allein bei diesem Gedanken bricht mir der kalte Schweiß aus.

„Du hast recht", sage ich schließlich, nachdem ich beschlossen habe, es zuzugeben. „Ich bin seit Monaten nicht mehr flachgelegt worden." Seit zu vielen Monaten, um es offen auszusprechen, doch das wäre echt zu peinlich.

„Wusste ich's doch!", erwidert Gage grinsend. „Du musst mehr ausgehen, mein Freund. Geh mal wieder in eine Bar oder so."

Ich verziehe das Gesicht und schüttele den Kopf. Das klingt nach meinem persönlichen Albtraum. „Die Szene ist nichts für mich. Für so was habe ich keine Zeit."

„Sobald du eine Bar betrittst, würdest du aber von einer ganzen Schar von Frauen umschwärmt werden“, sagt Archer, während er die Brauen hebt und seinen Kopf in meine Richtung neigt. „Ich weiß doch, was hier in der Stadt so gemunkelt wird. All die alleinstehenden Frauen unter fünfzig sind begeistert, dass der ehemalige Baseballprofi Matt DeLuca jetzt hier wohnt. Sie hoffen alle auf eine Chance bei dir.“

„Du bist der begehrteste Junggeselle in der Gegend“, fügt Gage hinzu.

Heilige Scheiße. Die beiden haben definitiv zu viel Zeit mit ihren Frauen verbracht. „Ihr beiden hört euch an wie Klatschtanten. Das ist nicht euer Ernst, oder? Habt ihr wirklich gerade gesagt, ich wäre der begehrteste Junggeselle?“ Ich halte kurz inne. „Und dass sämtliche weiblichen Singles unter *fünfzig* an mir interessiert sind? Ich meine, was, zum Teufel …?“

„Hey, da draußen laufen jede Menge Frauen rum, denen es egal ist, wenn sie älter sind als du. Sie sind auf der Suche nach einem Mann, da spielt das Alter keine Rolle“, erklärt Archer mit einem angedeuteten Lächeln auf den Lippen.

Dieses kleine Lächeln weckt sofort den Wunsch in mir, ihm einen Schlag aufs Maul zu verpassen. „Und woher weißt du das?“ Verärgerung und Verlegenheit ringen in mir miteinander. Es ist schlimm genug, dass die gesamte Gemeinde mit angehaltenem Atem darauf wartet, dass ich mit meinem Weingut scheitere. Und jetzt stellt sich auch noch heraus, dass eine Reihe von alleinstehenden Frauen nur darauf wartet, mich in die Klauen zu bekommen? Schlimmer kann es ja wirklich nicht werden.

Ich schwöre, ich werde mir in dieser Stadt niemals Respekt verdienen. Nie und nimmer.

„Ich höre die Leute reden. Inzwischen lebe ich ja seit einer Weile im Napa Valley. Ich habe viele Beziehungen“, erklärt Archer. „Und auch Ivy hat während der kurzen Zeit, die sie jetzt hier arbeitet, Kontakte geknüpft. Da bekommt man so einiges mit, und man redet definitiv über dich.“

„Marina lebt schon ihr ganzes Leben lang hier. Und in ihrer kleinen Bäckerei wird viel getratscht – vor allem morgens, wenn sich die Leute ihren Kaffee holen“, stimmt Gage ein. „Sie hat erzählt, dass jede Menge über das Weingut und über dich gesprochen wird. Alle sind total neugierig.“

Ach du meine Güte. Das ist doch … nervig. Ich will mich nicht zum Gespött des Weinanbaugebiets machen. Ich versuche, mir ein neues Leben aufzubauen. Zu einem anderen Menschen zu werden. Um nicht länger bloß als der ungestüme Baseballspieler-Sohn des ehemaligen ungestümen – und notorisch hitzköpfigen – Vinnie DeLuca betrachtet zu werden. Mein Dad hat für die erste Mannschaft der Oaklands gespielt, damals, als ich noch klein war, und er hat sich von Beginn an den Ruf eines Störenfrieds eingehandelt.

Viele Leute aus dem Spielbetrieb haben erwartet, dass ich in seine Fußstapfen treten würde. Schon früh zeigte sich bei mir, dass ich Talent besitze. Auf der Highschool war ich ein eitles Arschloch, weil ich genau wusste, dass ich verdammt gut war. Aber ich war kein gemeines Arschloch, das sich ständig mit irgendwem anlegen musste. Das war eher der Stil meines Vaters.

Ich wollte niemals so werden wie er, jedenfalls nicht in der Hinsicht.

Niemals.

„Also tratschen alle über mich und mein potenzielles Liebesleben“, stoße ich zwischen zusammengebissenen Zähnen hervor.

„Na ja, das stimmt wohl. Und wir tun das auch, weil wir uns Sorgen machen, Kumpel. Du arbeitest zu viel. Du musst dich mal wieder entspannen und ein bisschen leben. Du warst schon immer ein wenig übereifrig, wenn es um deine Karriere ging“, stellt Archer fest.

Ich mustere Archer und bemerke, dass er tatsächlich besorgt wirkt. Ja, wir verarschen uns ständig, doch diesmal meint er es wohl ernst. Er sorgt sich um mich, und das weiß ich durchaus zu schätzen.

„Sobald die Wiedereröffnungsfeier gelaufen ist, werde ich es etwas ruhiger angehen lassen“, verkünde ich und habe das Gefühl, eine Art feierliches Versprechen abzugeben. „Ihr habt recht. Ich kann nicht ewig so hart arbeiten, dann lande ich noch vorzeitig unter der Erde.“

„Scheiße, ja, genauso ist es. Du musst eine gewisse Balance finden“, sagt Gage, der zweitgrößte Workaholic, den ich kenne.

Balance. Ich habe keine Ahnung, was das ist oder wie ich das hinbekommen soll.

„Und du musst dich flachlegen lassen“, ergänzt Archer grinsend. „Wir müssen dir eine Frau suchen. Ich bin sicher, dass Ivy ein paar alleinstehende Freundinnen hat.“

„Marina bestimmt auch. Sie kennt doch sowieso jeden hier“, wirft Gage ein.

Jetzt wollen sie mich auch noch verkuppeln. Na toll. „Ich kann mir selbst eine Frau suchen, vielen Dank auch.“

„Echt? Offen gestanden machst du im Moment diesbezüglich einen echt miesen Job.“ Gage lacht, und Archer stimmt ein.

„Als ob ich dafür Zeit hätte“, murmele ich. Plötzlich fällt mir was ein, und ich spiele meinen letzten Trumpf aus. „Und hey, vielleicht warte ich ja, weil ich gern endlich von euch ausbezahlt werden will.“

„Ausbezahlt?“, wiederholen sie gleichzeitig, als hätten sie es einstudiert.

Am liebsten hätte ich beiden einen Schlag auf den Hinterkopf verpasst.

„Ja, erinnert ihr euch zumindest noch vage an die kleine Wette, die wir vor Monaten abgeschlossen haben? Ich würde gern die Spielschulden eintreiben“, erkläre ich selbstgefällig. „Also, her mit der Kohle.“

„Wir schulden dir gar nichts“, murmelt Archer.

„Ach nein? Wer ist denn der letzte Single von uns, hm? Ich will meine Million.“ Die könnte ich gleich wieder in mein Unternehmen stecken. Scheiße, ich würde den beiden

Idioten wahrscheinlich sogar einen Anteil vom Gewinn dessen geben, was ich investiere. So fair bin ich. Ich kümmere mich um meine Freunde.

„Ich werde dir auf keinen Fall was zahlen. Das war eine beschissene Wette“, protestiert Gage.

„Das sagst du bloß, weil du verloren hast.“ Ich trinke mein Bier aus und stelle die leere Flasche mit einem lauten Knall auf den Tisch. „Ich erwarte die Zahlung innerhalb von sieben Tagen.“

„Oh, hör ihn dir an, so verdammt förmlich. Wie wäre es, wenn wir das Ganze noch ein bisschen interessanter machen?“ Archer lehnt sich auf seinem Stuhl zurück und blickt uns mit einem Funkeln in den Augen an.

Aufregung macht sich in mir breit. „Ich bin offen für Vorschläge. Was schwebt dir vor?“

„Lass uns sechzig Tage Zeit. Wenn du bis dahin immer noch Single bist, dann zahlen wir dich aus“, sagt Archer.

„Aber …“, setzt Gage an, doch Archer bringt ihn mit einem Blick zum Schweigen.

„Sechzig Tage? Wie wäre es mit dreißig?“ Ich lache. „Ich werde in den nächsten dreißig Tagen mit keiner Frau zusammen sein und schon gar nicht in einer festen Beziehung mit einer stecken.“

„Dreißig? Das ist zu kurz. Keiner von uns erwartet, dass du innerhalb von lausigen dreißig Tagen ’ne Beziehung eingehst“, hält Archer dagegen. „Sagen wir, fünfundvierzig.“

„Fünfundvierzig?“, wiederholt Gage und klingt ziemlich entsetzt. „Das halte ich auch noch für zu kurz. Wie wäre es mit neunzig Tagen? Das ist doch viel vernünftiger."

„Wir haben nie behauptet, dass diese Wette irgendwas mit Vernunft zu tun hat", erwidere ich ruhig. Gage ist so ein verdammter Geizhals. „Fünfundvierzig Tage, oder ihr bezahlt hier und jetzt. Es ist eure Entscheidung." Ich weiß, dass ich bis dahin nie im Leben eine Beziehung eingegangen sein werde. Also ehrlich ...

„Ich möchte noch eine Bedingung an die Sache knüpfen." Archer grinst. „Bis dahin gilt auch: kein Sex. Also keine Beziehung, kein Sex, kein One-Night-Stand – absolut nichts während der nächsten fünfundvierzig Tage, Matt. Wenn du das schaffst, bekommst du deine Million ... plus weitere zweihundertfünfzigtausend, um die Sache ein bisschen reizvoller zu machen."

„Scheiße, nein!", kontert Gage vehement.

„Doch, du Idiot. So machen wir das", entgegnet Archer und lässt keinen Widerspruch zu.

„Na schön, abgemacht", willige ich ein. Ich habe schon so lange ohne Sex gelebt, was sind da noch weitere fünfundvierzig Tage? Das schaffe ich locker.

„O Gott, du enttäuschst mich wirklich. Du bist so selbstgefällig. Man sollte denken, dass du wenigstens gelegentlich mal Sex haben möchtest." Gage schüttelt den Kopf, doch ich ignoriere ihn.

„Ich mache mit", sage ich stattdessen. „Ich bin sicher, dass ihr zwei Loser ohnehin die Zeit braucht, um die Kohle zusammenzuklauben, damit ihr mich auszahlen könnt. Ich bin ein geduldiger Mensch. Kein Problem. Aber in fünfundvierzig Tagen will ich mein Geld. Keine Ausreden, kein Scheiß. Sechshundertundfünfundzwanzigtausend Dollar von jedem von euch."

„Abgemacht", gibt Archer mit einem hinterhältigen Grinsen zurück. Dieses Arschloch führt irgendwas im Schilde. Das spüre ich.

Und es gefällt mir ganz und gar nicht.

„Na schön, abgemacht", stimmt nun Gage zu, wenn auch widerstrebend. Der Mann hasst nichts so sehr, wie Geld zu verschwenden, und die Zahlung an mich sieht er mit Sicherheit als die ultimative Verschwendung an.

„Okay. Ach, übrigens: Wie ich hörte, ist Ivy heute mit deiner Assistentin zum Essen und zum Shoppen verabredet", meint Archer beiläufig. Auffällig beiläufig. „Interessant."

„Tatsächlich?" Die Neugier packt mich. Ich wusste, dass Ivy und Bryn sich mögen, aber mir war nicht klar, dass sie sich inzwischen so gut angefreundet haben.

„Ja." Archer nickt. „Sie planen wohl eine Art Verwandlung."

„Marina ist auch dabei", bestätigt Gage.

Scheiße. Jetzt fange ich wirklich an zu schwitzen. Schlimm genug, dass ich mich trotz der langweiligen Kleidung und dem einfallslosen Äußeren zu Bryn hingezogen fühle. Es liegt an ihrem verdammten Duft. Gott, sie riecht so verdammt wunderbar. Süß und fruchtig und gleichzeitig blumig, mit einem Hauch Würze, die ich nicht so recht benennen kann …

„Ja, Ivy hat mir schon ein Foto geschickt. Weiß gar nicht, wieso sie das getan hat, schließlich bin ich an keiner anderen Frau als ihr interessiert." Archer zuckt mit den Schultern, ehe er nach seinem Smartphone greift. „Aber sie hat mir auch geschrieben, dass ich dir das Bild zeigen soll."

Er reicht mir das Telefon, und als ich auf das Display blicke, wird mein Mund ganz trocken. Ich sehe auf ein Bild von Bryn, die auf dem Stuhl in einem Salon sitzt. Sie lächelt schmallippig, während das fast schwarze Haar ihr Gesicht umschmeichelt und in üppigen Wellen über ihre Schultern fällt.

„Was hältst du davon?", will Archer wissen, ehe er in ein selbstgefälliges Lachen ausbricht.

Verdammt. Ich stecke echt in Schwierigkeiten.

3. KAPITEL

Matt

An diesem Montagmorgen bin ich schon früh zum Weingut gekommen, um ungestört die Weinberge inspizieren zu können, ehe irgendjemand sonst auftaucht. Das ist etwas, was zu meiner Lieblingsbeschäftigung geworden ist. Ich bin kein Büromensch. Ein Job, bei dem man von morgens bis abends am Schreibtisch sitzt, ist absolut nichts für mich. Als ich das Weingut gekauft habe, wusste ich so gut wie nichts über Wein, abgesehen von der Tatsache, dass ich ihn hin und wieder ganz gern trank. Als Connaisseur konnte man mich aber definitiv nicht bezeichnen. Ich gehöre eher zu den Leuten, die ein Glas Wein mittrinken, wenn nichts anderes da ist.

Bier war mir immer lieber.

Doch inzwischen habe ich gelernt, dass hinter der Herstellung von Wein eine echte Wissenschaft steckt. Sie besteht aus jeder Menge Formeln, ein bisschen Glück gehört allerdings auch dazu. Die Trauben müssen genau zum richtigen Zeitpunkt geerntet werden. Und um das sicherzustellen, muss das Wetter entsprechend günstig sein.

Eine Vielzahl von Faktoren spielt im Grunde eine Rolle. Einige dieser Faktoren können wir gut kontrollieren, während wir bei anderen letztlich dem Schicksal oder wem auch immer total ausgeliefert sind. Und das ist eine Tatsache, die die Wissenschaftler unter den Winzern total verrückt macht.

Es gibt jedoch noch einen anderen speziellen Grund, warum ich heute Morgen hier draußen bin. Und das hat mit einer ganz speziellen Frau zu tun. Ich meide das Büro, weil Bryn bald eintreffen wird, und ich will sie nicht sehen. Das Bild, das Archer mir gezeigt hat, ging mir den ganzen Tag lang nicht mehr aus dem Kopf. Verdammt, das ganze Wochenende lang. Dieses Haar … Wieder und wieder stellte ich mir vor, wie ich mit den Fingern hindurchstreichen würde. Wie ich mir die langen seidigen Strähnen um die Faust wickeln und leicht daran ziehen würde. Sie zu mir ziehen würde, um sie zu küssen. Wie ich mein Gesicht in der üppigen Mähne vergraben und den köstlichen Duft einatmen würde …

Auf dem Foto hatte sie ein rotes T-Shirt an, lächelte dieses rätselhafte, kaum wahrnehmbare Lächeln, und außerdem war sie geschminkt. Das fiel mir auf, weil ich zum ersten Mal überhaupt ihre Augen bemerkte. Sie waren so strahlend blau wie ein perfekter Sommerhimmel.

Es ist wohl unnötig zu erwähnen, dass ich nach all diesen Gedanken an Bryn duschen gehen und mir einen runterholen musste. Diese neue Bedingung, was die Wette zwischen mir, Archer und Gage angeht, wird mich noch umbringen. Ich kann jetzt ja nicht einmal mehr losziehen und mir irgendeine wildfremde Frau anlachen, um sie zu ficken. Okay, ich könnte natürlich lügen und den beiden nichts davon erzählen.

Aber irgendwie wäre das nicht in Ordnung, und sie würden mich sowieso ertappen. Tun sie immer. Außerdem hasse ich Lügner. Mein Vater ist ein notorischer Lügner. Mitzuerleben, wie ihn seine Lügen immer wieder in Schwierigkeiten gebracht haben, hat mich dazu veranlasst, stets bei der Wahrheit zu bleiben. Ich bin gnadenlos ehrlich. Immer.

Und das weiß Archer, dieses Arschloch, ganz genau. Inzwischen kommt es mir so vor, als hätte er die Sache bewusst inszeniert. Er muss geahnt haben, dass ich an Bryn interessiert bin, und wusste, dass sie mich in Versuchung führen könnte. Der Kerl ist allen anderen wirklich immer einen Schritt voraus.

So langsam trudeln die Arbeiter ein, und mein Telefon vibriert ständig, weil ich E-Mails, Textnachrichten und Anrufe bekomme. Der Arbeitstag hat offiziell begonnen, daher beschließe ich, hier vorerst Schluss zu machen, und gehe widerstrebend in Richtung Büro. Ich weiß, dass Bryn bereits da ist, denn ich sehe ihr Auto auf dem Parkplatz. Während ich über den Hof des Weinguts marschiere, stelle ich mir vor, was mich im Büro erwarten könnte.

Bryn, die ihre Haare offen trägt und irgendeinen sexy Rock und eine passende Bluse mit offenherzigem Ausschnitt anhat.

Oder Bryn, die wieder ganz normal aussieht, die Haare zu einem strengen Knoten gebunden und gekleidet in eins dieser schlabberigen beigen Outfits, die mir mittlerweile so vertraut sind.

Oder, noch schlimmer, vielleicht sitzt da ja eine Mischung aus beidem hinter dem Schreibtisch: eine Bryn, deren Haare ihr über die Schultern fallen, die eine beigefarbene Hose und ein Top trägt und die ihre hübschen Augen mit Make-up betont hat; alles, um mich vor Lust in den Wahnsinn zu treiben. Diese Bryn könnte mein Verderben sein – eine Bryn, die sämtliche ihrer Facetten zur Schau trägt und mich dazu bringt, sie noch mehr zu begehren.

Ganz offensichtlich habe ich immer noch zu viel Zeit, wenn ich mich mit solch lächerlichen Gedanken beschäftigen kann. Dabei muss ich mich jetzt wirklich auf das Allerwichtigste konzentrieren. Heute ist Montag, und am Freitag steigt die große Eröffnungsparty. Bis dahin ist so viel zu tun, um dieses Großereignis auf die Beine zu stellen, dass es echt nicht lustig ist.

Und Bryn kümmert sich um so gut wie alles. Wobei sie mich natürlich stets konsultiert.

Verdammt.

Ich betrete das Gebäude und werde von einem Schwall kühler Luft empfangen. Es ist herrlich ruhig, und ich marschiere den Flur entlang, während sich mir vor lauter Nervosität der Magen verkrampft. Im Gehen rolle ich mir die Ärmel meines blauen Oberhemds hoch. Dazu trage ich Jeans und meine Arbeitsstiefel und bin froh, so leger gekleidet ins Büro gehen zu können. Jedes Mal, wenn ich einen dieser steifen Anzüge anziehen muss, fühle ich mich albern und unbehaglich.

Das ist einfach nicht mein Ding.

Ich komme ins Vorzimmer, in dem sich Bryns Arbeitsplatz befindet, und bleibe abrupt stehen. Mir fallen fast die Augen aus dem Kopf bei dem Anblick, der sich mir bietet: Bryn beugt sich über den Aktenschrank hinter ihrem Schreibtisch und streckt dabei ihren hübschen kleinen Arsch in die Luft, während sie Unterlagen heraussucht.

Die Tatsache, dass ich heute tatsächlich den Umriss ihres Hinterns erkennen kann, verrät mir, dass sie etwas völlig anderes anhat als sonst. Der zweite Hinweis: Es ist nirgends ein Hauch von Beige, Braun oder Kaki in Sicht.

Sie trägt ein schwarzes Kleid mit zarten grünen und türkisfarbenen Blüten darauf. Der ausgestellte Rock endet kurz über ihren Knien; wenn sie sich also noch ein bisschen weiter bückt, erhasche ich vielleicht einen Blick auf ihr Unterhöschen.

Allein das Wort Unterhöschen versetzt meinen Körper in Aufregung. Diese langen nackten Beine lassen mir den Atem stocken, und ihr Duft weht über mich hinweg, so süß und einzigartig, dass ich fürchte, gleich etwas verdammt Verrücktes zu tun.

Ich könnte mich zum Beispiel an sie heranschleichen, meine Hände um ihre Taille schlingen und sie an mich ziehen. Damit sie genau spüren kann, was sie bei mir anrichtet …

Doch ich beschließe, sie nicht zu überrumpeln, sondern räuspere mich, damit sie merkt, dass ich da bin. Sie schnappt leise nach Luft, ehe sie sich aufrichtet und die Schublade mit einem lauten Knall schließt. Als sie sich umdreht, sehe ich, dass sie schwarze High Heels trägt, die sofort ein aufregendes Kopfkino bei mir in Gang setzen.

„Matt! Äh, Mister DeLuca, guten Morgen." Sie streicht mit fahrigen Bewegungen über ihr Kleid und wirkt ziemlich verlegen.

Das Kleid sitzt wie angegossen. Ich kann die Form ihrer vollen Brüste erkennen, die schmale Taille, die Rundung ihrer Hüften. Ihre Arme sind vollkommen entblößt, schlank und graziös, und dann hebt sie einen, um sich in einer offenkundig nervösen Geste die Haare aus dem Gesicht zu streichen.

Auch heute hat sie die Haare zusammengebunden, aber nicht so streng wie sonst. Einzelne Strähnen haben sich aus dem losen Zopf gelöst, umschmeicheln ihr Gesicht und betonen die leicht exotischen Züge, die mir bisher nie aufgefallen sind.

Oh, Shit, meine Assistentin ist ja so was von heiß!

„Morgen", sage ich und räuspere mich erneut, doch trotzdem klingt das Wort eher wie ein ersticktes Krächzen. „Sie sehen, äh, nett aus."

Sie flüchtet hinter ihren Schreibtisch, landet auf ihrem Stuhl und schiebt ihn so nahe an den Tisch heran, dass es so wirkt, als wolle sie ihn wie einen Schutzschild benutzen. Zu spät, denn ich habe sie bereits gesehen und kann nur sagen: Wow! „Danke", erwidert sie.

Ich weiß nicht, was ich noch sagen soll. Eine ganze Reihe von Fragen schießt mir durch den Kopf. Unter anderem: *Was ist passiert? Warum sind Sie mit Ivy und Marina ein-*

kaufen gewesen? Wie kommt es, dass Sie auf einmal dem Beige abgeschworen haben? Ist das nur eine vorübergehende Maßnahme, oder soll das jetzt immer so bleiben? Ich weiß nämlich ehrlich nicht, ob mein Herz das verkraftet, Sie jeden Tag so zu sehen.

Stattdessen entscheide ich mich für die sichere und langweiligere Variante. Das ist leichter. Nicht so riskant.

„Hatten Sie ein schönes Wochenende?" Langsam nähere ich mich dem Schreibtisch und bemerke, dass Bryns Finger leicht zittern, als sie nach einem Stapel Papier greift, ihn zusammenschiebt und zur Seite legt.

Interessant.

„Ja, das hatte ich, danke. Und Sie?" Sie nimmt einen Kuli in die Hand und klopft damit gegen ihre Lippen. Lippen, die heute mit einem Hauch von pfirsichfarbenem Lipgloss versehen sind, wie mir auffällt.

Es war verdammt großartig. Ich war mit meinen besten Freunden golfen, wir haben eine neue Wette abgeschlossen, und die besagt, dass ich während der nächsten fünfundvierzig Tage keine Frau – Sie eingeschlossen – anrühren darf. Dann habe ich ein Bild von Ihnen und Ihrem neuen Look gesehen. Ich habe mir einen runtergeholt – zweimal –, wobei das natürlich nichts mit dem Foto von Ihnen zu tun hatte, auf dem Sie mit all diesem verflucht sexy Haar zu sehen waren … Nein, ganz gewiss nicht. Und heute komme ich hier zur Arbeit und sehe Sie … so … und kann an nichts anderes mehr denken als daran, wie sehr ich mir wünsche, Sie zu berühren. Überall.

„Es war ganz nett“, antworte ich und bleibe vor ihrem Schreibtisch stehen. Sie schaut zu mir auf, und mein Blick wandert zu der eleganten Linie ihres Halses, zu ihrem entblößten Schlüsselbein. Sie trägt ein dünnes Goldkettchen mit einem kleinen Anhänger um den Hals. Ich kann allerdings nicht richtig erkennen, was er darstellen soll.

Ich weiß nur, dass ich den drängenden Wunsch verspüre, sie genau dort zu küssen, wo ihre Haut bestimmt ganz weich und süß und herrlich duftend ist. Ich würde dem dünnen Kettchen folgen, würde Küsse rund um ihren Hals verteilen, im Nacken, auf dem Schlüsselbein. Lecken und knabbern und sie zum Stöhnen bringen …

„Gibt es etwas Spezielles, was ich heute Morgen für Sie machen soll?“

Ihre süße, verführerische und leicht zittrige Stimme reißt mich aus meinen Gedanken und ruft noch schmutzigere Fantasien hervor, wenn das überhaupt möglich ist.

Klar doch, Miss James. Ich würde es großartig finden, wenn Sie Ihren niedlichen kleinen Arsch auf die Schreibtischkante setzen, langsam Ihren Rock hochheben und die Beine spreizen, damit ich sehen kann, was Sie darunter verstecken. Vielleicht würden Sie sich die pfirsichfarbenen, glänzenden Lippen lecken und etwas subtil Versautes sagen wie zum Beispiel: „Es gibt da etwas, was Sie *machen könnten, Mister DeLuca. Wie wäre es, wenn Sie … es mit mir machen?“*

Ich blinzele und versuche, das Bild von Bryn, die mich auffordert, sie zu ficken, aus meinem Kopf zu verbannen … vergeblich. Ich sehe sie vor meinem inneren Auge: Ihre Hände hat sie hinter sich auf den Schreibtisch abgestützt, die gespreizten Beine baumeln über die Kante, der Rock ihres Kleides bauscht sich um ihre Taille. Ich stelle mir vor, dass sie einen winzigen schwarzen Slip aus Spitze trägt, aus Spitze, durch die ich hindurchsehen kann …

Verdammt, sie arbeitet für dich! Reiß dich zusammen.

Scheiße, eine Gleichstellungsbeauftragte hätte ihre wahre Freude an mir. Ich bin echt ein Perversling erster Güte.

„Lassen Sie mich ein paar Anrufe tätigen und meine E-Mails durchsehen. Ich bin sicher, dass ich heute eine ganze Reihe von Aufgaben für Sie habe, wie immer. Diese Woche wird besonders hektisch werden“, erkläre ich ziemlich brüsk, während ich mich von ihrem Tisch abwende und auf mein Büro zusteuere. „Wahrscheinlich werden Sie jeden Abend Überstunden machen müssen – nur damit Sie schon mal vorgewarnt sind.“

Diese Feststellung weckt weitere Bilder, die ich jedoch hastig verdränge, damit sie sich nicht in meinem Hirn festsetzen und mich wieder ablenken.

„Das macht mir nichts aus!“, ruft sie mir hinterher. „Ich habe auch schon eine Liste mit all den Dingen, die ich erledigen muss. Als Erstes rufe ich jetzt mal den Caterer an, weil es da noch immer ein paar ungeklärte Punkte gibt, einschließlich der genauen Gästezahl für die Party am Freitagabend. Ich komme nachher rein, damit wir alles besprechen können.“

„In Ordnung", erwidere ich, als ich meine Bürotür öffne und sie Sekunden später wieder hinter mir schließe.

Mein Atem geht so unregelmäßig, als hätte ich gerade einen Sprint hinter mir. Ich lasse mich auf den Schreibtischstuhl fallen und atme tief durch, bevor ich den Kopf zurücklehne und an die Decke starre. Dabei geht mir Bryns hübsches Gesicht mit diesen Lippen, die so sexy geglänzt haben, nicht mehr aus dem Sinn.

Heilige Scheiße. Sie sieht echt unglaublich aus. Das, gepaart mit ihrem betörenden Duft, ihrer erstklassigen Arbeitsmoral, der kurvigen Figur, ihrer Zuverlässigkeit und diesen verdammten schwarzen Schuhen ... Kein Wunder, dass ich einem Herzinfarkt nahe bin.

Noch dreiundvierzig Tage, und ich darf keine einzige Frau anfassen, oder ich riskiere den Verlust von gut einer Million Dollar. Dabei ist es nicht so, dass ich das Geld unbedingt bräuchte, nein, mir geht es eher ums Prinzip. Ich habe die ursprüngliche Wette auf ehrliche Weise gewonnen. Jetzt haben meine beiden sogenannten Freunde einfach die Bedingungen verändert und mich damit in Bedrängnis gebracht.

Aber, verdammt, ich habe das ja selber zu verantworten. Ich bin derjenige, der die Wette angenommen hat.

Das Schlimmste an der ganzen Sache ist jedoch, dass ich bloß noch daran denken kann, eine Frau zu berühren. Und zwar eine ganz bestimmte Frau. Eine, die nur wenige Meter von mir entfernt sitzt. Dieselbe Frau, die zufälligerweise für mich arbeitet.

Und der Einzige, dem ich die Schuld dafür geben kann, bin ich selbst.

Bryn

Mit einem lauten Knall wirft Matt seine Bürotür zu, sodass ich erschrocken zusammenzucke. Mein Herz rast. Ich lege eine Hand auf meine Brust und fühle, wie es aufgeregt pocht. Ich war nicht darauf gefasst, dass Matt ausgerechnet in dem Moment ins Büro kommen würde, als ich den Hintern in die Luft gestreckt habe. Ich habe im Aktenschrank nach einer Rechnung gesucht, von der ich genau wusste, dass ich sie bezahlt hatte, für die ich aber gerade heute noch eine Mahnung erhalten hatte.

Es ist so unglaublich peinlich, dass er mich so gesehen hat. *O Gott.*

Ich hatte die Rechnung bereits gefunden und angefangen, nach etwas anderem zu suchen – ich weiß schon nicht einmal mehr, was –, als ich hörte, wie er sich hinter mir räusperte. Du meine Güte, ich war so überrascht. Vor Schreck wäre ich fast aus der Haut gefahren, als ich mich umdrehte und ihn dort – natürlich wie immer umwerfend aussehend – stehen sah.

So hatte ich mir die Sache nicht vorgestellt. Nein, wenn Matt heute Morgen hereinkam, wollte ich eigentlich hinter meinem Schreibtisch sitzen. Ruhig, cool und effizient wollte ich ihn mit einem strahlenden Lächeln begrüßen und ihm einen guten Morgen wünschen. Und miterleben, wie er mich schockiert anstarrt.

Na ja, schockiert ausgesehen hat er eben ja auch. Aber ich habe noch mitbekommen, wie er seinen Blick kaum von meinem Hintern lösen konnte, als ich so vorgebeugt dastand, ehe ich mich blitzartig aufgerichtet und ihm in die Augen geschaut habe. Er hat meine veränderte Aufmachung nicht weiter kommentiert, außer mit einem standardmäßigen: „Sie sehen nett aus."

Nett.

Wie langweilig ist das denn? Dann fragt er noch, ob ich ein schönes Wochenende verlebt habe – so als hätte sich nichts geändert, als wäre gar nichts anders. Es ist ja nicht so, dass ich möchte, dass er sich wie mein ehemaliger Chef in einen geilen Hund verwandelt. Aber ich dachte, dass ich Matt mit meinem Kleid, der Frisur und dem Make-up sowie den Schuhen zumindest ein wenig beeindrucken könnte.

O Gott, diese Schuhe. Die drücken mir die Zehen ab, und dabei bin ich seit kaum einer Stunde hier.

Ich hatte wenigstens einen etwas enthusiastischeren Kommentar erwartet. „Sie sehen aber hübsch aus." Oder so was.

Doch es war einfach wie immer. Zurück an die Arbeit. Wir müssen weitermachen, wir sind so beschäftigt, und ich möchte, dass Sie Überstunden machen, Miss James – bla, bla, bla. Er ist halt mal wieder so richtig typisch drauf heute.

Anstatt enttäuscht sollte ich eigentlich froh sein. Ich sollte erleichtert und dankbar sein, dass er mich nicht anzüglich angegrinst und mir erzählt hat, wie sexy ich sei. Dass er mich nicht gefragt hat, ob er mir nicht die Hand unter den Rock schieben könne oder so. Mein ehemaliger Chef hat ständig so mit mir geredet. Eines Nachmittags wollte er tatsächlich wissen, ob er mal meine „Möpse“ anfassen dürfe. Ich hasse dieses Wort. Ich hatte gerade einmal zwei Wochen als seine Rezeptionistin gearbeitet, als er diese spezielle Frage stellte.

Damals war ich so überrascht, dass ich höflich mit „Ich denke nicht“ antwortete.

Ich denke nicht. Ich war so naiv und schockiert, dass ich sogar kichern musste, als ich das sagte. Dadurch bekam er vermutlich einen falschen Eindruck.

Dass ich mich zwei Monate nach dieser Frage von ihm küssen ließ und ihm auch erlaubte, meine *Möpse* zu befummeln, hat ihm vermutlich ebenfalls einen falschen Eindruck vermittelt.

Seufzend reibe ich mir die Stirn und fahre mit der Hand durch mein Haar. Ich hatte es heute offen tragen wollen, habe mich aber in letzter Minute dagegen entschieden. Das war dann doch zu viel des Guten. Das Kleid, das Make-up und die Schuhe waren schon schlimm genug. Das offene Haar, die Krönung meiner Erscheinung, wie meine Grandma immer gesagt hat, hätte das Ganze zu sehr auf die Spitze getrieben.

Meine übliche Aufmachung als die langweilige graue Maus Miss James ist eine Fassade. So wie ich jetzt gekleidet bin, fühle ich mich viel mehr wie ich selbst. Jetzt bin ich wieder die normale Bryn, sexy und viel zu hübsch für ihr eigenes Wohl.

Es hat so viel Spaß gemacht, mit Ivy und Marina einkaufen zu gehen. Die beiden haben mich am Samstagnachmittag bis in den Abend hinein unerbittlich von einem Geschäft ins nächste geschleppt. Die schwangere und angeblich erschöpfte Ivy war die Schnellste von uns allen. Sie hat so viele Klamotten rausgesucht, die ich anprobieren sollte, dass ich Ewigkeiten in den Umkleidekabinen in St. Helenas Innenstadt verbracht habe.

Widerstrebend habe ich meine Kreditkarte gezückt, um ein paar neue Sachen fürs Büro zu kaufen, unter anderem dieses Kleid hier. Anschließend sind sie mit mir in einen Schönheitssalon gegangen, und ich habe mir die Haare schneiden lassen. Ich kann mich gar nicht erinnern, wann ich das letzte Mal beim Friseur gewesen bin. Es fühlte sich aber wunderbar an, es endlich mal wieder professionell geschnitten zu bekommen, und es befreite mich auch von einer gewissen Last, da ich ziemlich dickes Haar habe.

Als sie mir dann noch anboten, mich gratis zu schminken, willigte ich ein. Konnte ja nicht schaden. Was nicht heißen soll, dass ich nicht weiß, wie man sich schminkt. Ich habe zu Hause eine ganze Kiste voll mit Make-up im Badezimmerschrank stehen. Doch seit ich in St. Helena lebe, habe ich das Zeug nicht rausgeholt. Ich hatte mich ja in einen neuen Menschen verwandelt, und diese Version von Bryn James trug keine Schminke.

Der Visagist war richtig gut, und Ivy und Marina waren ganz aus dem Häuschen, als ich fertig war. Die neue Frisur, das neue Gesicht … Sie konnten gar nicht mehr aufhören, mir zu erzählen, wie toll ich aussehe.

Oder wie toll Matt mich finden würde.

Das hat mich total nervös gemacht. Dabei habe ich das alles ja nicht nur getan, weil ich mir eine Reaktion von Matt erhofft hatte, sondern auch für mich. Ich wollte Zeit mit diesen beiden Frauen verbringen, die vielleicht echte Freundinnen werden könnten. Hatte ich jemals eine echte Freundin? Als ich klein war, ja, da hatte ich viele Freunde. Ich bin mit einer Gruppe von Kindern herumgetollt, die ebenfalls in unserer Wohnwagensiedlung wohnten. Doch als ich älter wurde und anfing, Kurven zu bekommen, begannen die Jungs, mir eine andere Art von Aufmerksamkeit zu schenken.

Und die Mädchen mochten mich nicht mehr so wirklich.

Daran will ich lieber nicht denken. Also erinnere ich mich noch einmal an den letzten Laden, in dem wir waren, ehe wir essen gegangen sind. Es war kurz vor Ladenschluss, und die Angestellten waren nicht sonderlich begeistert, dass wir noch reinkommen wollten. Ivy hatte ein Kleid im Schaufenster entdeckt, von dem sie behauptete, es wäre das perfekte Kleid für mich für die Wiedereröffnungsfeier, und widerstrebend musste ich ihr zustimmen.

Kaum hatte ich das magentafarbene Kleid angezogen, wusste ich, dass Ivy recht hatte. Seidig glatt schmiegte es sich an meine Haut. Es hatte dünne Träger, die über den

Schultern gekreuzt wurden, und einen tiefen Ausschnitt, der fast meinen gesamten Rücken entblößte. Der Ausschnitt vorne bot einen freizügigen Blick auf mein Dekolleté, und der relativ eng anliegende Rock umschmeichelte meine Hüften und Oberschenkel und endete kurz über dem Knie. Das Kleid war edel, umwerfend und sexy. Marina und Ivy machten sich fast in die Hosen, so aufgeregt waren sie bei meinem Anblick, als ich aus der Umkleidekabine kam. Ich drehte und wendete mich, strahlte und lachte mit ihnen, als ich mir vorstellte, wie Matt wohl reagieren würde, wenn er mich in diesem Kleid zu Gesicht bekam.

Dann verschwand ich wieder in der Umkleidekabine, erhaschte einen Blick auf das Preisschild und schnappte entsetzt nach Luft.

Es kostete fast so viel, wie ich im Monat verdiene.

Total deprimiert zog ich mich um, hängte das Kleid auf den Bügel und flüchtete aus der Kabine, ohne es mitzunehmen. Den beiden anderen erklärte ich murmelnd, dass ich es mir anders überlegt hätte und es nicht mehr wollte. Marina folgte mir fassungslos nach draußen und versuchte, mich dazu zu überreden, sofort wieder reinzugehen und es zu kaufen.

Ich war so niedergeschlagen, dass ich mich nicht einmal darüber wunderte, was Ivy drinnen wohl noch trieb.

Doch schon kurz darauf kam sie mit ernster Miene und einer Einkaufstüte ebenfalls aus der Boutique. Entschlossen drückte sie mir die Tüte in die Hand.

„Wehe, du lehnst es ab. Es ist ein Geschenk von mir. Für alle Geburtstage und Weihnachten, die noch anstehen", erklärte Ivy.

Fast wäre ich in Tränen ausgebrochen, aber ich beherrschte mich gerade noch. Ihre Großzügigkeit überraschte mich – vor allem weil wir uns ja kaum kennen. Meine eigene Mutter interessiert sich schon seit Langem nicht mehr für mich, da sie so damit beschäftigt ist, ihr eigenes Leben zu führen. Ich habe sie seit dem Highschoolabschluss nicht mehr gesehen, und da kam sie auch nur kurz zur Verabschiedungszeremonie vorbei, ehe sie mit ihrem Freund wieder auf und davon war. Und meine Grandma würde mir eher sonst was geben als ein Geschenk.

Es war das Netteste, was je jemand für mich getan hat. Also abgesehen von Matt, der unsere ausstehenden Gehälter gezahlt hat.

Jetzt wartet das Kleid in meinem fast leeren Schrank darauf, endlich getragen zu werden. Ich kann es kaum erwarten. Ich kann es wirklich nicht erwarten, es anzuziehen und zu sehen, was Matt tut, wenn er mich darin erblickt.

Wahrscheinlich nichts. Wahrscheinlich wird er sagen: „Sie sehen nett aus, Miss James." Und dabei wird er es belassen.

Ohne dass es mir so richtig auffällt, balle ich die Hand zu einer Faust und schlage damit auf den Schreibtisch, sodass alles, was darauf liegt, ins Wanken gerät. *Nein.* Ich will nicht noch einmal erleben, dass er überhaupt nicht reagiert. Ich weiß, dass er mein Chef ist. Ich weiß, ich sollte so etwas nicht tun. Es ist riskant und dumm, und es könnte dazu führen, dass ich meinen Job verliere oder mir das Leben hier versaue.

Trotzdem will ich ihn. Ich pfeife auf die Konsequenzen. Ich will Matthew DeLuca.

Und so langsam glaube ich, dass ich alles daransetzen werde, um das zu erreichen.

4. KAPITEL

Bryn

„Sie arbeiten zu hart.“

Matt blickt auf und schaut mich mit seinen dunklen Augen an. Auf seinem Gesicht zeichnet sich Erschöpfung ab, und sein sonst so üppiger Mund ist zu einer dünnen Linie verzogen. Seine Haare sind auf eine sexy Art zerzaust, und die Ärmel seines Hemdes sind bis fast über die Ellenbogen hochgeschoben, als hätte er es voller Ungeduld getan.

So wie ich ihn kenne, ist es genau so gewesen.

Während der vergangenen beiden Tage hat er fast nonstop auf die Neueröffnung hingearbeitet. In Anbetracht der Tatsache, dass heute schon Mittwoch ist und wir nur noch zwei Tage Zeit haben, um alles vorzubereiten, war ich natürlich ebenfalls immer hier und habe geholfen, wo ich konnte.

Obwohl er so müde und frustriert wirkt, sieht er fantastisch aus, und in diesem Moment wird mir klar, dass ich nichts lieber täte, als ihn in die Arme zu nehmen. Ich würde mich zwischen seinen Stuhl und den Schreibtisch drängen, mich auf die Kante setzen und Matt an seiner Krawatte zu mir ziehen. Ich würde ihn küssen, bis er das Weingut und die große Eröffnungsfeier sowie alles andere völlig vergessen hat.

Bis er sich nur noch auf mich konzentrieren kann, eine mehr als willige Frau, die ihre Zunge in seinen Mund schiebt, die eine Hand in seinem Haar vergräbt und mit der anderen seine Krawatte festhält, damit er ihr nicht entkommen kann. Aber er würde natürlich nicht entkommen wollen. Er würde den Kuss voller Leidenschaft erwidern, meine Taille umfassen, meinen Rock hochschieben und …

Ja. Ich möchte seine Sorgen fortküssen. Und wahrscheinlich würde er denken, ich habe den Verstand verloren, wenn ich etwas Derartiges versuchen würde.

„Ich muss ja hart arbeiten“, antwortet er mit einem gequälten Lächeln, das ebenso müde wirkt wie der Rest von ihm. „Ich will, dass alles perfekt wird, wissen Sie? Uns bleiben ja bloß noch zwei Tage, und das heißt, jetzt wird's ernst.“

Das ist sein neuer Lieblingsspruch. Es wird ernst. Das sagt er seit Montag, als er ein Mitarbeitermeeting einberufen und uns alle aufgefordert hat, in die Hände zu spucken und das Ganze hier tipptopp auf Vordermann zu bringen.

Schon seit Anfang der Woche habe ich immer über den Feierabend hinaus gearbeitet, und jetzt ist es auch schon fast wieder sieben Uhr. Ich bin am Verhungern, versuche aber, meinen knurrenden Magen zu ignorieren. Außerdem sehne ich mich nach meinen alten, langweiligen Klamotten, denn, hey, wenn man sich so anzieht, als wäre einem alles egal, bedeutet das auch, dass man bequeme Sachen anhat.

Heute habe ich mich für einen neuen schwarzen Bleistiftrock entschieden, in dem man nur Trippelschritte machen kann. Dazu trage ich ein hübsches, zartes Shirt, das meinen Busen riesig erscheinen lässt – was mein lieber Chef allerdings nicht zu bemerken scheint. Oh, und ich habe diese verdammten neuen Schuhe an, wie schon die ganze Woche, sodass man meinen könnte, ich hätte mich inzwischen daran gewöhnt ... Leider weit gefehlt.

Meine Zehen schreien jeden Abend vor Freude auf, wenn ich die Schuhe ausziehe, und ich musste mir Pflaster über die Fersen kleben, aber ich bin entschlossen durchzuhalten. Matts anerkennender Blick, wann immer er – und sei es auch noch so kurz – zu meinen Füßen schaut, ist all die Schmerzen wert.

Trotzdem. Obwohl ich seit immerhin drei Tagen mit meinen neuen Klamotten vor ihm herumspaziere, scheint er es so gut wie gar nicht zu registrieren. Ich weiß, dass Matt im Moment abgelenkt und einzig mit der Eröffnung beschäftigt ist. Es ist ihm sehr wichtig, dass das Weingut wieder erfolgreich ist, und natürlich will er beweisen, dass er außer Baseballspielen auch noch etwas anderes kann. Ich glaube, dass er Angst davor hat, dass niemand ihn ernst nehmen könnte. Etwas, was ich durchaus nachvollziehen kann.

Aber ich sehne mich danach, dass er mich wahrnimmt. Richtig wahrnimmt. Ich habe nun schon alles Mögliche versucht, damit er endlich einmal die Frau in mir sieht, doch er scheint durch mich hindurchzusehen.

Ziemlich frustrierend.

Ich möchte jedoch auch, dass er mich nicht nur wegen meines Aussehens mag. Mir ist klar, dass er meine Arbeit zu schätzen weiß und mich dafür bewundert, dass ich immer alles so effizient regele. Das hat er mir erst gestern wortwörtlich gesagt. Aber was ist mit mir? Mit Bryn James, der Frau? Ich mag zwar eine Hinterwäldlerin aus Texas sein, die gerade einmal zweiundzwanzig Jahre alt ist und kaum Lebenserfahrung besitzt. Und ich bin definitiv keine dieser weltgewandten Frauen, mit denen er wahrscheinlich lieber ausgeht, vögelt oder was auch immer. Verdammt, ich möchte eine Chance bekommen.

Wenn ich mutig wäre, würde ich darauf bestehen, dass er mir eine Chance gibt.

Ich sorge für den Mann, und es fällt ihm gar nicht auf. Ich stelle sicher, dass er etwas isst. Ich achte darauf, dass er nach Hause geht. Ich kümmere mich um seinen Terminkalender, weiß genau, wann er wo zu sein und wann er was zu tun hat. Ich achte darauf, dass all die kleinen Details, die er vielleicht übersieht, erledigt werden. Ich bin immer für ihn da. Immer.

Und ihm ist es egal.

„Sind Sie hungrig?", frage ich, während mein Magen schon wieder knurrt und mich daran erinnert, dass ich es definitiv bin.

Er zuckt bloß mit seinen unglaublich breiten Schultern. Sie sehen noch breiter aus, wenn sie so wie heute in einem gestärkten weißen Baumwollhemd stecken. Dazu hat er eine Krawatte um, obwohl er sie inzwischen gelockert und den obersten Knopf seines Hemdes geöffnet hat. Das macht die Versuchung noch größer, das Hemd weiter aufzuknöpfen, um zu sehen, was sich unter dem Stoff verbirgt.

Als wüsste ich das nicht. Ich habe schließlich Stunden damit zugebracht, Matt DeLuca zu googeln. Das war nicht schwierig: Von dem Mann finden sich tonnenweise Fotos im Internet. Einige dieser Bilder lassen einer Frau das Wasser im Mund zusammenlaufen, denn, ehrlich, der Körper dieses Mannes ist ein Kunstwerk. Er hat im Laufe der Jahre immer mal wieder für die eine oder andere Zeitschrift gemodelt und dabei nicht viel angehabt. Offen gestanden habe ich dem Himmel gedankt, als ich auf diese Aufnahmen gestoßen bin, kurz nachdem ich angefangen hatte, für Matt zu arbeiten.

Okay, ich gebe es zu: Auch gestern Abend habe ich im Internet nach diesen Fotos gesucht und dann sozusagen sabbernd vor dem Computer gesessen und überlegt, was, zum Teufel, ich anstellen muss, um die Aufmerksamkeit dieses Kerls zu erregen. Wie viel offensichtlicher muss ich denn noch werden?

Er hat sich heute mal wieder herausgeputzt, da er sich am Nachmittag mit Reportern eines lokalen Nachrichtensenders getroffen hat, um Fragen zum Weingut zu beantworten.

Mit so einem Aufzug beeindruckt er mich jedes Mal. Ich liebe es, wenn er einen Anzug oder zumindest ein Oberhemd mit Krawatte trägt – was er viel zu selten tut. Meiner bescheidenen Meinung nach jedenfalls.

„Ein bisschen hungrig bin ich durchaus", erwidert er schließlich, den Blick auf seinen Monitor gerichtet, während er mit seinem typischen Zwei-Finger-Suchsystem auf die Tastatur einhackt. Ich habe keine Ahnung, woran er arbeitet, doch auf jeden Fall interessiert ihn das weitaus mehr als meine Wenigkeit. „Aber ich habe keine Zeit, was zu essen.“

„Soll ich Ihnen was holen?“

Er schaut mich über den Rand des Bildschirms an, mit zusammengekniffenen Augen und skeptischer Miene. Ich sitze ihm gegenüber, fühle mich ein wenig zerzaust und ziemlich müde und wünsche mir insgeheim, ich würde genauso perfekt und sexy aussehen wie er. „Das müssen Sie nicht tun“, erklärt er vorsichtig. „Vielleicht sollten Sie nach Hause gehen, Miss James. Es ist schon spät. Es war auch für Sie ein langer Tag.“

Nach Hause in meine leere Wohnung und zu einem weiteren Tiefkühlgericht gehen? Muss nicht wirklich sein. „Es macht mir nichts aus, etwas zu essen für Sie zu besorgen, Matt, äh, Mister DeLuca.“ Ich bemühe mich, die Form zwischen uns zu wahren, genau wie er, aber hin und wieder rutscht uns der Vorname heraus. Es ist eine Art Spiel, darauf zu bestehen, ihn so förmlich anzureden. Das macht meine verruchten Gedanken über ihn noch verdorbener. „Ich könnte irgendwo etwas bestellen, dann wäre es in dreißig Minuten hier. Sie müssten mir nur sagen, was Sie mögen.“

„Ich weiß nicht. Ich weiß ja nicht einmal, was ich will.“ Er reibt sich das Kinn, und ich kann regelrecht hören, wie die Bartstoppeln über seine Handfläche reiben. Im selben Moment bekomme ich doch tatsächlich weiche Knie. Ich würde zu gern wissen, wie sich dieses raue Gesicht an meinem anfühlen würde – oder noch besser, wie es sich wohl zwischen meinen Schenkeln anfühlen würde.

Zum Glück sitze ich bereits, sonst würde ich bestimmt dahinschmelzen, ehrlich.

„Ich kümmere mich um alles", sage ich, während ich aufstehe und mir alle möglichen Gedanken durch den Kopf schwirren. „Ich bestelle etwas und lasse es herbringen oder hole es ab, ehe ich für heute Feierabend mache." Ich bin auf dem Weg zur Tür und überlege gerade, ob er wohl lieber etwas vom Italiener oder Chinesen möchte, als er mit dieser tiefen, wunderbaren Stimme meinen Namen ausspricht.

Ich bleibe stehen und drehe mich langsam herum.

Er schaut mich voller Dankbarkeit an. „Es ist wirklich nett, dass Sie sich in den letzten Tagen so gut um mich gekümmert haben. Ich weiß, dass ich Ihnen viel mehr Arbeit aufgehalst habe, als ich es eigentlich dürfte."

Lächelnd versuche ich die Schmetterlinge in meinem Bauch zu ignorieren, die bei seinen Worten zu flattern beginnen. „Gern geschehen. Und es ist doch mein Job, oder nicht? Ich tue nur das, was ich tun soll."

„Na ja, das gehört wohl nicht alles zu ihrer Jobbeschreibung." Er lächelt ebenfalls. „Sie sollten mir Gesellschaft leisten." Als ich ihn verwirrt anstarre, erklärt er: „Beim Abendessen."

„Oh, ich ... Das kann ich nicht." Ich schüttele den Kopf, und im selben Moment fängt mein Magen wieder an, laut zu knurren. Entsetzt und verlegen lege ich eine Hand auf den Bauch und spüre, dass ich rot werde. Am liebsten würde ich einfach flüchten.

Aber ich bleibe tapfer stehen und versuche so zu tun, als wäre nichts geschehen.

Er fängt leise an zu lachen und hebt eine Braue. „Weil Sie gar nicht hungrig sind, was?"

„Na schön, ich bin kurz vorm Verhungern." Ich verdrehe die Augen. Flirten wir etwa? Es kommt mir fast so vor, aber … Nein. Mist, er ist so verwirrend. „Doch ich bin mir sicher, dass Sie nicht mit mir essen wollen. Wir verbringen ohnehin schon genügend Zeit miteinander, finden Sie nicht auch?"

„Wollen Sie nicht mit mir essen?", fragt er. Plötzlich ist er ernst, und so ein unergründliches Funkeln erscheint in seinen Augen. „Mir macht es nichts aus, wenn es Ihnen nichts ausmacht. Kommen Sie, Bryn. Lassen Sie uns zusammen an meinem Schreibtisch essen. Das ist mal was anderes." Er lacht. „Wir können dabei noch einmal das Menü des Caterers durchsprechen. Das ist doch richtig aufregend, oder?"

„In Ordnung", stimme ich zu und bemühe mich, die Aufregung zu unterdrücken, die sich in mir ausbreitet, aber das ist so verdammt schwer. Sie blubbert an die Oberfläche, bereit, sich über Matt zu ergießen. „Ich suche uns ein Restaurant aus. Was mögen Sie lieber: italienisch oder chinesisch?"

„Italienisch natürlich", gibt er zurück, wofür ich ihm dankbar bin.

Auch ich ziehe die italienische Variante vor – vor allem wenn sie in Form eines Matt DeLuca daherkommt.

„Verdammt, das ist gut", meint Matt, bevor er sich noch eine Gabel mit Hummer-Ravioli in den Mund schiebt. „Und das kommt aus einem Restaurant hier in der Nähe, haben Sie gesagt?"

Weil ich so hingerissen davon bin, ihm beim Essen zuzuschauen, nicke ich stumm, bis mir auffällt, dass er mir gar keine Beachtung schenkt. „Ja, es ist nicht weit weg von hier. Ein kleines Restaurant, das von außen nicht viel hermacht, aber immer voll ist."

So voll, dass ich so manchen Blick auf mich gezogen habe, als ich zur Kasse ging und das Essen bezahlt habe, bevor ich dann gewartet habe, dass man mir die Sachen aus der Küche brachte. Es war offensichtlich, dass die meisten Gäste keine Touristen waren. Wahrscheinlich haben sie sich gefragt, wer, zum Teufel, ich sei, aber das konnte ich ihnen ja wohl kaum erzählen. Also habe ich dagestanden und diejenigen schüchtern angelächelt, die so unverschämt waren, mich ganz direkt anzustarren.

Diese Stadt, eigentlich diese ganze Region, besitzt einen Kleinstadtcharakter. Daher kann ich die Reaktion der Leute im Restaurant gut nachvollziehen. Wann immer in Cactus ein Fremder aufgetaucht ist, sind auch alle ausgeflippt und wollten wissen, wer das wohl war. Tagelang wurde dann darüber getratscht.

Jetzt hat sich der Spieß umgedreht. Jetzt bin ich das

Mädchen, über das geredet wird und bei dem sich alle fragen, wer, zum Teufel, das wohl ist. Selbst als ich alles darangesetzt habe, keine Aufmerksamkeit auf mich zu ziehen, ist mir das passiert.

„Was haben Sie sich ausgesucht?“ Matt deutet mit seiner schwarzen Plastikgabel auf meinen Teller. Seine Augen leuchten interessiert auf.

Wir sitzen an seinem Schreibtisch, so wie er es vorgeschlagen hat, und essen fast schweigend unsere Mahlzeiten, nur unterbrochen von kurzen Dialogen. Zwischendurch stößt Matt leise Töne totaler Zufriedenheit aus, was mein Blut erhitzt, doch ich versuche es zu ignorieren. Mein Essen schmeckt ebenfalls köstlich – vor allem weil ich mir so etwas selten gönne, denn italienisches Essen wandert bei mir direkt auf die Hüften. Aber wen interessiert das schon?

Mich heute jedenfalls nicht.

„Champignon-Ravioli“, antworte ich, bevor ich wieder von dem krossen, noch warmen Brot abbeiße.

„Sind Sie Vegetarierin?“, will er wissen.

„Also bitte, ich komme aus Texas.“ Oh, Mist. Das war wohl eine Spur zu sarkastisch und blöd. Ich muss aufpassen, was ich sage.

„Ehrlich? Wusste ich ja gar nicht.“ Er mustert mich aufmerksam. „Erzählen Sie mir mehr.“

Ich zucke mit den Schultern und wünsche mir, ich hätte nicht in dieses Wespennest gestochen. „Da gibt es nicht viel zu erzählen.“

„Na, das wage ich zu bezweifeln, Miss James", meint er gedehnt. „Wir essen gemeinsam, da ist es doch das Mindeste, dass Sie ein wenig höfliche Konversation mit mir betreiben."

Er wird nicht lockerlassen, das spüre ich. „Na gut, wenn Sie unbedingt meine langweilige Lebensgeschichte hören wollen, hier ist sie. Ich bin in Cactus aufgewachsen, einer Kleinstadt in Texas mit genau einer Ampel. Ach nein, warten Sie, es sind ja sogar zwei." Ich tippe mit dem Finger an meine Lippen und überlege, was ich ihm sagen kann und was nicht. Auf keinen Fall all die miesen Sachen, auch wenn es davon reichlich gibt. Nichtsnutziger Daddy, eine zu junge Mom, die niemals da war und nie irgendein Interesse an ihrer Tochter gezeigt hat. Barsche, aber liebenswerte Großmutter, die mir viele gute Ratschläge gegeben, mich allerdings nie mit Zuneigung überschüttet hat. Das war so gar nicht ihr Ding.

Das ist wahrscheinlich der Grund, warum ich immer an den falschen Stellen nach Liebe suche. Genau genommen bin ich ziemlich verkorkst.

„Ich bin von meiner Grandma großgezogen worden", erkläre ich schließlich. „Meine Mom war extrem jung und nicht viel zu Hause."

„Das ist … schade." Er sieht ein wenig peinlich berührt aus, so als wüsste er nicht, wie er darauf reagieren soll.

Vermutlich hätte ich ihm das nicht erzählen sollen, verdammt.

Ich verziehe das Gesicht. „Sie brauchen kein Mitleid zu haben. Meine Grandma ist toll. Eine echt liebe alte Dame, die den besten Kirchen-Kuchen macht, den Sie je gegessen haben." Na ja, sie ist mehr oder weniger nett. Man könnte auch sagen: gemein. Sie gehört zu denen, die auf ihrer Veranda sitzen und mit einem Gewehr auf Fremde zielen, die ihr Grundstück betreten. Sie droht ihnen, dass sie ihnen den Arsch wegpustet, wenn sie auch nur einen Schritt näher kommen. Und das ist kein Witz.

Ich schwöre, mein Leben in Cactus ist ein Cartoon-Klischee epischen Ausmaßes.

Matt runzelt die Stirn. „Kirchen-Kuchen?"

„Oh, na, Sie wissen schon. So 'n großer, selbst gebackener Schoko-Blechkuchen, von dem alle bei einer Veranstaltung in der Kirche ein Stück abkriegen. Mit dem besten Schokoladenguss, den Sie je probiert haben." Ich seufze und sehne mich schrecklich nach Grandmas Schokoladenkuchen. Frustriert greife ich nach dem Pfefferminzbonbon, den es zum Essen dazu gab, wickele ihn aus und stecke ihn in den Mund. Leider ist er ein erbärmlicher Ersatz für Schokoladenkuchen.

„Ah, jetzt begreife ich." Er lächelt, als ich ihn verwirrt anschaue. „Ihr Akzent. Der kam eben durch, als Sie geredet haben."

Ich presse die Lippen aufeinander. Kaum rede ich von Zuhause, kommt der texanische Slang durch, ohne dass es mir bewusst wird. „Als ich Cactus verließ, war ich neunzehn, und ich bin nie wieder dorthin zurückgekehrt." Und ich vermisse es kein Stück. Ich telefoniere hin und wieder mit meiner Grandma, aber es ist nicht so, dass wir jemals eine wirklich enge Beziehung hatten. Ich hatte keine Freunde. Stattdessen war da eine Ehefrau mit Mordgelüsten hinter mir her, weil ich mit ihrem Mann rumgemacht hatte, wobei sie allerdings annahm, wir hätten es weitaus schlimmer getrieben. Sie erfuhr ziemlich schnell von mir, nachdem ich von ihrer Existenz erfahren hatte. Und was dann folgte, war der reinste Albtraum.

Zum Glück hatte ich wenigstens nie mit ihm geschlafen. Wie ich hörte, schwängerte er später ein armes Mädchen, das auch für ihn gearbeitet hatte, woraufhin seine Frau ihn prompt verließ. Es endete damit, dass er seine Geliebte heiratete.

Hätte ich mich weiter mit ihm eingelassen, hätte mich vermutlich dieses Schicksal ereilt. Und das wäre dann mein Leben gewesen: verheiratet mit einem Versager, der Versicherungen verkauft, seine Zunge nicht im Mund und seinen Schwanz nicht in der Hose behalten kann und der mit jedem dummen jungen Mädchen, das für ihn arbeitet, herummacht.

Der Gedanke jagt mir einen Schauder über den Rücken.

„Und was ist mit Ihnen?“, frage ich in dem verzweifelten Versuch, das Thema zu wechseln. Ich schiebe meinen leeren Teller von mir fort und spüre das Brot, das mir schwer wie ein Stein im Magen liegt. Obwohl es lecker war. „Wie lautet Ihre Lebensgeschichte?“

Er lächelt und sticht mit der Gabel in die letzten Hummer-Ravioli auf seinem Teller. „Großgezogen von meinem Vater, nachdem meine Mutter gestorben war, als ich vier war. Er hat Baseball immer schon geliebt und war ebenfalls Profi, daher wollte ich natürlich in seine Fußstapfen treten. Genau das habe ich getan, dann verletzte ich mich, was zu meinem vorzeitigen Karriereende führte, woraufhin ich auf Empfehlung meines Freundes hier ins Napa Valley gekommen bin und das Weingut gekauft habe. Das ist alles."

Na, wenn das nicht eine perfekte Vereinfachung war. Ich sollte bei ihm in die Lehre gehen, für den Fall, dass ich das nächste Mal mit neugierigen Fragen bombardiert werde. „Das haben Sie ja ziemlich gut zusammengefasst."

„Ich nehme an, dass Sie mich längst gegoogelt haben und ohnehin alles wissen." Seine Wangen verfärben sich leicht, und ich überlege, ob er tatsächlich gerade rot wird. „Mist, das klang total eingebildet, was?"

„Ist schon okay. Und natürlich habe ich Sie gegoogelt", gebe ich zu, und diesmal bin ich es, die rot wird. Ich erinnere mich nämlich an die Fotos von seiner Anzeigenkampagne für Unterwäsche. Die waren ziemlich ... aufschlussreich. „Vor einer Weile schon, nachdem Sie das Weingut übernommen hatten. Ich wollte mehr über meinen neuen Chef herausfinden."

„Hatten Sie vorher, als ich Baseball gespielt habe, noch nie was von mir gehört?"

„Nein, ehrlich gesagt nicht. Ich interessiere mich nicht sonderlich für Sport, und wenn, dann eigentlich nur für Football." Als er daraufhin die Brauen hebt, zucke ich mit den Schultern. „Na ja, ich komme eben aus Texas."

„Okay, ich denke, in Anbetracht der Tatsache, dass Sie aus Texas stammen, kann ich Ihnen Ihre Vorliebe für Football wohl verzeihen", erkläre ich und lächele Bryn an.

Sie erwidert das Lächeln, ein bezauberndes, strahlendes Lächeln, das jedoch leider genauso schnell wieder erlischt. Enttäuschung macht sich in mir breit, doch ich versuche, das Gefühl zu ignorieren.

Je länger ich mit Bryn rede, desto besser gefällt sie mir. Es fasziniert mich, dass sie aus Texas stammt, hauptsächlich deshalb, weil ich nie im Leben darauf gekommen wäre, dass sie dort aufgewachsen sein könnte. Aus irgendeinem Grund habe ich einfach angenommen, sie wäre eine Einheimische, so wie all die anderen auch, die hier auf dem Weingut arbeiten.

Je länger sie über Texas redete, desto ausgeprägter wurde ihr Dialekt. Es war irgendwie niedlich, sie von ihrer Großmutter und dem Schokoladenkuchen reden zu hören. Sehr viel mehr hat sie allerdings nicht von sich preisgegeben. Das lässt mich vermuten, dass sich noch mehr dahinter verbirgt.

Ich frage mich, ob sie wohl etwas verheimlicht. Ich wünsche mir manchmal, ich könnte das – also, etwas verheimlichen. Aber meine Vergangenheit, meine gesamte Lebensgeschichte ist ein großes offenes Buch, in dem die ganze Welt lesen kann, und das verdanke ich Vinnie DeLuca und seinen Eskapaden.

Erstaunlicherweise entpuppt Bryn sich sogar als ziemlich resolut, und darauf war ich absolut nicht gefasst. Aber bisher kannte ich ja bloß die andere Bryn. Die unscheinbare Frau in Beige, die Schau-mich-nicht-an-Version. Diese neue Bryn, mit ihrer schicken und sexy Aufmachung, dem wunderschönen Haar und dem leicht frechen Tonfall, ist eine angenehme Überraschung.

Mir gefällt auch, dass sie beim Essen richtig zugelangt hat. Ich bin schon mit Frauen ausgegangen, die nur in ihrem Essen herumgestochert oder sich nichts als ein Salatblatt und ein Glas Wasser bestellt haben. Bryn dagegen hat ihren Teller leer gegessen und sich außerdem so wie ich reichlich Brot einverleibt.

Ich hatte ja keine Ahnung, dass eine Frau mit einem gesunden Appetit so erregend sein kann.

„Das hört sich ja so an, als wäre Ihre Karriere ziemlich frühzeitig zu Ende gewesen, oder?" Sie zuckt zusammen. „Entschuldigung. Ich sollte vielleicht lieber nicht darauf rumreiten. Ich kann mir gut vorstellen, dass Sie nicht gern darüber sprechen."

„Ist schon in Ordnung. So ist das Leben nun mal, oder?" Ich zucke mit den Achseln und tue so, als würde es mir nichts mehr ausmachen, dass ich meine Baseballkarriere an den Nagel hängen musste. Doch es macht mir etwas aus, und es tut noch immer weh. „Ich vermisse den Sport, aber das Leben geht weiter und bringt neue Herausforderungen mit sich."

Sie hebt eine ihrer zarten Brauen. „Und ich bin sicher,

dass das Weingut eine recht große Herausforderung darstellt."

„Auf jeden Fall, aber auch eine interessante. Es ist harte Arbeit. Ich glaube jedoch daran, dass wir letztlich dafür belohnt werden." Ich habe *wir* gesagt, als wäre Bryn ein wichtiger Bestandteil dieses Weinguts, und in meinen Augen ist sie das auch.

Ob sie wohl weiß, wie sehr ich sie schätze? Und ich rede dabei nicht von ihrem Gehalt oder davon, wie viel mir dieses Unternehmen einbringt oder so. Ich meine damit, wie sehr ich auf ihre Hilfe angewiesen bin. Wie hilflos ich ohne sie wäre.

Natürlich geht es nicht immer bloß um Finanzen und darum, wie viel Geld man verdient. Ich besitze genug Geld, es würde vermutlich für zehn Leben reichen. Mein Dad mag ja ein Großmaul sein, der seine Probleme gerne in die Öffentlichkeit trägt, aber er ist ein *reiches* Großmaul. Ich schätze, er betrachtet das sozusagen als einen Freibrief, und deshalb hat er sich all die Jahre ständig so verrückt verhalten. Wenn man reich ist, gilt man in dem Fall eben als exzentrisch. Wenn man arm ist, gilt man sofort als merkwürdig.

Wie dem auch sei, es war eine Extremerfahrung, bei meinem Vater aufzuwachsen. Er erwartete von mir, dass ich genauso werde wie er. Also versuchte ich, ihm so gut wie möglich nachzueifern, vor allem in Bezug auf meine Karriere als Baseballprofi.

Bis zu der unglücklichen Verletzung, die mich für immer vom Platz katapultierte. Da ist Dad geradezu ausgerastet.

Ich schwöre, er war kurz davor, mich zu enterben, und dabei war ich nicht einmal schuld daran. War unsere Beziehung früher schon nicht unbedingt die beste, ist sie seitdem noch schlechter geworden.

Inzwischen setze ich alles daran, meinem Vater aus dem Weg zu gehen.

„Ich bin überzeugt, dass sich alles zum Besten wenden wird. Ich denke, dass Sie ein glückliches Händchen haben", meint Bryn mit ihrer weichen Stimme und lächelt ...

Es ist so ein bezauberndes Lächeln. *Sie* ist bezaubernd. Schön sogar. Ich starre sie an und bin einen Moment lang wie verhext, bis ich schließlich den Kopf schüttele und diese abwegigen Träumereien verdränge.

Ich überlege, was sie wohl gemeint hat, als sie sagte, ich hätte ein glückliches Händchen. Eine Karriere habe ich durch einen unglücklichen Zufall ja bereits in den Sand gesetzt. Jetzt arbeite ich ganz besonders hart, um sicherzustellen, dass diese Sache hier sich ohne Probleme anlässt.

Inständig hoffe ich, dass alles nach Plan verläuft. Wir haben noch zwei Tage. Die große Eröffnungsfeier beginnt am Freitagnachmittag und soll bis spät in den Abend dauern. Es wird eine ganze Reihe von Presseterminen geben, eine Tour über das Weingut, eine Weinprobe, und abends um sechs soll dann die große Party beginnen. Es wird etwas zu essen geben, reichlich DeLuca-Wein und ein Liveprogramm.

Allein bei dem Gedanken daran bin ich schon erschöpft.

„So, ich sollte mich wohl besser wieder an die Arbeit machen“, sage ich und zeige mit der Gabel auf Bryn. Wenn ich mal Zeit habe, muss ich mir unbedingt das Restaurant anschauen, aus dem sie das Essen geholt hat. Es war die beste verdammte Mahlzeit, die ich seit Ewigkeiten gegessen habe.

Wie würde Bryn wohl reagieren, wenn ich sie zum Essen einladen würde? Also sozusagen zu einem Date.

„Sie wollen noch bleiben und weiterarbeiten?“, fragt sie ungläubig.

Ich schlucke und nicke. „Ja. Es gibt da noch ein paar Dinge, die ich fertigmachen muss, ehe ich nach Hause gehen kann.“

„Brauchen Sie mich noch? Kann ich Ihnen helfen?“ Sie blinzelt mich mit ihren klaren blauen Augen an, in deren Tiefen ich zu versinken drohe und die mich so in Versuchung führen.

Mit Bryn nach Feierabend im Büro zu bleiben … da fallen mir augenblicklich alle möglichen Dinge ein, die passieren könnten. Sie könnte zum Beispiel auf meinem Schreibtisch liegen, die Lippen ganz rot von meinen Küssen, das Haar sexy zerzaust …

Ich muss unbedingt aufhören, mir Bryn auf derart erotische Weise vorzustellen. Ich muss über diese Anziehungskraft hinwegkommen. Mich auf die Arbeit zu konzentrieren ist weitaus wichtiger, als mir zu überlegen, wie ich am besten die Finger unter den Rock meiner Assistentin bekomme.

Scheiße. Auch wenn ich es bloß denke: Ich bin und bleibe ein sexistisches Arschloch.

„Nein, Sie können gern nach Hause gehen. Es ist schon nach acht. Sie haben mehr als genug getan." Ich lasse meine Gabel auf den leeren Teller fallen und werfe meine Serviette obendrauf.

„Oh, lassen Sie nur. Ich sammle das alles ein." Sie greift nach der Tüte, in der sie das Essen hergebracht hat, und räumt den Müll zusammen, ehe sie ihn in der Tüte versenkt. Als sie nach meinem Teller greift, beugt sie sich ein wenig vor und gewährt mir einen wunderbaren Einblick in ihren Ausschnitt.

Ihr BH ist aus weißer Spitze, und die prallen Brüste scheinen sich gegen den zarten Stoff zu drängen. Prompt bilden sich bei diesem verführerischen Anblick kleine Schweißperlen auf meiner Stirn, und ich schaffe es nicht, die Augen abzuwenden, bis Bryn sich schließlich wieder aufrichtet und ihre Brüste außer Sichtweite sind.

Verdammt, diese Frau ist aber auch so was von heiß.

„Ich werfe den Müll auf dem Weg nach draußen weg", sagt sie über die Schulter hinweg, als sie mein Büro verlässt und zu ihrem Schreibtisch geht.

Regungslos bleibe ich auf meinem Stuhl sitzen und schaue ihr hinterher. Ihr Hüftschwung verzaubert mich. Ihr Gang ist Verführung pur. Der schwarze Rock, der ihre herrlichen Kurven umschmeichelt, regt meine Fantasie an. Und ihr Arsch schreit geradezu danach, von mir berührt zu werden.

Fuck, reiß dich endlich zusammen, Mann! Sie ist deine Assistentin. Das geht gar nicht.

Ich stehe auf und versuche, die negativen Gedanken zu ignorieren, die mir durch den Kopf schießen, während ich Bryn hinterhergehe und mein Portemonnaie aus der Gesäßtasche ziehe. „Ich schulde Ihnen noch Geld für das Essen, Bryn."

„Wenn Sie möchten, kann ich mir morgen einen Scheck ausstellen. Wir können das als Betriebskosten absetzen, wissen Sie", erklärt sie, während sie in ihren Schubladen kramt. „Keine große Sache."

Sie denkt stets mit, meine kluge Assistentin. „Ich würde es Ihnen lieber jetzt in bar geben, wenn es Ihnen nichts ausmacht", entgegne ich, steuere auf sie zu und prüfe nach, ob ich zwei Zwanziger habe. „Sie haben den Beleg noch, oder?"

Ich bin so damit beschäftigt, die Geldscheine aus dem Portemonnaie zu holen, dass mir erst in dem Moment klar wird, dass ich direkt vor Bryn stehe, als es schon zu spät ist. Ich laufe direkt in sie hinein, und wir prallen aufeinander. Instinktiv strecke ich die Hand aus, und mein Portemonnaie fällt zu Boden, als ich die Arme um Bryns Taille schlinge, damit sie nicht hinfällt.

„Oh!" Sie packt mein Hemd, weil sie auf ihren hohen Absätzen das Gleichgewicht verliert, und ihre weichen, köstlichen Kurven pressen sich an meinen Körper. Behutsam drücke ich meine Finger auf ihren Rücken, knapp oberhalb der Rundung ihres Hinterns, während sie den

Kopf in den Nacken legt und mich mit großen Augen anstarrt. „Entschuldigung", murmelt sie und fährt sich mit der Zunge über die Lippen.

Scheiße, warum musste sie das jetzt tun?

„Äh, ich bin derjenige, der sich entschuldigen sollte. Immerhin habe ich ja nicht aufgepasst, wohin ich gehe", stoße ich hervor, obwohl ich kaum einen klaren Gedanken fassen kann. Es haut mich einfach um, sie in den Armen zu halten. Ich ziehe sie ein ganz klein wenig enger an mich. Sie fühlt sich so verdammt gut an. Viel zu gut. Meine Haut ist wie elektrisiert, meine Hände kribbeln, weil sie darauf brennen, ihren Körper zu erkunden. Mit einem Mal wird mir klar, dass ich Bryn schleunigst von mir wegschieben sollte. Diese Unterhaltung sollte beendet werden, ehe das Ganze völlig aus dem Ruder läuft.

„Okay, vielleicht sollten Sie das." Sie krallt die Finger in mein Hemd, und ihre Nägel streifen meine Haut. Selbst durch den Stoff hindurch spüre ich ihre Berührung bis in die Knochen. Mir stockt der Atem, während ich sie anstarre, absolut fasziniert von dem sinnlichen Ausdruck auf ihrem Gesicht. „Entschuldigen Sie sich, Mister DeLuca."

„Es tut mir leid, Miss James", flüstere ich und bringe sie damit zum Lächeln. Verdammt, dieses Lächeln ist umwerfend. Alles an ihr ist umwerfend. Warum ist mir das vorher nie aufgefallen? Na ja, ihr Duft hat mich ja schon früher berauscht, doch ich habe mir eingeredet, das hätte nichts zu bedeuten und wäre nichts Besonderes.

Bin ich echt ein so oberflächlicher Bastard, dass erst eng anliegende Klamotten und Make-up mich dazu gebracht haben, Bryn wirklich Beachtung zu schenken?

Dabei hat diese Frau noch so viel mehr zu bieten. Sie ist intelligent und immer da, wenn ich sie brauche, was häufig der Fall ist. Ich versuche ja, fair zu sein, und will nicht ständig nur nehmen, nehmen, nehmen. Aber seit ich das Weingut gekauft habe, bin ich ziemlich egoistisch. Seit Wochen und Monaten lebe ich ausschließlich für diesen Betrieb.

Und während der ganzen Zeit war Bryn an meiner Seite. Stets zur Stelle mit allem, was ich gerade brauche, und immer einen guten Ratschlag in petto, wenn ich mal nicht weiterweiß. Sie hat dafür gesorgt, dass ich in der Spur bleibe.

Und ich bin ein hormongesteuerter Idiot, denn ich kann an nichts anderes denken als daran, dass ich sie küssen will. Sie schmecken will. Ihr die Sachen ausziehen und sie zum ersten Mal nackt sehen will.

Mein Kopf senkt sich automatisch, so als hätte ich keine Kontrolle mehr über ihn, und Bryn legt ihren zurück, als würde sie warten. Das Lächeln verschwindet, ihre Lippen öffnen sich. Plötzlich schrillen sämtliche Alarmglocken in meinem Inneren los. Was tue ich hier? Ich glaube, ich will sie küssen.

Ja, ich werde sie definitiv küssen und endlich herausfinden, wie diese köstlich aussehenden Lippen schmecken. Und wenn ich den Kuss beendet habe, werde ich mein

Gesicht in ihrem Haar vergraben und tief ihren berauschenden Duft einatmen. So lange einatmen, bis er meine Lungen füllt und mir die Sinne vernebelt. Ich kann sie schon jetzt riechen, ihr Duft umhüllt mich, betäubt mich, und ich schließe die Augen, als mein Mund sich auf ihren senkt.

Es ist ein zarter Kuss. Sanft. Unkompliziert. Ich teste sie, teste mich selbst. Sie läuft nicht davon, reißt sich nicht einmal von mir los. Nein, es ist schlimmer. Sie sollte sich von mir losmachen und mir eine runterhauen. Oder mir zumindest auf den Fuß treten, mir sagen, dass ich ein Bastard bin und dass sie kündigt. Dann würde ich sie loslassen, weil es das einzig Richtige wäre.

Sie in die Arme zu ziehen und zu küssen ist dagegen total falsch.

Stattdessen seufzt sie. Es ist der leiseste und sinnlichste Laut, den ich je in meinem Leben gehört habe, und im nächsten Moment schiebt sie die Hände über meinen Oberkörper nach oben, schlingt sie um meinen Nacken und drängt sich noch näher an mich. Schließlich umklammert sie mich, als wäre ich ihr Rettungsring.

Das ist es. Das ist das Zeichen, auf das ich gewartet habe – trotz der Warnsignale, die immer wieder vor meinen geschlossenen Augen aufleuchten:

Hör auf, hör auf, hör auf, du verdammtes Arschloch!

Ich ignoriere die Warnungen. Ich kann Bryn nicht länger widerstehen. Und ich *will* ihr gar nicht länger widerstehen. All diese weichen, wunderbaren Kurven, die sich an mich schmiegen, ihre Brüste an meiner Brust, ihre Beine, die sich an meinen reiben … Weil sie Schuhe mit diesen Fick-mich-Absätzen trägt, ist sie größer, und ich bin versucht, die Finger an ihr herabgleiten zu lassen und sie auf ihren Arsch zu legen, um zu sehen, was sie dann wohl tut.

So wie sie auf meinen Kuss reagiert, könnte ich mir vorstellen, dass es ihr gefallen würde.

Es ist noch immer ein ziemlich harmloser Kuss, weil wir anscheinend beide darauf warten, dass der andere den nächsten Schritt wagt. Eine Minute lang genieße ich den Moment einfach. Am liebsten würde ich ihn in mein Gedächtnis einbrennen, damit ich ihn niemals vergesse. Die Art und Weise, wie Bryn sich in meinen Armen anfühlt. Die leisen, heiseren Töne, die sie von sich gibt – eine Mischung aus Seufzen und Wimmern, die unglaublich erregend ist. Sie schmeckt nach Pfefferminz, süß und frisch, und ich lege den Kopf ein wenig schräg, öffne die Lippen und will den Kuss vertiefen.

Aber, ich fasse es kaum, sie ist schneller als ich: Sie öffnet sich mir und lässt ihre Zunge herausschnellen, um meine damit zu umkreisen. Es ist ein kleiner, unartiger Zungenschlag, der mein Inneres in helle Aufregung versetzt und meinen Schwanz zucken lässt. Fuck, ich will sie. Ich könnte mich in ihr verlieren.

Ich schätze, ich bin erledigt.

5. KAPITEL

Bryn

O Gott, Matt küsst mich. Küsst mich richtig. Unsere Zungen führen einen erotischen Tanz auf, der mit jeder Sekunde immer tiefer, feuchter, heißer wird. Ich klammere mich an Matt, lasse meine Hände von seinen Schultern zum Nacken gleiten und streiche mit den Fingern durch das dichte weiche Haar, während ich mich an ihn schmiege.

Seine muskulösen Arme schließen sich fester um meine Taille, wie Stahlbänder halten sie mich dicht an seinen Körper gepresst, und meine Haut beginnt zu kribbeln, weil er mich auf so besitzergreifende Weise berührt und küsst. Das ist genau das, was ich seit Monaten herbeigesehnt habe – im Grunde sogar schon, seit ich für Matt arbeite. Seit er in mein Leben spaziert kam und es mehr oder weniger gerettet hat. Wäre er nicht gewesen, hätte ich meine Sachen packen und beschämt nach Cactus zurückkehren müssen; ich wäre exakt so gescheitert, wie alle dort es von mir erwarten.

Eine gefühlte Ewigkeit habe ich gegen diese Zuneigung für Matt angekämpft, vor allem in der vergangenen Woche, und ich glaube, ihm ist es nicht anders ergangen. Während des Essens eben wurde die Verbindung zwischen uns jedoch immer stärker und wirkte schon fast greifbar.

Weshalb sonst sollte er mich nun so bereitwillig küssen? Ich weiß, dass es ein Zufall war, dass wir aneinandergestoßen sind, aber es kommt mir so richtig vor, in seinen Armen zu liegen. Er konnte nicht länger leugnen, dass er sich zu mir hingezogen fühlt, und jetzt, im ausgestorbenen, schummrigen Büro, wo niemand uns stören kann, können wir endlich dieser Anziehungskraft nachgeben und einen Schritt weitergehen.

„Bryn." Seine Stimme klingt gequält und jagt mir einen wohligen Schauer über den Rücken, als er meinen Namen nahe an meinen Lippen flüstert. „Wir sollten das nicht tun", sagt er und beendet den Kuss.

Ich streichele seinen Hinterkopf, noch immer benommen von den wunderbaren Empfindungen, die sein Mund auf meinem hinterlassen hat. O Gott, der Mann kann wirklich küssen! Ich bin dankbar, dass er mich festhält, sonst wäre ich wahrscheinlich dahingeschmolzen. Was hat er noch mal gesagt? „Warte … was?"

„Wir sollten das nicht tun", wiederholt er und presst die Lippen auf die Stelle an meinem Hals, an der mein Puls wie verrückt pocht. Im nächsten Moment löst er sich jedoch langsam von mir und schafft eine gewisse Distanz zwischen uns.

Als ich ihn anstarre, wird mir klar, dass er es ernst meint. Seine Miene wirkt düster, der Ausdruck in seinen Augen fast … schmerzerfüllt. Er beendet die Sache, ehe sie richtig begonnen hat.

Und gibt mir das furchtbar beschämende Gefühl, eine Idiotin zu sein.

„Okay." Ich hole tief Luft und lasse meine Hände sinken, die bis eben noch seinen Nacken streichelten. „Sie haben recht. Wir sollten das wirklich nicht tun."

Ich klinge wie eine Heldin aus einem dieser albernen Liebesromane, die ich so gern lese, wenn ich nicht gerade bis zum Umfallen arbeiten muss. Und ich bin echt so jämmerlich, dass es nur noch peinlich ist.

„Es ... es tut mir so leid, Bryn. Ich habe mich hinreißen lassen." Er lässt mich los, und ich weiche einen Schritt zurück. Sofort fühle ich mich beraubt, weil ich nicht länger seine Arme um mich spüre.

„Mir tut es auch leid." Ich richte mein Haar, bevor ich mein Top zurechtzupfe und meinen Rock glatt streiche. Meine Hände zittern, und ich atme einmal tief durch, während ich verzweifelt versuche, möglichst schnell meine Fassung wiederzuerlangen.

Auf keinen Fall will ich, dass er auch nur ahnt, welche Wirkung er auf mich ausübt. Schon gar nicht jetzt, nachdem er mich derart rüde abgewiesen hat.

Er bückt sich und hebt sein Portemonnaie vom Boden auf, öffnet es und holt zwei Zwanzigdollarscheine heraus. „Ist das genug?"

„Wofür?" Mir schwirrt der Kopf. Wofür will er mir denn Geld geben? Er wird mich doch nicht etwa für diesen albernen Kuss bezahlen wollen, oder? Und wenn er glaubt, meine Lippen seien lediglich vierzig Dollar wert, dann bin ich wirklich beleidigt.

„Für das Essen, das Sie besorgt haben", antwortet er mit sanfter Stimme und hält mir das Geld hin. „Genügt das?"

„Ja. Danke“, gebe ich aufgebracht zurück, reiße ihm die Scheine aus der Hand und knülle sie in meiner Faust zusammen. Ich komme mir so unglaublich bescheuert vor, dass ich nicht weiß, was ich sonst noch sagen soll.

Also sage ich gar nichts. Drehe ihm einfach den Rücken zu, schnappe mir meine Handtasche, die ich vorhin auf die Schreibtischkante gelegt habe, und flüchte aus dem Gebäude, ohne einen Blick zurückzuwerfen. Ich bemerke nicht einmal die Tränen, die mir über die Wangen laufen, bis ich in meinem Auto sitze und mich angestrengt bemühe, den Schlüssel ins Zündschloss zu stecken, es aber immer wieder verfehle.

Dadurch wird es nicht besser, vor lauter Tränen sehe ich nichts mehr, doch dann steckt der Schlüssel. Ich drehe ihn um, und in der nächsten Sekunde schnurrt der Motor zuverlässig. Ich lege meine Stirn auf das Lenkrad und lasse den Tränen freien Lauf. Sie fallen lautlos. Kein Schluchzen, kein Fluchen und keine drohende Faust … gegen mich selbst oder gegen den Mann, der mich so zärtlich, so leidenschaftlich geküsst hat, wie ich es vielleicht niemals wieder erleben werde.

Jedes Mal, wenn ein Auto vorbeifährt, tauchen die Scheinwerfer mich in grelles Licht, und ich zucke zusammen und hebe schließlich den Kopf. Schweren Herzens wische ich mir über die feuchten Wangen und atme frustriert durch. Ich muss hier weg. Es bringt überhaupt nichts, hier herumzusitzen und sich selbst zu bemitleiden. Ich war immer eine von denen, die sich selbst am Schopf aus dem Sumpf zieht. Das ist die Texanerin in mir. Bei uns heißt es, es werden keine Gefangenen genommen, das hat Grandma mir von klein auf an eingebläut.

Ein Perverser lauert mir auf und will sich an mir vergehen? Kein Problem, ich spuck ihm ins Auge. Mein ehemaliger Chef will mir an die Wäsche? Auch kein Problem, ich kündige einfach. Einige Mistkerle in Hollywood wollen einen Blowjob von mir?

Nix da, ich verschwinde und suche mir einen anderen Job. Suche mir einen anderen Chef, wieder einen Mann mit zu viel Macht, der weiß, wie er mich mit einem einzigen Blick zugrunde richten kann. Mit einer Berührung. Mit einem Kuss.

Ich lege den Rückwärtsgang ein, lenke den Wagen vom Parkplatz und gebe so viel Gas, dass die Reifen durchdrehen und Schotter aufwirbeln. Entschlossenheit gibt mir Kraft und heizt meine Wut an. Ich weigere mich, mir ständig von jemandem das Gefühl von Schwäche vermitteln zu lassen, bloß weil ich eine Frau bin. Immer wieder passiert mir das. Es zieht sich wie ein roter Faden durch mein Leben. Da verändere ich mein Aussehen, um von den Männern nicht mehr nur nach meinem hübschen Gesicht beurteilt zu werden, lasse mich dann überreden, mich wieder in mich selbst zu verwandeln, und was passiert? Natürlich handele ich mir damit Ärger ein. Aber was soll's. Vergiss es, ermahne ich mich im Stillen.

Bisher hat noch kein Mann es geschafft, mich kleinzukriegen.

Noch nie.

„Oh mein Gott, was ist denn mit dir passiert?“

Ich blicke von dem Brief auf, den ich gerade in den Computer tippe, und sehe Ivy vor meinem Schreibtisch stehen. Sie wirkt total enttäuscht und völlig entsetzt. Ich straffe die Schultern, lächele sie an und gebe mich eher kleinlaut.

„Was meinst du?“, frage ich ruhig. Es ist erst wenige Tage her, seit wir uns das letzte Mal getroffen haben. Ich weiß, dass sie mir jetzt die Leviten lesen wird.

Sie zeigt auf mich, während sie mich mustert und gleichzeitig die Nase rümpft. „Diese beigen Sachen, sie sind alle wieder da. Und deine Frisur ... Wieder dieser Dutt, und ungeschminkt bist du auch. Warum? Was ist passiert? Ich dachte, du hättest dir neue Sachen gekauft. Genau genommen weiß ich es sogar – ich war ja schließlich dabei.“

Es hat keinen Zweck, einen Mann dazu bewegen zu wollen, sich in mich zu verlieben, wenn er es ganz offensichtlich nicht will. Trotz des leidenschaftlichen Kusses, der intimen Unterhaltung und der heißblütigen Blicke, mit denen Matt mich geradezu verschlungen hat, musste ich wieder zu meiner ursprünglichen Aufmachung zurückkehren. Ich trage die Farbe Beige wie eine Rüstung, um mein Herz vor Schaden zu bewahren.

„Stimmt. Ich habe die neuen Sachen auch angehabt und mir größte Mühe gegeben, Matt damit zu beeindrucken, doch der Schuss ist nach hinten losgegangen. Das Ganze war ein totaler Reinfall.“ Ich greife unter meinen Schreibtisch und hole die Tüte hervor, in der das wundervolle

Kleid steckt, das Ivy mir großzügigerweise für die morgige Feier gekauft hat. „Ich muss dir das zurückgeben. Ich weiß deine Geste wirklich zu schätzen, aber ich brauche es jetzt doch nicht mehr."

Benommen nimmt Ivy die Tüte entgegen, öffnet sie und schaut hinein, ehe sie mich mit einem entschlossenen Funkeln in den Augen betrachtet. „Oh nein, das wirst du nicht tun. Wage es ja nicht, mir das Kleid zurückzugeben, weil du glaubst, ich hätte dafür viel zu viel Geld ausgegeben. Das hier ist mein Geschenk an dich."

„Sei mir bitte nicht böse, doch ich möchte es nicht." Ich versteife mich ein wenig und hoffe, dass sie mir vergibt, aber, verdammt, ich bin immer noch so wütend auf Matthew DeLuca, diesen Mistkerl. „Es ist völlig sinnlos, es anzuziehen. Deshalb gebe ich es dir zurück. Hoffentlich kannst du es im Laden noch umtauschen oder so."

„Was? Wieso ist es sinnlos? Was ist denn geschehen?" Ivy starrt mich entgeistert an.

Mit dem Kopf deute ich leicht in Richtung Matts geschlossener Bürotür. Er hat sie den ganzen Tag lang zugelassen und so gut wie gar nicht mit mir geredet – wenn man einmal von kurzen Bitten absieht, die er in schmerzhaft höflichem Ton vorgetragen hat. Ich bin allerdings genauso schlimm, denn ich antworte mit „Ja, Sir", wann immer ich etwas für ihn erledigen soll. Dafür ernte ich jedes Mal einen irritierten Blick.

„Was hat er denn getan?" Ivy senkt die Stimme zu einem Flüstern.

Kopfschüttelnd verdrehe ich die Augen und spüre, dass es wehtut. Liegt wahrscheinlich daran, dass ich die Haare so fest zusammengezurrt habe, dass mein gesamtes Gesicht unter Spannung steht. Wer braucht ein Lifting, wenn er sich solch eine Frisur antut? „Ich kann hier nicht darüber reden. Nicht jetzt."

„Ich weigere mich, das Kleid zurückzunehmen." Ivy legt die Tüte auf den Schreibtisch, und ihre Miene verrät, dass sie keinen Widerspruch duldet. „Du trägst dieses Kleid morgen Abend. Ob es dir gefällt oder nicht."

„Es ist ja nicht so, dass es mir nicht gefällt, weißt du." Ich nehme die Tüte und werfe sie zurück unter den Schreibtisch, obwohl mir klar ist, dass ich dadurch das Kleid total zerknittere. Das heißt, ich muss es heute Abend noch bügeln, wenn ich es morgen tatsächlich tragen will. „Du hast es mir bloß gekauft, damit ich einen gewissen Jemand damit beeindrucken kann. Ich kann dir jedoch versichern, dass er nicht im Geringsten beeindruckt sein wird."

„Du redest um den heißen Brei herum, und das kann ich nicht ausstehen." Ivy marschiert zur Tür und winkt mich zu sich. „Komm mit."

Ich folge ihr nach draußen, wo die Sonne hell und warm auf meine kühle Haut scheint, als Ivy mir voraus hinter das Gebäude geht. Sie dreht sich zu mir um, und ich verschränke die Arme vor der Brust und nehme eine Art Verteidigungshaltung ein. Mich mit meiner neuen Freundin zu streiten ist wirklich das Letzte, was ich will. Doch ich kann ihr auf keinen Fall erzählen, was gestern zwischen Matt und mir passiert ist.

Es ist so peinlich.

„Na los, ich will alle Einzelheiten hören. Sag mir, was Matt Idiotisches angestellt hat, dass du dich in dein altes Ich zurückverwandelt hast." Ivy erschauert sichtbar. „Ich hasse Beige. Ich hoffe, das weißt du."

Ich auch, aber das gebe ich nicht zu. Da tue ich lieber so, als wäre das viel eher mein Stil, und verstecke mich dahinter, als dass ich zugebe, dass ich eigentlich ganz … hübsch aussehe ohne das Beige. Das trage ich wie einen Schutzschild, um mich damit vor all meinen Verletzlichkeiten zu schützen. „Es ist so peinlich."

„Es bleibt doch unter uns. Na ja, und Marina. Sie wird auch wissen wollen, was los ist", meint Ivy.

„Du darfst es aber nicht Archer verraten. Und Marina darf nichts zu Gage sagen. Es ist unser kleines Geheimnis", entgegne ich und hebe drohend den Finger.

„Meine Lippen bleiben versiegelt. Bei meiner Pfadfinderehre." Sie hebt drei Finger, bevor sie anfängt zu kichern und mich damit noch unruhiger macht.

„Ich kann dich nicht ernst nehmen, wenn du lachst", schimpfe ich mit ihr, weil es mich ärgert. Wenn Matt rausbekommt, dass ich draußen mit Ivy tratsche, wird er bestimmt auch sauer. Er ist sowieso schon total nervös, weil morgen endlich die große Feier steigt. Nervös und gestresst, und die unangenehme, miese Stimmung, die zwischen uns herrscht, macht die Sache nicht besser.

„Ich lache doch nicht über dich. Es ist nur so, dass ich Matt letzte Woche, als er mir was erzählt hat, ebenfalls mein Pfadfinderehrenwort gegeben habe." Sie runzelt die Stirn und neigt den Kopf zur Seite. „Ich fasse es nicht, dass es erst eine Woche her ist, seit Matt und ich diese Unterhaltung geführt haben. Seitdem ist eine Menge passiert."

„Was für eine Unterhaltung? Was hat er dir erzählt?" Wenn sie mir berichtet, was er gesagt hat, brauche ich nicht zu beichten, was gestern Abend passiert ist.

„Oh nein, darauf falle ich nicht rein." Sie lächelt. Mist, sie ist gut. „Also, raus damit."

Ich gebe klein bei und packe aus. Dass Matt interessiert zu sein schien, seit ich das Beige aufgegeben hatte. Dass ich gestern länger geblieben bin, Essen besorgt habe und wir zusammen gegessen haben. Dass ich gerade nach Hause gehen wollte, als wir aneinandergestoßen sind, und dass er mich, ehe ich michs versah, geküsst hat.

Dass es unglaublich war.

„Und dann war es vorbei. Er hat erklärt, dass wir das nicht tun sollten, hat mir vierzig Mäuse in die Hand gedrückt und mich weggeschickt", beende ich niedergeschlagen meinen Bericht.

„Was? Moment mal, er hat dir vierzig Mäuse gegeben? Wofür?" Ivy hat die Stimme fast zu einem Kreischen erhoben.

„Pst." Ich schüttele den Kopf und muss fast lachen, dabei ist diese Situation eigentlich alles andere als komisch. Vielleicht werde ich irgendwann darüber lachen können, im Augenblick allerdings nicht. „Die waren für das Essen, das ich bezahlt habe."

„Oh, Gott sei Dank", murmelt sie, und diesmal muss ich tatsächlich lachen. Ich kann nichts dafür. „Ich dachte schon, er wollte dich für deine Dienste oder so bezahlen." Die ganze Geschichte ist einfach total absurd.

„Das habe ich auch erst gedacht!"

Und jetzt prusten wir beide los und lehnen uns gegen das Gebäude, als müssten wir uns abstützen.

„Ich vermute mal, dass er dich nun erneut ignoriert, oder?", fragt Ivy, nachdem sie sich beruhigt hat.

Ich nicke und werde ebenfalls wieder ernst. „Ich habe die Lage nicht unbedingt verbessert, als ich gestern Abend verschwunden bin. Ohne ein Wort zu sagen, habe ich mich umgedreht und bin geflüchtet, als wäre der Teufel hinter mir her."

„Und dann tauchst du heute Morgen in deinem beigen Outfit auf, und alles ist wieder beim Alten." Ivy seufzt. „Was für ein Mist."

„Ich weiß nicht, was ich sonst tun soll. Seine Abfuhr, die … na ja, die hat wehgetan", gestehe ich, bevor ich die Lippen aufeinanderpresse, um keine weiteren Details zu offenbaren. Sie ist zwar meine Freundin, aber so nahe stehen wir uns noch nicht. Ich will nicht, dass sie mich für eine totale Idiotin hält, was sie bestimmt täte, wenn sie mehr über meine Vergangenheit erfahren würde. Mir ist schon eine Menge Scheiß passiert. Abgesehen von dem Perversen und dem verrückten Chef und den Mistkerlen aus Hollywood, die scharf auf einen Blowjob waren, haben auch die Freunde, die ich hatte, nicht viel hergemacht. Männer sehen ein hübsches Gesicht und einen ansprechenden Körper und denken, ich wäre leicht zu haben.

Kaum verändere ich meinen Kleidungsstil, küsst Matt mich. Und stößt mich dann von sich. Dabei wollte ich ja, dass er mich bemerkt. Insgeheim wünsche ich mir nichts sehnlicher, als für Matt mehr als bloß die Assistentin zu sein.

Es ist dumm, dass mich das alles so mitnimmt, denn ich habe es mir ja selbst zuzuschreiben, aber ich kann einfach nicht anders. Wenn es um Männer geht, setzt bei mir anscheinend der Verstand aus.

Doch Ivy soll mich nicht für verrückt halten. Auch wenn ich es in gewisser Weise bin.

„Selbst wenn du abgewiesen wirst, musst du stur bleiben, meine Liebe. Und er hat dich ja nicht abgewiesen, weil er dich nicht will. Wahrscheinlich versucht er nur, das Richtige zu tun", erklärt Ivy mir.

Hm. Vielleicht hat sie recht. Matt scheint mir ein ziemlich anständiger Kerl zu sein, soweit ich das beurteilen kann. Ich bin sicher, dass er nicht vorsätzlich mit mir spielt. „Es würde sowieso nicht funktionieren", widerspreche ich jedoch mit fester Stimme. „Er ist mein Chef, ich bin seine Angestellte. Ich weiß nicht, wieso ich mich von euch beiden habe überzeugen lassen, dass so etwas überhaupt jemals funktionieren *könnte*."

„Nein, nein, nein. Wehe, du gibst auf. Das lasse ich nicht zu." Ivy packt meine Oberarme und schüttelt mich kurz, ehe sie mich wieder loslässt. „Du wirst morgen eins deiner neuen Outfits tragen. Ich will kein Beige an dir sehen, verstanden? Matt braucht dich bei der Eröffnung in Höchstform, und dazu gehört auch, dass du bestmöglich aussiehst. Es steht ziemlich viel auf dem Spiel."

Sie hat ja so recht. Morgen ist der weitaus wichtigste Tag in seiner neuen Karriere. „Na schön, okay. Ich ziehe mein anderes neues Kleid an. Du wirst kein Beige zu Gesicht bekommen."

„Gut." Ivy lächelt. „Und morgen Abend, wenn du auf die Party gehst, wirst du dieses Kleid tragen. Du wirst alle begrüßen und sie als Repräsentantin des DeLuca-Weinguts beeindrucken, auch wenn es dich umbringt. Matt wird ohne Zweifel stolz auf dich sein, wenn du ihm zeigst, was für eine wertvolle Angestellte er in dir hat. Sollte er gleichzeitig auch erkennen, was für eine schöne Frau du bist, umso besser."

Worauf will sie denn jetzt hinaus? „Und?"

„Und sollte er einen Annäherungsversuch unternehmen, großartig. Aber ich warne dich." Ivys Miene wird auf einmal erschreckend ernst. „Wenn er nichts dergleichen versucht, dann sei nicht überrascht. Er bemüht sich nur, alles richtig zu machen. Vor allem wegen seines Vaters."

„Wegen seines Vaters? Was meinst du damit? Was ist mit dem?"

Ivy verzieht das Gesicht. „Vinnie DeLuca steht in dem Ruf, ein absoluter Kotzbrocken zu sein, und er bringt Matt ständig in Verlegenheit. Ich glaube, sie reden schon gar nicht mehr miteinander."

„Ein Kotzbrocken? Inwiefern?", hake ich neugierig nach.

„Er ist ein schrecklicher Weiberheld. Und als Profi-Baseballspieler war er andauernd in irgendwelche Raufereien verwickelt. Es wurde außerdem gemunkelt, dass er sich mit Anabolika vollgepumpt hat, dass er gezockt und häufig auch betrogen hat." Ivy schüttelt den Kopf. „Matt hat alles getan, um sich so weit wie möglich von seinem Vater und dessen Eskapaden zu distanzieren. Er war immer ein ziemlich geradliniger Kerl."

Und dann komme ich daher und verwandele mich in Lichtgeschwindigkeit von einer langweiligen und nichtssagenden Frau in eine offenherzige und verzweifelte. Kein Wunder, dass er mich erst geküsst und dann abgewiesen hat. Er will sich definitiv nicht von seinem Weg abbringen lassen.

Während ich versucht habe, genau das Gegenteil zu tun.

„Ich komme mir so erbärmlich vor", sage ich seufzend.

„Das brauchst du nicht. Wir haben dich ja dazu ermuntert." Sie seufzt ebenfalls. „Ich fühle mich auch mies."

„Ich ziehe das Kleid an. Aber ich werde nicht probieren, mich Matt an den Hals zu werden oder so. Es ist falsch. Er kann derartige Probleme oder Schuldgefühle jetzt nicht gebrauchen." Ich trete nach einem Stein und fühle mich beschissen, weil ich das Richtige tun muss.

„Du erstaunst mich, weißt du das? Matt kann sich glücklich schätzen, dich an seiner Seite zu haben."

„Ich hoffe wirklich, dass er das auch so sieht", antworte ich schweren Herzens.

Matt

Matt kann sich glücklich schätzen, dich an seiner Seite zu haben.

Ich hoffe wirklich, dass er das auch so sieht.

Ich wollte Bryns und Ivys Unterhaltung nicht belauschen, aber ich bin zufällig darauf aufmerksam geworden. Aber als ich merkte, dass sie über mich reden – und über meinen Dad –, wollte ich unbedingt wissen, was sie noch dazu zu sagen hatten.

Es war total unangenehm, mit anhören zu müssen, was Ivy über Dad erzählt hat. Allerdings ist nicht zu leugnen, dass es die Wahrheit war. Er ist ein Kotzbrocken mit einem entsetzlichen Ruf, einem, von dem ich mich so weit wie möglich zu distanzieren versuche.

Deshalb musste ich Bryn gestern Abend von mir stoßen. Ich konnte die Sache nach diesem erstaunlichen Kuss nicht weiter vorantreiben, sosehr ich es mir auch gewünscht hätte. Und verdammt, ich habe es mir echt gewünscht.

Als Bryn eben erklärt hat, dass sie sich wegen der Sache gestern Abend erbärmlich fühlt, wurde mir klar, dass sie es genauso sehr gewollt hat wie ich. Dabei hatte ich schon befürchtet, dass ich mich ihr aufgedrängt habe. Nachdem sie ohne ein weiteres Wort verschwunden ist, war meine Konzentration auch dahin, und ich habe Feierabend gemacht. Frustriert und noch immer erregt bin ich nach Hause gefahren, konnte jedoch nicht aufhören, an das zu denken, was zwischen Bryn und mir geschehen war. Gleichzeitig habe ich darüber nachgegrübelt, wieso ich es überhaupt so weit kommen ließ. Ich habe Bryn geküsst, habe sie in die Arme gezogen, sie berührt …

Oh ja, es war ein kolossaler Fehler, den ich wohl nicht so schnell vergessen werde.

Ich hatte unglaubliche Angst davor, ihr heute Morgen unter die Augen zu treten. Doch sie hat mir die Sache erleichtert, indem sie wieder in ihrem beigen Outfit aufgekreuzt ist und mich kaum eines Blickes gewürdigt hat. Fast so, als würde ich *ihr* Angst machen. Diese Bryn kenne und verstehe ich, zumindest dachte ich das immer. Mit der Bryn, die sozusagen mit der Tapete verschmilzt, habe ich seit Monaten zu tun und bin deshalb an sie gewöhnt.

Es ist die umwerfende Bryn, die so verdammt elegant und höllisch sexy ist, die mich fast um den Verstand bringt. Sie sieht nicht nur fantastisch aus, sondern wird außerdem sehr viel mutiger, wenn sie stylishe Klamotten und eine hübsche Frisur trägt. Sie bewegt sich viel selbstbewusster, schaut mir in die Augen und redet mit mir.

Als ich sie heute Morgen in ihrer üblichen farblosen Aufmachung sah, hat sie mich aus dem Konzept gebracht, aber bloß einen Moment lang. Sie kann sich noch so sehr hinter diesen nichtssagenden Farben und der strengen Frisur verstecken: Ich weiß, wer sich unter der Oberfläche verbirgt.

Und ich will mehr, obwohl ich eigentlich das Richtige tun will.

Sie verwirrt mich. Ich dachte, indem ich sie von mir stoße, könnte ich alle meine Probleme lösen. Stattdessen habe ich das Gefühl, mir noch eine ganze Reihe weiterer Schwierigkeiten eingehandelt zu haben.

Eilig verlasse ich meinen Lauschposten – Ivy und Bryn reden noch immer miteinander – und gehe zu meinem Wagen, um zu meinem letzten Termin für heute zu fahren. Es handelt sich um ein Gespräch in der Bank mit einem möglichen Investor.

Kaum zwei Minuten nachdem ich den Parkplatz auf dem Weingut verlassen habe, klingelt mein Handy. Ein Blick auf das Display verrät mir, dass mein Vater anruft. Wenn man vom Teufel spricht … Es ist beinahe so, als könnte der Alte spüren, dass jemand über ihn geredet oder an ihn gedacht hat. Wider besseres Wissen nehme ich den Anruf entgegen. Es ist vernünftiger, mich gleich darum zu kümmern, als die Sache rauszuzögern und zu riskieren, dass er mich dann morgen womöglich nervt.

„Sohn." Vinnies Stimme dröhnt durch die Lautsprecher meines Wagens, da das Handy über Bluetooth läuft. „Lange nichts gehört."

Er tut jedes Mal so, als gäbe es eigentlich gar keinen Grund, dass wir seit Monaten nicht miteinander geredet haben. „Was gibt's?", frage ich und komme direkt zur Sache.

„Ah, du bist immer so nett zu deinem alten Herrn, stimmt's?" Vinnie lacht leise, und ich beiße die Zähne zusammen, während ich nichts lieber täte, als sofort aufzulegen. „Soso, wie ich höre, wird dein schickes Weingut morgen eröffnet."

„Richtig." An meinem Weingut hat er bisher nicht das geringste Interesse gezeigt. Als ich ihm von dem Kauf erzählt habe, war „Wie nett" sein einziger Kommentar. Er war wie üblich total abgelenkt und mit sich selbst beschäftigt.

Daraufhin haben wir nie wieder darüber gesprochen.

„Ich hatte gehofft, ich würde eine Einladung kriegen."

Mir stellen sich die Nackenhaare auf, und ich muss mich räuspern. „Ich dachte, du wärst eher ein Fan von härteren Spirituosen", erwidere ich und bemühe mich, es scherzhaft klingen zu lassen.

„Na ja, ein echter Weintrinker bin ich wirklich nicht, das stimmt. Aber ich möchte natürlich dabei sein, wenn mein einziger Sohn sein neues Weingut präsentiert. Das wird ein stolzer Moment, da bin ich mir sicher."

Ein stolzer Moment, bei dem ich ihn ganz bestimmt nicht dabeihaben will. „Willst du echt extra dafür herkommen? Es wird wahrscheinlich ziemlich langweilig. Abgesehen von meinen Freunden wird niemand da sein, den du kennst."

„Jemand aus der Baseball-Szene?“, fragt er.

Ja, ein paar Leute, doch ich will auf keinen Fall, dass er mit denen zusammentrifft. Er neigt nämlich dazu, sich mit ihnen in hitzige Diskussionen zu verstricken, sobald das Thema Baseball angeschnitten wird. Und vor allem, wenn es um seine Vergangenheit, um seine Spiele und die Liga damals geht.

Aber, Scheiße, einladen muss ich ihn wohl trotzdem, oder? Er ist mein Vater.

„Eine Handvoll Leute, aber nicht viele“, antworte ich, während ich die Straße vor mir im Auge behalte. Ich hatte mir nicht die Mühe gemacht, ihm eine Einladung für morgen zu schicken. Kann es sein, dass er sauer deswegen ist? Ob das jetzt seine merkwürdige Art und Weise ist, sich an mir zu rächen, weil ich ihn übergangen habe?

Das würde ich meinem Dad durchaus zutrauen. Er ist einfach der Typ dafür.

„Ich habe einen Artikel in der Zeitung gesehen“, erklärt er. Er lebt noch immer in der Bay Area, wo er geboren und aufgewachsen ist. Wir beide hatten Glück, dass wir in einem Profiteam spielen konnten, das nicht weit von unserem Heimatort entfernt war. Mein Dad hat es immer dem DeLuca-Fluch zugeschrieben – ein passender Ausdruck in Anbetracht der Tatsache, wie mies unsere Profikarrieren sich letztlich entwickelt haben. „Und da hab ich erst begriffen, dass die Sache ja schon morgen über die Bühne geht. An den Aktivitäten tagsüber kann ich nicht teilnehmen. Ich habe gelesen, dass du einen Rundgang über das

Weingut sowie eine Weinverkostung und all solche netten Sachen anbietest. Aber ich würde liebend gern zu der Party morgen Abend kommen, wenn es dir recht ist."

„Natürlich, kein Problem", erwidere ich und bedauere meine Worte sofort. Hoffentlich habe ich gerade keinen Fehler gemacht.

„Großartig! Ich kann es kaum erwarten, dich zu sehen. Es ist schon wieder viel zu lange her. Ich vermisse dich."

Ja, klar. „Es wird nett, dich mal wiederzusehen. Du solltest dir allerdings im Klaren darüber sein, dass ich den ganzen Abend beschäftigt sein und wenig Zeit für ein Plauderstündchen haben werde." Genauso wenig wie für sein berechnendes Schwelgen in Erinnerungen an unsere manchmal nicht gerade unkomplizierte Vergangenheit. Das liebt er nämlich und bringt mich damit dazu, wieder ein schlechtes Gewissen zu haben.

Unsere Beziehung ist echt so was von verkorkst, dass es kaum zu glauben ist.

„Das verstehe ich vollkommen", versichert er mir. „Ich werde mich einfach in deinem Ruhm sonnen, ganz der stolze Vater. Ich werde dir deine kleine Party morgen Abend nicht durcheinanderbringen, versprochen. Mach dir um mich keine Gedanken."

Dass er die Veranstaltung morgen als meine „kleine Party" bezeichnet, bringt mich sofort wieder auf die Palme. So ein Arschloch. Ich schwöre, er sagt solche Sachen mit voller Absicht. Ich glaube ihm kein Wort.

Und ich hasse es, dass ich so reagiere.

Nachdem er aufgelegt hat, überlege ich, wie ich das Problem, das die Anwesenheit meines Vaters zwangsläufig darstellt, lösen kann. Ob Bryn mir wohl helfen würde? Wenn ich Bryn meinem Dad vorstelle, wird er sie jedoch mit Sicherheit anbaggern, und dann ist sie tödlich beleidigt.

Mist, das ist ein Risiko, das ich wirklich nicht eingehen möchte. Aber habe ich eine Wahl? Genau genommen ist es doch so, dass mein Dad einen Babysitter braucht, und es gibt nur wenige Menschen, die dafür geeignet sind.

Trotzdem möchte ich es Bryn nicht zumuten, sich um diesen unverschämten Bastard kümmern zu müssen, der mein Vater ist.

6. KAPITEL

Matt

„Das sieht hier ja alles fantastisch aus, Alter." Archer haut mir vor Begeisterung so hart auf den Rücken, dass ich einen Schritt nach vorn stolpere und zusammenzucke, als der Schmerz durch mein Knie zuckt. Es tut noch immer weh. Es wird immer wehtun. „Du hast es tatsächlich geschafft. Ich wette, dass morgen alle Welt über das DeLuca-Weingut spricht."

„Danke, aber die Party hat ja gerade erst begonnen", antworte ich, stets auf der Hut und voller Sorge. Auf dem Weingut tummeln sich massenhaft Gäste, der Parkplatz sowie eine brach liegende Wiese, die wir extra für die heutige Veranstaltung bereitgestellt haben, stehen voller Autos.

Mein Vater ist noch nicht aufgetaucht, was mir zusätzliche Sorgen bereitet, aber eigentlich habe ich gar keine Zeit, darüber nachzudenken. Vielleicht kreuzt er ja auch gar nicht auf. Allerdings fürchte ich, dass ich so viel Glück wohl nicht haben werde. Er weiß, wie er einer Party einen Dämpfer versetzen kann, sei sie nun klein oder groß.

Die Vorstellung, dass mein Dad die Party stürmt, laut und betrunken, und mich als Idioten dastehen lässt, macht mich echt nervös. Also muss ich irgendetwas tun, um diese Nervosität abzustreifen. Und zwar schleunigst.

„Du scheinst heute ja in Weltuntergangsstimmung zu sein, du Arschloch. Komm schon, Kopf hoch. Das Leben ist großartig“, verkündet Gage und hebt salutierend sein Glas, ehe er einen Schluck vom DeLuca-Cabernet trinkt.

„Sei nicht so gemein“, schimpft Marina mit ihm, während sie sich bei Gage unterhakt. „Es ist eine tolle Party, Matt. Ich wusste, dass alle ganz beeindruckt sein würden.“

„Danke, Marina.“ Ihr Lob bedeutet mir viel, da sie aus einer der ältesten Familien hier in der Gegend stammt. Wenn jemand weiß, was im Napa Valley abgeht, dann ist es Marina Knight. Dass ich sie beeindruckt habe und sie bisher nur Gutes von all denen, die sie kennt, gehört hat, lässt mich aufatmen.

Zumindest ein wenig.

Mein Name steht auf dem Etikett, auf dem Schild am Eingang und am Gebäude. Es ist irgendwie ein fast unwirkliches Gefühl, nach monatelanger harter Arbeit, Schweiß und Tränen heute endlich die Früchte ernten zu können.

Die Events, die im Laufe des Tages stattgefunden haben, verliefen alle reibungslos. Die Tour über das Weingut war ein Erfolg; viele Leute haben daran teilgenommen, einschließlich der Lokalpresse. Die Weinverkostung war unglaublich nervenaufreibend, entwickelte sich aber so gut, dass ich mich schnell wieder entspannen konnte. Fast alle genossen das, was sie probieren konnten, auch wenn es natürlich ein paar Nörgler gab. Mit denen muss man ja immer rechnen.

Bryn hat die Verkostung geleitet. Sie war ruhig und gefasst, elegant und aufmerksam und obendrein noch amüsant. Alle waren begeistert von ihr, als sie mit großem Enthusiasmus über die Weine und den Namen DeLuca sprach und darüber, was das Weingut in den kommenden Jahren für das Napa Valley bedeuten würde. Himmel, sie war so gut, dass sogar ich meinem Hype geglaubt habe.

Sie war absolut perfekt, und ich hatte bisher noch keine Chance, ihr zu danken oder sie zu loben. Ich habe sie heute Abend noch nicht einmal ankommen sehen, und das überrascht mich. Eigentlich war ich davon ausgegangen, dass sie längst da sein würde.

Es wäre mir so wichtig, sie hier zu wissen.

Gage und Marina steuern auf einen der Buffettische zu, und ich blicke mich um und scanne die Menschenmenge. Die kleine Band stimmt ihre Instrumente und wird gleich anfangen zu spielen. Das Wetter an diesem Abend könnte nicht besser sein, es ist nicht zu kalt. Dennoch habe ich angeordnet, draußen die Heizstrahler anzustellen, damit die Luft ein wenig wärmer wird. Eine leichte Brise lässt das Laub an den majestätischen Eichen rascheln, die überall auf dem Grundstück verteilt sind. In den Bäumen hängen weiße Lichterketten, die die Party festlich beleuchten, ohne dass das Licht zu grell ist. In allen Ecken des Gartens sind Bars aufgebaut, und vor allen haben sich bereits Schlangen gebildet, weil jeder ein Glas des neuen DeLuca-Weins haben möchte. Kellner mit Tabletts bewegen sich durch die Menge und bieten Fingerfood sowie Sektflöten an.

Eine rundum gelungene Veranstaltung, und dazu hat Bryn maßgeblich beigetragen. Doch wo steckt sie?

„Matt! Deine Party ist großartig." Ivy kommt auf mich zu, und ihr Babybauch ist inzwischen so kugelrund, dass er vor ihr da ist. Archer ist an ihrer Seite, als sie vor mir steht, mich in die Arme schließt und in eine Parfumwolke hüllt. „Es ist unglaublich, wie toll alles aussieht. Wo ist Bryn? Ich wollte ihr auch sagen, wie fantastisch das alles geworden ist. Ich weiß ja, wie viel sie für dich getan hat."

„Hat sie wirklich. Und du hast deine Sache ebenfalls hervorragend gemacht." Ich küsse ihre Wange, ehe ich sie loslasse. Ich bin ihr echt dankbar für all ihre Mühen, was die Inneneinrichtung angeht. Dank Ivy sieht das alles unglaublich aus. Ihre Fähigkeiten und ihre Erfahrung waren genau das, was ich gebraucht habe, um sicherzustellen, dass alles jetzt modern aussieht, ohne den Charme des „alten" Weinguts zu verlieren.

„Ich bin so froh, dass es dir gefällt." Sie lächelt, ehe sie Marina und Gage in einer der Schlangen entdeckt. „Ich bin gleich wieder da. Ich muss kurz mit Marina reden."

Archer und ich blicken ihr hinterher, ehe er sich mir zuwendet und mich mit einem vielsagenden Grinsen anschaut. „Na, heute schon mit deiner Angestellten rumgemacht?"

Mir schwant Übles. „Wovon, zum Teufel, redest du?"

„Ach, komm schon, mir brauchst du nichts vorzumachen. Ich weiß, dass deine Assistentin scharf auf dich ist, und wie ich höre, beruht dieses Gefühl durchaus auf Gegenseitigkeit.“ Archer trinkt einen Schluck. „Ivy erzählt hin und wieder was. Sie und deine Miss James sind seit Kurzem recht gut befreundet.“

„Was hat Ivy dir erzählt?“ Ich kann mir beim besten Willen nicht vorstellen, dass Bryn über das, was vorgestern Abend passiert ist, als ich sie erst geküsst und dann von mir gestoßen habe, mit Ivy gesprochen hat.

„Nicht sonderlich viel. Nur dass ihr zwei schon viel zu lange im Büro umeinander herumscharwenzelt und dass Bryn endlich ein bisschen mutiger geworden ist und sich eine neue Garderobe zugelegt hat. Nach dem, was mir zu Ohren gekommen ist, wird dich das Kleid, das sie heute Abend trägt, völlig von den Socken hauen“, warnt Archer mich.

Ich schlucke. Na toll. Sie wird also ein Kleid tragen, in dem sie absolut perfekt aussieht? Na und? Ich kann ihr widerstehen. Kein Problem.

Scheiße, ich hoffe, ich kann es.

Tagsüber hat sie heute mal keins dieser langweiligen beigen Outfits angehabt, und dafür war ich sehr dankbar. Wobei … sie hat mich mit ihrem Auftreten so verdammt beeindruckt, dass ich es vermutlich gar nicht bemerkt hätte. Doch sie war bestens gekleidet, trug ein lila Kleid und hatte das Haar zu einem eleganten Zopf zusammengebunden, der jedoch längst nicht so streng wirkte wie sonst. Sie hat wunderhübsch ausgesehen. Selbstsicher und elegant, eine wunderbare Repräsentantin des DeLuca-Weinguts.

„Sie ist meine Assistentin, nichts weiter", versichere ich Archer und hoffe inständig, zugleich auch mich selbst zu überzeugen. „Ich weiß, dass du die Fotos von ihr gesehen hast, als die beiden anderen ihr ein neues Aussehen verpasst haben. Du hast mich ja genug damit aufgezogen. Aber ich kann diese Sache nicht weiterverfolgen. Bryn arbeitet für mich, und ich will da kein Risiko eingehen, sonst geht das womöglich innerhalb kürzester Zeit in die Hose. Und dann? Dann ist sie sauer auf mich und ruiniert mich womöglich. Verklagt mich wegen sexueller Belästigung am Arbeitsplatz oder so."

„Oh, ich verstehe. Das solltest du allerdings besser mal Ivy erzählen. Die ist nämlich immer noch drauf und dran, euch beide zusammenzubringen", meint Archer und lässt seinen Blick über die Menge schweifen, so wie ich es eben getan habe. „Hey, ist sie das da nicht? Deine Bryn?"

Ich reiße den Kopf herum und folge Archers Blick. Verdammt, mir fallen fast die Augen aus dem Kopf, als ich sie entdecke.

Es ist unglaublich, sie ist … wunderschön. Ich fand sie ja schon heiß, als sie am Montag in diesem schwarzen Blümchenkleid auftauchte, aber jetzt ist sie so verdammt umwerfend und schön. Anders kann man es nicht nennen.

„Das ist sie", bestätige ich und beobachte, wie sie am anderen Ende des Gartens entlanggeht, hierhin und dorthin schaut, während sie anscheinend alles in sich aufnimmt. Ein kleines Lächeln umspielt ihre dunkelrot geschminkten Lippen, und sie streicht sich das lange tiefschwarze Haar über die Schulter, ehe sie stehen bleibt, um mit jemandem zu reden. Sie lacht über das, was der Mann zu ihr sagt, bevor sie ihm kurz auf die Schulter klopft und weitergeht.

Eifersucht macht sich in mir breit, obwohl ich mir einrede, dass das verrückt ist. Sie kann ja anschauen, wen sie will, und reden, mit wem sie will, vor allem wenn wir nicht zusammen sind. Verdammt, selbst wenn wir zusammen wären: Ich hätte nicht das Recht, ihr vorzuschreiben, was sie zu tun oder zu lassen hat.

Doch am liebsten würde ich das tun. Ich klinge wie ein echter Neandertaler, aber, verdammt, ich will, dass Bryn mir gehört.

Trotz allem.

„Fuck, Alter, sie ist ein echter Hingucker“, murmelt Archer. „Ich könnte gut verstehen, wenn du auf die Million verzichten würdest, um sie flachzulegen.“

Seine Worte erzürnen mich, und ich werfe ihm einen wütenden Blick zu. „Rede gefälligst nicht so über sie, du Mistkerl. Du könntest der Frau zumindest ein wenig Respekt zollen“, weise ich ihn mit eiskalter Stimme zurecht.

„Ach, komm schon, mach dir nicht ins Hemd“, entgegnet Archer und schüttelt lächelnd den Kopf. „Ich finde es klasse, dass wir alle zu Neandertalern mutieren, sobald es um die Frauen geht, die wir lieben.“

„Ich habe nie gesagt, dass ich in Bryn verliebt bin.“ Ich arbeite seit sechs Monaten mit ihr zusammen, habe sie aber gerade erst als Frau registriert, obwohl mich ihr Duft schon vom ersten Tag an verrückt gemacht hat. Das heißt aber noch lange nicht, dass ich sie liebe. Scheiße, es ist viel zu früh, um so etwas zu behaupten.

Allerdings muss ich zugeben, dass ich mich zu ihr hingezogen fühle. Seit dem Kuss kann ich nicht aufhören, daran zu denken, wie sie schmeckt. Wie sie sich in meinen Armen angefühlt hat …

„Tja, du schaust sie allerdings an, als wolltest du sie von Kopf bis Fuß ablecken." Archer lacht, als ich ihn erneut wütend betrachte. Leider ist er damit der Wahrheit verflucht nahe. „Siehst du? Du magst sie, DeLuca. Aber das ist okay. Du kannst es ruhig zugeben. Sobald ihr zwei im Bett landet, gib uns Bescheid, damit wir die Wette außer Kraft setzen und ein für alle Mal vergessen können."

„Scheiße, nein. Ich werde diese Wette gewinnen … egal, was passiert", erkläre ich zuversichtlich.

„Träum weiter", meint Archer und verpasst mir wie Gage vorhin einen Schlag auf den Rücken. Diesmal bleibe ich jedoch stehen. „Es wird auch langsam Zeit, dass du mal Interesse an einer Frau zeigst. Du lebst schon viel zu lange wie ein Mönch."

Ich antworte nicht darauf und merke es nicht einmal, als Archer weggeht. Stattdessen konzentriere ich mich voll auf Bryn, die sich den Weg durch die Menge bahnt, den Garten durchquert und offenbar geradewegs auf mich zusteuert. Das Kleid, das sie trägt, ist wie für sie gemacht. Das auffallende Magenta sticht heraus, denn die meisten hier tragen Schwarz. Der seidige Stoff schmiegt sich um ihre Brüste und Hüften. Ihre Schultern sind entblößt, denn das Kleid wird nur von dünnen Trägern gehalten. Das Rockteil ist leicht ausgestellt und endet knapp über ihrem Knie.

Die Farbe steht ihr ausgezeichnet und unterstreicht den rosigen Schimmer auf ihren Wangen. Ihr Haar hat sie zu langen mitternachtsschwarzen Locken frisiert. Sie entdeckt mich, und ein kleines, geheimnisvolles Lächeln erscheint auf ihren verführerischen Lippen, als sie auf ihren Stiletto-Sandalen, die im Licht silbrig funkeln, auf mich zukommt.

Sie sieht aus wie eine verdammte Märchenprinzessin, die extra für mich heute Abend hier aufgetaucht ist. Ich bin sehr versucht, nach ihrer Hand zu greifen, auf die Party zu pfeifen und uns ein abgeschiedenes Plätzchen zu suchen, wo wir beide allein und nackt sein können.

Was, zum Teufel, ist bloß in dich gefahren?

Bryn James. Sie ist in mich gefahren. Das Problem? Ich mag dieses Problem. Scheiße, ich genieße es geradezu. Ich sollte sie nicht begehren, aber genau das tue ich. Ich sollte meine erotischen Fantasien nicht mit ihr verknüpfen, aber ich kann nicht aufhören, es zu tun. Verflixt, ich träume nachts sogar von ihr.

Verruchte Träume, aus denen ich verschwitzt und erregt aufwache und mich nach ihr sehne.

„Tut mir leid, dass ich so spät dran bin", sagt sie, als sie vor mir steht. Eine Brise weht ihren köstlichen süßen Duft zu mir herüber, den ich so diskret wie möglich einatme. Mein Schwanz zuckt, doch mit eisernem Willen gelingt es mir, ihn sozusagen niederzuringen. Dies ist der falsche Zeitpunkt dafür – auch wenn er andere Pläne zu haben scheint, in denen stets Bryn und ich vorkommen. Nackt, versteht sich. „Ich musste noch schnell nach Hause fahren, um mich umzuziehen, und der Verkehr war einfach entsetzlich."

„Sie haben nicht viel versäumt", beruhige ich sie und lasse meinen Blick offen über ihre Figur schweifen, ehe er auf ihrer Brust verharrt. All diese entblößte Haut stellt eine verdammt riesige Ablenkung dar. „Sie sehen unglaublich aus."

Sie strahlt mich an, und mein Körper reagiert entsprechend. „Sie aber auch."

Ich trage einen Anzug und fühle mich darin wie immer unbehaglich, aber ich nehme ihr Kompliment gern an. „Danke. Habe ich Ihnen eigentlich gesagt, dass Sie wirklich herausragende Arbeit geleistet haben vorhin bei der Weinverkostung?"

„Oh, tatsächlich? Nein, wir haben seitdem ja noch gar nicht miteinander gesprochen, und ich war so nervös wegen der ganzen Sache." Sie wird ernst, während sie mich anschaut. „Finden Sie echt, dass ich das gut gemacht habe?" Mein Lob hat sie anscheinend überrascht. Begreift sie denn nicht, wie wertvoll sie für mich ist – sowohl im Berufsleben als auch für mich persönlich?

Vielleicht nicht.

„Sie haben das ganz ausgezeichnet gemacht und das Weingut so gut angepriesen. Sie waren perfekt." Ich lächele und unterdrücke den Wunsch, sie zu berühren.

Sie sieht erleichtert aus. „Puh, danke. Ich hatte mich deswegen ziemlich gesorgt."

„Warum das denn? Sie haben absolut selbstsicher und gelassen gewirkt. Ich glaube ehrlich gesagt auch nicht, dass Sie mich jemals enttäuschen könnten", platze ich heraus, ehe ich mich bremsen kann.

Ihre Miene wird weich, und in ihren Augen funkeln Emotionen, die ich nicht genau benennen kann. Himmel, sie ist so bezaubernd und süß, dass die Erinnerungen an den Abend, als ich sie geküsst habe, sofort wieder aufleben. „Danke, Matt. Es bedeutet mir viel, das von Ihnen zu hören." Sie hält kurz inne und lässt den Blick über die Party schweifen, die um uns herum stattfindet. „Bemerkenswert, wie Sie das alles hier auf die Beine gestellt haben. Es sieht einfach toll aus."

„Ja, nicht wahr? Und Sie haben einen großen Anteil daran, dass alles wie am Schnürchen läuft, das wissen Sie doch." Ich schaue mich stolz um. Alle Gäste scheinen sich zu amüsieren. Aber noch gilt es ja, ein paar Stunden zu überstehen.

„Kaum zu glauben, dass der Tag schon fast vorbei ist", meint sie und beißt sich auf die Unterlippe, bevor sie mich wieder ansieht.

Verdammt. Erneut würde ich sie am liebsten an mich reißen. Sie küssen, bis sie nicht mehr klar denken kann. Bis *ich* nicht mehr klar denken kann. Dass sie hier neben mir steht, in einem Kleid, das verboten sein sollte, stellt meine Selbstbeherrschung auf eine arge Zerreißprobe.

Ich möchte mit ihr allein sein. Sofort.

Wirklich?

Wirklich.

„Macht es Ihnen etwas aus, kurz mit mir in mein Büro zu kommen?", frage ich sie und suche fieberhaft nach einer passenden Ausrede. Ich sollte das nicht tun. Sollte die Party am wichtigsten Abend meines Lebens nicht einfach verlassen.

Ein Abend, der schnell aus dem Ruder laufen könnte, wenn mein Vater auftaucht und etwas Idiotisches anstellt, denn darin ist er Experte.

Sie runzelt die Stirn. „Weshalb?"

„Ich habe dort etwas vergessen, und ich brauche Ihre Hilfe, um es zu finden." Eine total lahme Ausrede, aber es ist mir egal. Ich verspüre das dringende Bedürfnis, mit ihr zusammen zu sein. Allein. Und wenn es bloß für einen kurzen Augenblick ist.

„Äh, okay. Glauben Sie, dass es schlau ist, wenn wir beide gleichzeitig die Party verlassen?" Bryn wirkt unsicher, doch davon kann ich mich gerade nicht abhalten lassen.

Also nehme ich ihre Hand und führe sie in Richtung Verwaltungsgebäude. Es fühlt sich einfach toll an, wie sie meine Finger umschließt. „Es dauert nur ein paar Minuten. Außerdem sind ja die anderen Angestellten hier draußen, und Archer liebt es, ein Auge auf alles zu haben."

Darauf erwidert Bryn nichts.

Wir betreten das Haus, ohne dass wir uns die Mühe machen, das Licht einzuschalten; die zahllosen Lichterketten draußen erhellen die Räume völlig ausreichend. Ich gehe mit Bryn in mein Büro und lasse erst dort ihre Hand los.

„Wonach suchen Sie denn, dass ich Ihnen dabei helfen muss?“, will sie wissen.

Wegen der kleinen Notlüge bekomme ich ein schlechtes Gewissen, doch ich verdränge das schnell. Scheiß drauf. „Ich habe gar nichts verlegt, Bryn. Ich wollte einfach nur … mit dir allein sein.“

Sie öffnet die Lippen, während sie mich anstarrt, doch sie sagt kein Wort.

Ihr Schweigen ermutigt mich, mir das zu nehmen, was ich will.

Endlich.

Bryn

„Ich weiß, ich sollte das nicht tun“, sagt Matt und kommt auf mich zu. Entschlossen setzt er einen Fuß vor den anderen, während ich langsam den Rückzug antrete. Angst und Aufregung machen sich in mir breit, sodass es mir schwerfällt, klar zu denken.

„Was sollten Sie nicht tun?“ Ich hebe mein Kinn und schaue ihm direkt in die Augen. Darin erkenne ich all die aufwühlenden und verwirrenden Emotionen, die ihn anscheinend ebenso wie mich plagen. Sein normalerweise sinnlicher Mund wirkt jedoch ein wenig grimmig. Der Mann meint es offensichtlich ernst. Was er vorhat, weiß ich zwar nicht, kann es mir allerdings denken. Immer schneller gehe ich rückwärts, fort von all dieser maskulinen Intensität, die da auf mich zusteuert, bis ich schließlich mit dem Hintern gegen die Wand stoße.

Ich bin in die Falle gegangen. Und zwar am bestmöglichen Ort.

In seinem Büro, allein mit ihm in der Dunkelheit, genau da, wo wir neulich angefangen haben.

„Du machst mich verrückt, seit der Sekunde, als du auf der Party aufgetaucht bist", stößt er hervor, und es klingt fast wie ein Grollen. Inzwischen steht er direkt vor mir.

Tatsächlich? Das würde ich gern fragen, stattdessen presse ich die Lippen zusammen. Ich bin ja vorhin erst hergekommen, und außerdem scheint er mich sonst auch nie richtig wahrzunehmen. Was mir gerade ganz recht ist. Vor allem nach dem Fiasko neulich Abend.

Jedenfalls rede ich mir das ein.

„Ich verstehe das nicht, ich bin doch eben erst angekommen", erwidere ich und gerate leicht in Panik, als seine Augen sich verdunkeln.

Will ich das hier? Ich habe mich so darum bemüht, mir seinen Respekt zu verdienen, und trotzdem bringe ich mich immer wieder in solche gefährlichen Situationen. Das verwirrt mich alles. Ich möchte, dass mein Chef mich als Angestellte schätzt, aber ich möchte auch, dass er *mich* bemerkt. Mich wirklich bemerkt. Nicht nur als die zuverlässige, effiziente und durchstrukturierte Miss James, die sein Leben so viel einfacher macht.

Ich möchte, dass Matt in mir auch die Frau sieht. Die Frau, die er begehrt.

Für einen kurzen, wunderbaren Moment hat er es getan. Das endete mit einem Debakel, doch nun bin ich schon wieder hier allein mit ihm.

Und spiele mit dem Feuer …

Diese Worte schießen mir spontan durch den Kopf. Sehr passend angesichts von Matts glühendem Blick.

„Glaub mir. Du stellst eine Ablenkung dar, die ich echt nicht gebrauchen kann“, sagt er mit leiser, sexy Stimme.

Ein Zittern durchfährt meinen Körper, doch ich bleibe standhaft. „Ich habe heute den ganzen Tag lang fast bis zum Umfallen für Sie gearbeitet, also bitte erzählen Sie mir jetzt nicht, dass Sie wütend auf mich sind“, kontere ich, zucke jedoch zusammen, kaum dass ich es ausgesprochen habe. Obwohl Matt angefangen hat, mich zu duzen, bleibe ich beim Sie. Es kommt mir einfach sicherer vor. Aber dieses ganze Hin und Her zerrt an meinen Nerven, und ich weiß nicht, wie lange ich das noch aushalten kann.

Ich bin müde. Seit Wochen, nein, eigentlich schon seit Monaten, lebe und arbeite ich nur auf diese Wiedereröffnung hin, und obwohl ich gerade angekommen bin, würde ich am liebsten sofort wieder nach Hause gehen, in mein Bett kriechen, mir die Decke über den Kopf ziehen und einen Monat lang schlafen.

Es sei denn … Wenn ein gewisser Jemand zu mir ins Bett steigen würde, hätte sich die Sache mit dem Schlaf vermutlich erledigt. Stattdessen bekäme ich viel nackte Haut, viele leidenschaftliche Küsse und heißen, köstlichen Sex geboten …

Bei dem Gedanken daran wird mir ganz heiß.

„Und ich weiß es zu schätzen, dass du für mich fast bis zum Umfallen gearbeitet hast, Bryn“, erklärt er langsam und lässt seinen Blick über meinen Körper gleiten. Sein Tonfall und sein Blick lassen eindeutig darauf schließen, dass er mit mir flirtet, eine Tatsache, die mich erstarren lässt.

Unsere Beziehung ist nicht so. Bisher haben wir uns immer total professionell verhalten – wenn man mal von diesem einen Vorfall absieht, über den wir jetzt nicht reden. Noch immer kann ich seine Lippen auf meinen spüren, auch wenn ich das auf keinen Fall erwähnen würde.

Seine letzte Bemerkung klang allerdings definitiv nach einem Flirt. Und die Art, wie er mich anschaut …

Oh, oh.

Hitze schießt mir in die Wangen, als er direkt vor mir stehen bleibt. Ich spüre seine Wärme, nehme seinen berauschenden Duft wahr und presse die Lippen aufeinander, um nicht etwas total Idiotisches zu sagen.

O Gott, ich will dich. So sehr, dass mein Körper fast schmerzt vor Sehnsucht.

Ach herrje, ich klinge schon wieder wie eine Heldin aus einem kitschigen Liebesroman. Die Art von Lektüre, die immer auf dem Nachttisch meiner Grandma gelegen hat, als ich noch ein Kind war. Ich fand diese Gefühle immer so furchtbar übertrieben. So etwas konnte im wahren Leben einfach nicht passieren.

Doch genau das empfinde ich gerade. In diesem Moment. Mit Matthew DeLuca. Und so wie er mich anschaut, glaube ich fast, dass es ihm genauso geht.

„Also, äh, w…wieso mache ich Sie verrückt?“ Ich muss schlucken. Ich klinge wie ein stotternder Trottel. Verzweifelt bemühe ich mich, meinen rasenden Herzschlag zu beruhigen, aber es funktioniert nicht. Schweigend starren wir einander an. Nur unser immer schneller werdender Atem ist zu hören. Dann streckt Matt die Hand aus. Legt die Finger auf meine Wange. Lässt sie behutsam über mein Gesicht gleiten.

Langsam schließe ich die Augen, und wie von selbst öffnen sich meine Lippen. Seine intime Berührung ist so köstlich, dass ich vor Wonne erzittere. Ich suche an der Wand hinter mir Halt, denn ansonsten, so fürchte ich, falle ich gleich um.

Ich kann ihn riechen. Kann ihn spüren. Wir waren uns auch vorher schon nahe, aber noch nicht so. Niemals so. Das erste Mal war ein Zusammenstoß, aus dem sich eine Gelegenheit entwickelt hat – eine überstürzte Gelegenheit, die letztlich zu einer schrecklichen Enttäuschung wurde.

Das möchte ich nicht noch einmal riskieren. Ich weiß nicht, ob ich das überleben würde.

Aber ich will es. Ich will ihn.

„Du siehst so verdammt schön aus heute Abend“, flüstert er, und beim Klang seiner rauen Stimme bekomme ich eine Gänsehaut.

„Danke", antworte ich, weil mir nichts Besseres einfallen will. Ich öffne die Augen und stelle fest, dass er noch näher gekommen ist. Mit der einen Hand stützt er sich an die Wand, die andere ruht noch immer auf meinem Gesicht. Ich lege den Kopf zurück und sehe ihn an, während er mit dem Daumen über meine Unterlippe streicht.

„Es ist so verdammt schwer, nicht einfach nachzugeben und dich zu küssen", gibt er grimmig zu und lässt seinen glühenden Blick über mich gleiten, tiefer hinab bis zu meiner Brust. Ich spüre, wie meine Nippel unter dem Seidenstoff meines Kleides hart werden, und plötzlich wird mir schmerzhaft bewusst, wie wenig ich anhabe. Keinen BH, keinen Slip …

Mein Kleid ist die einzige Barriere zwischen Matts Händen und meiner Haut.

O Gott, ich will das. Wirklich. Ich will seine Hände auf meinem Körper spüren. Ich will seinen Mund auf meinem, will *ihn* überall spüren. Ich bin es leid, ihm zu widerstehen, vor allem da er mich ganz offensichtlich ebenso sehr begehrt wie ich ihn.

Einmal im Leben werde ich mutig sein. Ich will sehen, was er macht, wenn ich ihn auffordere, genau das zu tun, was er mit mir tun möchte.

„Was hindert dich? Wir haben uns schon einmal geküsst." Diese Situation ist jetzt so intim. Ich strecke die Hand aus und berühre seine schwarze Krawatte. Habe ich das eben tatsächlich gesagt? Ich fasse es nicht. Und ich kann auch nicht glauben, dass ich ihn anfasse. Obwohl ich natürlich nur seine Krawatte streichle, und das ist ja eigentlich keine große Sache.

Aber ich kann all diese Härte, diese Hitze unter seinem Hemd spüren, fühle das Schlagen seines Herzens, atme den Duft seiner Haut ein. Erleichterung durchströmt mich. Wir haben versucht, diese Anziehungskraft und das Knistern zwischen uns zu ignorieren, vor allem während der vergangenen Tage, aber jetzt scheint es so, als würden wir schließlich doch kapitulieren. Wieder einmal.

Na ja, ich habe mich zumindest bemüht, die Anziehungskraft zu ignorieren. Matt hatte damit offenbar kein Problem, denn er schien an mir ja kein Interesse zu haben.

Vielleicht ist es aber gar nicht so. Wenn ich von seinem jetzigen Verhalten etwas ableiten kann, dann hat er offenbar definitiv Interesse an mir.

„*Ich* hindere mich. Oder zumindest sollte ich das tun", antwortet er auf meine Frage, bevor er meine Taille umfasst und so nahe an mich herantritt, dass unsere Beine und unsere Oberkörper aneinanderreiben. Ich halte den Atem an und warte auf ein, wie ich fürchte, total enttäuschendes Ende unserer Unterhaltung.

Doch Matt sagt gar nichts mehr. Stattdessen senkt er den Kopf und presst sanft seinen Mund auf meinen. Sein zärtlicher Kuss löscht alles aus, all meine Gedanken, all meine Sorgen und Vorbehalte, denn ich höre, fühle und rieche nur noch ihn. Er umgibt mich, überwältigt mich, und als er mit der Zunge tief in meine Mundhöhle vordringt, bin ich verloren.

Und nur Matt wird in der Lage sein, mich zu retten.

Als er den Kuss beendet, um mit den Lippen über meinen Hals zu streifen, lässt sein tiefes, sinnliches Stöhnen mich wohlig erschauern. Er klingt so, als könnte er sich nur mit Mühe beherrschen. Ich hebe die Arme und schlinge sie um seinen Nacken, ehe ich die Hände in seinem Haar vergrabe, etwas, was ich zu gern tue. Sein Haar ist so voll, so weich, und ich habe plötzlich den Eindruck, dass ich niemals genug von ihm bekommen kann.

So wie er mich küsst, glaube ich, dass es ihm ähnlich geht. Sein Mund kehrt zu meinem zurück, und wieder küsst er mich voller Leidenschaft. Es ist ein so heißer, so feuchter und so tiefer Kuss. Es ist, als würde ich mit Haut und Haaren von ihm verschlungen werden.

Ich liebe es. Ich will mehr. Ich klammere mich an ihn, schmiege mich an ihn und wünsche mir, er würde die Hände unter mein Kleid schieben. Ich möchte gern miterleben, wie er entdeckt, dass ich keinen BH, keinen Slip, rein gar nichts darunter trage.

Ich schätze, dass ihm diese Entdeckung durchaus gefallen könnte.

„Himmel, Bryn, du fühlst dich so unfassbar gut an“, sagt er, als er nach Atem ringt. Mit einer Hand geht er auf Wanderschaft, an meiner Taille hinauf, bis er direkt unter der Wölbung meiner Brust innehält. Er lehnt sich ein wenig nach hinten und betrachtet meine harten Nippel, die sich gegen den Seidenstoff des Kleides pressen. Langsam hebt er die andere Hand und fährt mit den Fingerspitzen an dem tiefen V-Ausschnitt entlang. Erneut beschert er mir damit eine köstliche Gänsehaut.

Seufzend schließe ich die Augen und genieße diese mutige und doch so zarte und federleichte Berührung. Jetzt lässt er seine Finger unter den Stoff gleiten und bedeckt damit meine rechte Brust. Als er bemerkt, dass ich keinen BH trage, entfährt ihm ein lustvolles Stöhnen.

Seine rauen Finger spielen mit meinem Nippel und machen mich schier wahnsinnig vor Verlangen. Ich lasse meine Arme sinken und dränge mich seiner Berührung entgegen, während ich weiterhin die Augen geschlossen halte. Ich habe fast Angst, ihn anzuschauen, denn es könnte ja sein, dass er aufhört, wenn ihm klar wird, was wir hier tun.

Und dann küsst er mich wieder und umschließt mit beiden Händen mein Gesicht. Am liebsten würde ich dahinschmelzen. Mit den Daumen streicht er über meine Wangen, eine ganz zärtliche Geste, und so wie er mich festhält, kommt es mir beinahe so vor, als würde er mich … wirklich schätzen. Nie zuvor hat ein Mann mich so gehalten, mich so geküsst. Ich schlinge meine Arme um Matts Mitte und klammere mich an ihn. „Bitte hör nicht auf, hör niemals auf“, flüstere ich an seinen Lippen, als er plötzlich innehält. Er hebt den Kopf und dreht ihn in Richtung Fenster, um zu lauschen.

„Hast du das gehört?“, fragt er leise.

Abgesehen von dem Rauschen in meinen Ohren, das von seinen äußerst erregenden Küssen und meinen flehenden Worten herrührt, nehme ich eigentlich gar nichts wahr. Oh doch, jetzt höre ich die Partygäste draußen, deren Unterhaltungen allerdings nur als ein leises Summen bis hierher in dieses stille Büro dringen. Die Andeutung von Musik von der Band, die wir engagiert haben, aber mehr auch nicht.

„Ich könnte schwören, dass da jemand meinen Namen gebrüllt hat." Er gibt mir einen Kuss auf die Nasenspitze, auf die eine Wange, dann auf die andere. „Es klang verdächtig nach meinem Vater", murmelt er.

„Wirklich?" Er küsst meine Stirn, meine Schläfe, mein Ohr, mein Kinn. Süße, kleine Küsse, die meine Haut vor Erwartung kribbeln lassen. „Ich wusste gar nicht, dass er auch kommen will."

„Ich habe vergessen, es dir zu erzählen." Er küsst mich noch einmal auf den Mund, und seine Lippen verharren für einen langen, wunderbaren Moment auf meinen, ehe er sich endgültig von mir löst. „Ich hatte nicht damit gerechnet, dass er tatsächlich auftauchen würde. Besser gesagt, ich hatte gehofft, dass er es nicht tun würde."

Es überrascht mich, dass er ihn überhaupt eingeladen hat. Ivy hat mir gegenüber ja erwähnt, dass es um die Vater-Sohn-Beziehung nicht sonderlich gut bestellt ist.

Und dann höre ich es. Ein lautes, heiseres Gegröle: „Matthew DeLuca, wo, zum Teufel, steckst du, Junge?" Matt hört es ebenfalls – es ist ja auch nicht mehr zu überhören. Sein ganzer Körper versteift sich, und er tritt von mir fort. Sofort fehlt mir seine Nähe, und mich fröstelt.

„Das ist er", sagt Matt grimmig. „Ich sollte besser gehen."

„Ich komme mit. Brauchst du meine Hilfe?" Ich strecke die Hand nach ihm aus, doch er entzieht sich mir.

Er zieht sich total in sich selbst zurück. Es tut mir weh, obwohl ich es ihm nicht verübeln kann.

Er muss schleunigst zu seinem Vater, um ihn ruhigzustellen.

„Misch dich einfach unter die Gäste, und sorge dafür, dass sich alle amüsieren. Ich muss los und mich darum kümmern, dass er weder sich noch mich völlig blamiert und nicht alles ruiniert", erklärt Matt, bevor er sich umdreht und hinauseilt.

Ich lehne mich gegen die Wand. Mein Herz rast, meine Lippen kribbeln noch immer von seinen berauschenden Küssen. Zuerst einmal muss ich meine Fassung wiedergewinnen, meine Gedanken sammeln und mich wieder in eine fröhliche Gastgeberin verwandeln.

Ich muss Matt helfen. Er ist im Stress. Das Letzte, was er jetzt noch braucht, ist ein aufgebrachter Vater, der eine Szene macht.

Mit einem tiefen Atemzug schiebe ich all meine verwirrenden Gefühle beiseite, drücke meine zittrigen Knie durch und richte mich auf, bevor ich mein Kleid glatt streiche und wieder nach draußen in den Garten gehe.

7. KAPITEL

Matt

„Sohn! Da bist du ja endlich. Ich habe dich schon überall gesucht“, sagt mein Vater, als er auf mich zustolpert.

„Na, jetzt hast du mich ja gefunden.“ Ich packe meinen Dad am Arm, um ihn im Gleichgewicht zu halten. So wie er riecht, hat er wohl schon irgendeiner Bar einen Besuch abgestattet, ehe er hier aufgekreuzt ist. Es widert mich an und macht mich sauer, dass er am wichtigsten Abend meines Lebens und meiner Karriere total betrunken auftaucht.

Aber was habe ich erwartet? Es ist ja nicht so, dass ich oder mein Ruf ihm etwas bedeuten; er ist so ein egoistischer Mistkerl.

„Wo ist der Wein?“, fragt er laut und lenkt damit die Aufmerksamkeit nicht nur eines Partygastes auf sich. „Ich will mal probieren, was für einen Scheiß du hier zusammenbraust.“

Nicht einmal die richtigen Bezeichnungen kennt er. „Ich denke, du solltest für eine Weile auf Alkohol verzichten“, entgegne ich, während ich versuche, ihn in Richtung Buffet zu ziehen. Er muss was essen und einen schwarzen Kaffee trinken – das könnte all den Alkohol neutralisieren, der durch sein Blut fließt. Vielleicht wird er dann ja ein wenig nüchterner.

„Sag mir nicht, was ich tun und lassen soll." Er reißt sich von mir los und marschiert auf den Tisch zu, an den ich ihn ohnehin führen wollte. Nachdem er sich einen kleinen Teller geschnappt hat, beginnt er, ihn mit zahllosen Häppchen zu belegen.

Ich folge ihm und bleibe in seiner Nähe, während ich lächelnd mit all denen rede, die ich kenne. Ich habe das Gefühl, dass ich meinem Vater nicht von der Seite weichen darf, was totaler Mist ist, vor allem weil ich deshalb eine absolut willige Frau in meinem Büro zurücklassen musste.

Wobei ich natürlich nicht mit einer Frau in meinem Büro herummachen sollte, solange hier draußen eine Party steigt, aber …

Meine Gedanken schweifen zu Bryn ab, daran, wie gut sie sich in meinen Armen angefühlt hat. Noch vor wenigen Minuten steckte meine Hand in ihrem Kleid, ich habe ihre Nippel berührt, und sie hat nicht dagegen protestiert. Nein, sie hat sich meinen Zärtlichkeiten sogar entgegengedrängt, während sie leise Töne von sich gegeben hat. Sie sah fantastisch aus ihn diesem Kleid und mit den offenen Haaren, die Lippen leicht geöffnet, als sie nach Luft schnappte, weil ich sie liebevoll gekniffen habe.

Himmel. Ich will mehr. Ich hätte sie am liebsten mit zu mir nach Hause genommen, ihr das Kleid ausgezogen und jeden einzelnen Zentimeter ihrer nackten Haut geküsst. Stattdessen muss ich jetzt den Babysitter für meinen betrunkenen Dad spielen.

Fuck, manchmal ist das Leben echt ungerecht.

„Na, das ist ja ein ziemliches Festessen, was du hier aufgefahren hast“, meint Dad und hält seinen übervollen Teller fest. „Was hat dich das eigentlich alles gekostet?“

Verdammt, seine Stimme ist laut. Das Ganze ist mir so unglaublich peinlich, dass ich am liebsten im Erdboden versinken würde. „Keine Sorge, Dad, ich habe alles unter Kontrolle“, versichere ich ihm.

„Du elender Snob willst mir nicht verraten, wie viel Geld du für diese sinnlose Schickimicki-Party ausgegeben hast? Ist auch egal, mach doch mit deinem Geld, was du willst. Von mir hast du deinen Anteil am Kuchen gekriegt, das war's. Mehr wirst du bei mir nicht holen können. Du wirst dir alles selbst verdienen müssen.“ Er schlingert auf mich zu, und ehe ihm der Teller aus der Hand fliegen kann, schnappe ich ihn mir und warte ab, während mein Dad versucht, sich aufzurichten und sein Gleichgewicht wiederzufinden.

Dieser Mann macht mich rasend vor Wut. Am liebsten würde ich ihn umbringen. Meine Hände um seinen Hals legen und zudrücken, bis er nicht mehr atmet. Natürlich könnte ich so etwas niemals tun, aber jedes Mal, wenn er sich so benimmt – was eigentlich immer der Fall ist, wenn ich ihn treffe –, hasse ich ihn noch mehr.

Doch die Beziehung zu meinem Dad ist noch ein wenig komplizierter. Ich liebe ihn nämlich auch und sehne mich insgeheim nach seiner Anerkennung, obwohl er mir nichts als Ärger bereitet.

Und Vinnie DeLuca macht stets Ärger – egal, wann und wo er auftaucht.

„Komm, wir suchen uns mal ein Plätzchen, wo wir uns hinsetzen können“, fordere ich ihn auf, greife wieder nach seinem Arm und bringe ihn zu den Tischen, an denen die Gäste sitzen und essen. Er wehrt sich gegen meinen Griff und flucht protestierend vor sich hin, doch ich ignoriere ihn. Der alte Herr mag ja genauso groß sein wie ich, aber ich bin jünger und kräftiger.

„Du behandelst mich, als wolltest du mich hier rausschmeißen, Junge“, sagt er, als ich ihn auf einen Stuhl drücke. Zum Glück ist der Tisch leer. Ich will nämlich nicht, dass er meine anderen Gäste belästigt.

„Ich versuche nur, dir behilflich zu sein, Dad“, stoße ich zwischen zusammengebissenen Zähnen hervor. Verstohlen blicke ich mich um, um zu sehen, ob uns jemand – womöglich von der Presse – beobachtet hat. Niemand scheint uns jedoch besondere Aufmerksamkeit zu schenken.

Gott sei Dank.

„Mister DeLuca! Es freut mich, Sie kennenzulernen.“ Bryn taucht unvermittelt am Tisch auf, ein Engel in Magenta, mit einem weißen Kaffeebecher in der Hand. Sie lächelt strahlend, und auch ihre Augen funkeln, als sie mir einen wissenden Blick zuwirft, ehe sie sich wieder meinem Vater zuwendet.

„Na, wer ist denn dieses hübsche Ding?“ Dad nimmt ihr den Becher ab, den sie ihm reicht, und nippt daran. Als er merkt, was darin ist, zuckt er zusammen. „Kaffee?“

„Entkoffeiniert. Und mit einem Schuss Whiskey verfeinert.“ Sie zwinkert zuerst ihm zu, dann mir, und da wird mir klar, dass sie absoluten Scheiß erzählt, nur um Dad zufriedenzustellen. O Gott, am liebsten würde ich sie dafür umarmen. Sie küssen.

Wobei ich eigentlich keine Entschuldigung brauche, um Bryn zu küssen. Mein Körper kribbelt noch immer von all den Küssen eben.

„Danke“, sagt Dad und leert den Becher mit wenigen Schlucken bis zur Hälfte. „Der ist gut.“

„Miss James ist bekannt dafür, dass sie den besten Kaffee hier macht“, erkläre ich und hoffe, dass sie die Dankbarkeit in meiner Stimme wahrnimmt.

„Du kennst sie, mein Junge?“

„Sie ist meine Assistentin.“ Ich wedele mit der Hand zwischen ihnen hin und her. „Dad, das ist Bryn James. Bryn, das ist Vinnie DeLuca.“

„Wie schön, Sie kennenzulernen.“ Sie ergreift Dads ausgestreckte Hand und klimpert doch tatsächlich mit den Wimpern. Ich könnte sogar schwören, dass ihr texanischer Dialekt durchkommt, als sie spricht.

Und das ist so höllisch sexy.

„Ganz meinerseits.“ Dad lässt ihre Finger nicht los, und sie muss sie ihm so diskret wie möglich entwinden, wobei er es nicht einmal bemerkt. „Sie sind eine wahre Augenweide, Schätzchen. Wo kommen Sie her?“

„Oh, aus Cactus in Texas, Sir.“ Wieder dieses Wimpernklimpern, und der weiche Klang ihrer Stimme lässt mich an Sirup denken. Sie flirtet mit meinem Dad, und ich weiß nicht, ob ich entsetzt oder dankbar sein soll.

Sie *will* doch wohl nicht mit ihm flirten, oder?

„Na, ob Sie's glauben oder nicht, aber ich habe mal ein süßes kleines Ding gekannt, das in der Nähe von Cactus gelebt hat. Ist Jahre her, als ich in einem dieser Provinzteams gespielt habe. Das ist wirklich ewig her." Dad grinst, wahrscheinlich schwelgt er genüsslich in Erinnerungen.

„Bestimmt kenne ich sie. Aus Cactus ziehen ja die wenigsten Leute weg", erwidert Bryn.

„Miss James, kann ich Sie kurz sprechen? Unter vier Augen?" Ich lege meinem Vater eine Hand auf die Schulter. „Du kommst allein zurecht, Dad, oder? Du wolltest doch ohnehin essen."

„Natürlich. Geh nur, und kümmere dich um deine Miss James." Dad macht eine Handbewegung und grinst anzüglich. „Du bist ein cleveres Kerlchen, mein Sohn. Hätte ich dir gar nicht zugetraut, dass du solch einen heißen Feger einstellst. Ich wette, du jagst sie den ganzen verdammten Tag lang um den Schreibtisch und versuchst, ihren Arsch zu betatschen. Ich würde es jedenfalls tun."

Bryn versteift sich, und ihre Miene erstarrt vor Entsetzen. Ich sehe, wie sich das direkt vor meiner Nase abspielt. Sie schaut mich an, der Ausdruck in ihren Augen leicht gehetzt, während ihre Brust sich immer schneller hebt und senkt.

Ich habe keine Ahnung, warum seine Worte eine derartig heftige Reaktion bei ihr auslösen. Doch es geht ja um meinen Dad, und was hätte ich da anderes erwarten sollen? Der Mann beleidigt Frauen – und alle anderen – ständig.

„Dad. Komm schon, zeig der Dame ein bisschen mehr Respekt", ermahne ich ihn und drücke seine Schulter … ziemlich fest.

„Ja, ja." Mein Vater widmet sich seinem Essen und macht sich nicht einmal die Mühe, sich bei Bryn zu entschuldigen.

Ich fühle mich total beschissen.

Dieser Abend wird zusehends schlimmer.

Bryn

Matt führt mich in eine schummrige Ecke, ein paar Schritte entfernt von den anderen Gästen. Unter einer großen Eiche, in der keine Lichterketten in den Ästen hängen, bleibt er stehen. Seine Miene wirkt grimmig, und er schaut mich reumütig an.

„Es tut mir leid." Er fährt sich mit der Hand über das Gesicht und sieht regelrecht traumatisiert aus. „Mein Vater ist ein Arschloch, und ich fasse es nicht, dass er solche Dinge zu dir gesagt hat."

„Ist schon okay", antworte ich leise, obwohl mir Vinnie DeLucas Worte auch jetzt noch einen Stich versetzen. Sie kamen der Wahrheit zu nahe und erinnerten mich allzu sehr an meinen ehemaligen Chef.

Und an die Tatsache, dass ich mich kein bisschen geändert habe, obwohl ich das gern glauben würde. Immer wieder verfalle ich in alte Muster und verhalte mich so selbstdestruktiv, dass ich mich frage, ob ich diese Art von Aufmerksamkeit ganz bewusst heraufbeschwöre.

Wurde ich als Kind so vernachlässigt, dass ich um jegliche Art von Aufmerksamkeit bettele, sei sie nun gut oder schlecht?

„Nein, es ist nicht okay. Du bist zuvorkommend gewesen und hast alles perfekt gehandhabt, und trotzdem behandelt er dich so. Er ist grässlich." Matt atmet frustriert durch und stemmt die Fäuste in die Hüften, während er hinüber in den Garten starrt. Die Musik ist inzwischen fetziger, und es tanzen sogar einige Paare. Der Wein fließt in Strömen und wird allseits gelobt, und noch immer bevölkern massenhaft Leute das Weingut. Die Party ist ein großer Erfolg.

Trotzdem steht Matt hier, unglücklich und traurig, sodass ich eigentlich nur den Wunsch verspüre, ihn zu trösten.

Tu es nicht, Bryn. Nicht in der Öffentlichkeit. Er rastet sonst bestimmt aus.

Ich ignoriere die warnende Stimme in meinem Kopf, mache einen Schritt auf Matt zu und lege meine Hand auf seine Brust. Ich spüre seinen schnellen Herzschlag und lächele ihn an, bevor ich versuche, ihn zu beruhigen. „Er ist ein alter Mann, der in seinen Gewohnheiten gefangen ist. Weißt du, wie viele von solchen Typen in Cactus leben?"

Er erwidert mein Lächeln. „Mir ist aufgefallen, dass dein texanischer Dialekt wieder zum Vorschein gekommen ist, als du mit ihm geredet hast."

„Echt? Habe ich gar nicht gemerkt.“ Ich streiche über Matts Krawatte und genieße es, wie muskulös und kräftig er sich unter meinen Fingern anfühlt. Ich wünschte, ich könnte ihn nackt sehen. Er besitzt mit Sicherheit einen herrlichen Körper. Online habe ich ihn ja schon mit nackter Brust bewundern können, aber ich würde natürlich viel lieber das Original zu Gesicht bekommen. Damit ich all diese heißen, harten Muskeln berühren kann.

„Es ist sehr lieb von dir, dass du mir geholfen hast“, sagt er mit seiner tiefen, sexy Stimme, die in mir wieder das Feuer der Erregung entzündet, das in seiner Nähe sowieso immer glüht. „Du hast das großartig mit ihm gemacht. Sogar als er angefangen hat, dich zu beleidigen.“

Mir entschlüpft ein leises Lachen. „Ich weiß, wie man mit Typen wie deinem Vater umgeht. Mit solchen hatte ich schon häufig zu tun.“ Zu häufig. Es scheint fast so, als könnte ich ihnen niemals entkommen.

Matt weicht von mir zurück, und ich lasse meine Hand sinken, während ich mich bemühe, die Traurigkeit zu ignorieren, die mich erfasst. Ich benehme mich, als wäre ich seine Freundin, dabei sollte ich mir besser bewusst machen, wo mein Platz ist. Ich arbeite für ihn. Ich bin seine Assistentin.

Das ist alles.

„Ich werde Archer oder Gage bitten, sich eine Weile zu ihm zu gesellen und ein Auge auf ihn zu haben“, erklärt Matt und verzieht den Mund zu einer grimmigen Linie. „Sie wissen, wie sie mit ihm umgehen müssen. Das haben sie schon öfter getan.“

„Ich kann das auch machen“, biete ich an, zucke aber zusammen, kaum dass ich die Worte ausgesprochen habe. Warum habe ich mich freiwillig angeboten, mich zu Vinnie DeLuca zu setzen? Bin ich verrückt?

Ja, verrückt nach deinem Chef und stets darauf aus, ihm zu gefallen.

„Auf keinen Fall.“ Er schüttelt den Kopf, aber seine Miene verrät mir, dass er verzweifelt ist. Und wenn ich ihm ein wenig von dem Stress nehmen kann, indem ich auf seinen Dad aufpasse, dann tue ich das gerne.

Obwohl mir durchaus bewusst ist, auf was ich mich da einlasse. Bereits nach den paar Minuten, die ich in Vinnies Gesellschaft verbracht habe, ist mir klar geworden, dass er wirklich widerlich ist.

„Ich komme mit deinem Vater schon zurecht. Ich bin nämlich ein ganzes Stück härter, als ich aussehe“, versichere ich ihm. Ich möchte, dass er zustimmt, damit ich ihm beweisen kann, dass ich mit allem fertig werde, was er mir an Aufgaben stellt.

„Ich weiß nicht …“ Er reibt sich das Kinn und mustert mich skeptisch.

„Lass mich das für dich tun“, flüstere ich und schlucke, nachdem ich das gesagt habe. Warum will ich ihm bloß um jeden Preis gefallen?

Weil du ihn magst, Dummchen.

Er seufzt und schüttelt wieder den Kopf. „Hör zu, wenn er unhöflich wird oder außer Kontrolle gerät, dann sag mir Bescheid, und ich kümmere mich um ihn. Ich werde ihn außerdem im Auge behalten, um sicherzugehen, dass er nichts Verrücktes versucht." Er betrachtet mich, weil er vermutlich erwartet, dass ich jetzt einen Rückzieher mache.

Doch das werde ich nicht. Ich tue das … für Matt.

„Ich kriege das hin. Keine Sorge, es macht mir nichts aus, ehrlich." Na ja, eigentlich macht es mir etwas aus, aber ich würde alles tun, um Matt diese Last abzunehmen, vor allem heute Abend. „Ich kann mich zu ihm setzen, ihn hoffentlich ein wenig ausnüchtern und ihn dann vielleicht davon überzeugen, dass er wieder verschwindet. Ist es das, was dir am liebsten wäre?"

Er verzieht das Gesicht, und ich sehe das schlechte Gewissen und die Sorgen, die ihn plagen. Ich kann es gut nachvollziehen. Meine Grandma ist verrückt. Ich vergöttere sie, aber ich würde sie zu solch einem Anlass nicht einladen – erst recht nicht, wenn es um etwas so Wichtiges wie heute Abend ginge. Sie würde mich total blamieren.

„Um ehrlich zu sein, ja. Es klingt zwar richtig fies, dass ich meinen Dad loswerden will. Wenn du ihn jedoch irgendwie ruhigstellen und davon überzeugen kannst, dass es besser ist, zu verschwinden, wäre das perfekt", meint er schließlich.

„Ich schaue mal, was ich machen kann." Ich drehe mich um und will gerade zurück zu dem Tisch gehen, an dem Vinnie sitzt, als Matt nach meiner Hand greift und mich zu sich zieht.

„Danke.“ Er hebt meine Hand und presst einen zärtlichen Kuss auf den Handrücken. Meine Knie werden weich, als ich den Glanz in Matts Augen bemerke, während er mich ansieht. „Für alles.“

„G...gern geschehen“, stottere ich. Ich kann kaum einen vernünftigen Gedanken fassen, wenn er mich berührt und so wirkt, als wolle er mich mit Haut und Haaren verschlingen, ganz zu schweigen davon, wenn er so mit mir redet. Noch kein Mann hat mir je so ein Gefühl vermittelt.

„Wir unterhalten uns später, okay? Ich muss mich jetzt noch ein bisschen unter die Gäste mischen“, sagt er, während er anscheinend widerstrebend meine Finger loslässt.

„Natürlich. Das ist wichtig. Ich habe bisher nur Gutes von denen gehört, mit denen ich gesprochen habe. Deine Weine sind offensichtlich der Hit.“ Ich lächele ihm kurz zu, ehe ich flüchte und den Tisch ansteuere, an dem Vinnie ein Häppchen nach dem anderen in sich hineinstopft.

Matts Vater entdeckt mich, seine Augen leuchten auf, und er klopft auf den leeren Stuhl neben sich. „Kommen Sie, setzen Sie sich zu mir, Schätzchen. Wollen Sie ein Glas Wein? Etwas zu essen?“ Er schiebt seinen Teller in meine Richtung, als wolle er mir etwas davon anbieten, während ich neben ihm Platz nehme.

„Nein danke“, erwidere ich betont freundlich. Was soll's, denke ich. Ich kann ja ruhig ein bisschen dicker auftragen und den alten Weiberhelden eine Weile unterhalten. Das Letzte, was ich will, ist jedoch, mit einem bereits betrunkenen Vinnie noch mehr Alkohol zu trinken, und richtig hungrig bin ich auch nicht, da mein Magen vor lauter Stress ohnehin verkrampft ist.

„Seit wann arbeiten Sie denn hier für Matt?", fragt Vinnie leutselig.

„Na ja, ich habe schon auf dem Weingut gearbeitet, bevor Matt es gekauft hat. Ich war die Assistentin des vorherigen Besitzers. Wir fürchteten alle, dass wir unsere Jobs verlieren würden, doch Matt bat uns zu einer Mitarbeiterversammlung. Als er verkündete, dass er uns alle gerne weiterbeschäftigen wolle, waren wir so dankbar. Seitdem sind wir ihm treu ergeben", erkläre ich und erinnere mich daran, wie groß, kräftig und gut aussehend ich Matt an jenem Tag fand. Damals kam er hereingeschneit und versprach Großes. Das Beste daran war, dass er tatsächlich sein Wort gehalten hat. Ich wäre am liebsten vor ihm auf die Knie gegangen und hätte vor Dankbarkeit geweint, weil ich so erleichtert war.

Und ich weiß, dass ich nicht die Einzige war, der es so ging. Auch die Männer, die seit Jahren für die Familie des vorherigen Winzers tätig gewesen waren, wussten Matts Großzügigkeit zu schätzen. Deshalb schuften wir alle heute auch so hart für ihn. Er respektiert uns, und wir respektieren ihn.

„Das war gut von meinem Jungen", meint Vinnie und nickt bekräftigend. „Euch alle hierzubehalten, damit ihr für ihn arbeitet. Alle lieben meinen Matthew. Hin und wieder zeigt sich tatsächlich auch ein wenig Güte in seinem Herzen."

„Er ist ein guter Chef", stimme ich zu und überlege, wie sein Dad es schafft, Matt zu loben und ihn im selben Atemzug herunterzumachen.

„Obwohl er einen Scheißdreck über Wein weiß", murmelt Vinnie, und ich muss mir ein Lachen verkneifen. „Was? Ist doch wahr, und das wissen Sie genau, Schätzchen. Ich wette, er hat versucht, alles über Wein zu lernen, seit er dieses Grundstück gekauft hat."

Sein Dad liegt mit dieser Einschätzung nicht so ganz falsch. „Was ihm an Wissen fehlt, das macht er mit Enthusiasmus wieder wett."

„Na, das war ja mal eine diplomatische Antwort." Vinnie grinst und zeigt auf mich. „Ich kann verstehen, warum er Sie behalten hat. Sie sehen nicht nur richtig gut aus, Sie reden auch gut."

„Falls das ein Kompliment war, danke." Ich blicke mich um und halte nach Matt Ausschau. Er steht mit einer Gruppe von Leuten zusammen, die begeistert auf ihn einzureden scheinen.

Sehr schön. Den Stress, den sein Vater ihm beschert, kann er gerade nicht gebrauchen; er macht sich schließlich genug Sorgen darüber, ob die Leute seinen Wein mögen. Wobei ich nie bezweifelt habe, dass er Erfolg haben würde, doch er ist seit Tagen total angespannt. Seit Wochen. Monaten.

Deshalb hat er dich wahrscheinlich auch geküsst. Er brauchte wohl ein Ventil für all die nervöse Energie, und du warst einfach die perfekte Ablenkung.

Der Gedanke taucht so plötzlich auf, dass ich erstarre, als ich darüber nachgrübele. Könnte das wirklich der Grund sein, warum Matt mich geküsst hat? Eine Möglichkeit, um all die aufgestaute Energie loszuwerden, die ihn die vergangenen Wochen angetrieben hat?

Himmel, ich hoffe nicht.

„Also, darf ich Ihnen mal eine Frage stellen, schöne Frau?"

Vinnies Stimme erinnert mich daran, worin gerade meine Aufgabe besteht, und ich wende mich ihm wieder zu und lächele ihn an. „Sicher, nur zu."

„Vögeln Sie mit meinen Sohn rum?"

8. KAPITEL

Bryn

Mein Mund ist auf einmal völlig ausgetrocknet, während ich Matts Vater anstarre, total schockiert darüber, dass er solch eine taktlose und gehässige Bemerkung äußert.

Sie sehen sich ähnlich, Vinnie und Matt. Das gleiche dunkle Haar und die gleichen braunen Augen – obwohl Matts Augen viel freundlicher wirken als Vinnies, der einen kalt und fast spöttisch anschaut. Sein Mund ist außerdem zu einer harten Linie verzogen, und man hat den Eindruck, dass er selten lächelt.

Ich wette, dass er es tatsächlich nicht oft tut. Es scheint, als hätte er eine ziemlich gemeine Ader.

„Na? Zunge verschluckt, oder was? Ihr Schweigen deute ich mal als Zustimmung, dass Sie tatsächlich mit meinem Sohn rumvögeln", sagt er. „Der glückliche Bastard."

Ich muss schlucken und bemühe mich angestrengt, ruhig zu bleiben. Auf keinen Fall soll Vinnie denken, Matt und ich hätten irgendeine verbotene Affäre. Matts Vater wäre es zuzutrauen, dass er die Geschichte an sonst wen verkauft, wenn er dadurch ein wenig Aufmerksamkeit erringen könnte.

„Ihr Sohn ist mein Chef", sage ich schließlich mit rauer Stimme und muss mich räuspern. „Das ist alles. Uns verbindet nichts weiter als eine berufliche Beziehung."

Er wirft mir einen skeptischen Blick zu. „Ha, ha. Deshalb guckt er Sie wohl so an, als wäre er ein verhungernder Mann und Sie wären sein Lieblingsdessert. Verstehe. Ehrlich, das tue ich. Ich konnte meinen Schwanz auch nie in der Hose behalten, wissen Sie. Erst recht nicht, wenn mir eine so schöne Frau wie Sie begegnet ist. Und er kann das ebenso wenig." Er streckt die Hand aus und fährt mit den Fingerspitzen über meinen Unterarm. Angewidert ziehe ich den Arm weg, während sich mir die Nackenhaare aufstellen.

„Zwischen uns ist nichts", erkläre ich, diesmal mit Nachdruck, obwohl ich innerlich zittere. Ich bin ein nervöses Wrack und habe Angst, dass dieser Mann irgendwie herausfindet, dass Matt und ich uns schon geküsst haben.

Seine Fragen und seine unverblümte Ausdrucksweise haben alles, was Matt und ich geteilt haben, beschmutzt. Und mich daran erinnert, dass ich immer noch dasselbe Mädchen aus Cactus in Texas bin. Das Mädchen, dem die Männer hinterherjagen und von dem sie sexuelle Gefälligkeiten erwarten, nur weil es ein hübsches Gesicht und eine kurvige Figur besitzt.

Das bin ich. Ich bin das Mädchen, das von allen das Gefühl vermittelt bekommt, es sei eine Schlampe. Eine Nutte. Dabei habe ich bisher gerade einmal mit zwei Männern geschlafen. Meine bisherigen sexuellen Erfahrungen kann ich an einer Hand abzählen. Es hat sich niemals etwas Ernsthaftes, etwas Gutes daraus entwickelt, und ich habe stets die Flucht ergriffen, ehe mehr daraus werden konnte. Ich hatte immer viel zu viel Angst.

Und doch werde ich als schamloses Flittchen angesehen, das darauf aus ist, mit jedem Kerl zu ficken, den es trifft. Ich bin angeblich eine von denen, die glückliche Ehen zerstören. Die anderen den Mann stehlen. Ein Mädchen, das zu nichts weiter taugt, als jemandem einen zu blasen. Der Traum jedes Perversen. Das habe ich andauernd zu hören bekommen.

Und jetzt schon wieder.

„Auch wenn Sie behaupten, dass da nichts ist, wette ich, dass Sie schon bald dem Charme der DeLucas erliegen. Das geht allen so. Wir sind unwiderstehlich. Mein Sohn und ich hatten beide reichlich Frauen. Ich merke sofort, wenn eine interessiert ist. Und Sie, meine Kleine, Sie sind definitiv interessiert." Vinnie legt seine Hand auf meine und hält sie fest, sodass sie auf dem Tisch gefangen ist. „Wenn mein Sohn nicht anbeißt, lassen Sie es mich wissen. Wann immer Sie also bereit sind: Ich warte hier."

Oh mein Gott. Glaubt er tatsächlich, Matt und er seien für mich austauschbar? Dass ich einfach vom Sohn zum Vater umschwenke? „Sie sind widerlich", fahre ich ihn an und entwinde mich seinem Griff.

Er lacht nur – und zwar so laut, dass sich ein paar Leute umdrehen und in unsere Richtung schauen. Auch Matt, der mich besorgt anschaut, aber ich schüttele den Kopf und lächele ihm kurz zu. Das Letzte, was ich will, ist, dass Matt herüberkommt und etwas von dieser speziellen Unterhaltung mitbekommt. Mit diesem Mann werde ich schon allein fertig.

Vinnie DeLuca ist nicht der Erste, der so denkt, und ich vermute mal, dass er auch nicht der Letzte sein wird.

„Widerlich, weil Sie die Wahrheit nicht ertragen können." Er greift nach dem Kaffeebecher und leert ihn. „Machen Sie bloß so weiter, Schätzchen. Früher oder später kriegen Sie ihn."

Dieser Mann ist abscheulich, und ich muss dafür sorgen, dass er schnellstens von hier verschwindet. „Wie sind Sie heute Abend eigentlich hergekommen, Mister DeLuca?", erkundige ich mich in höchst professionellem Ton. Der texanische Dialekt ist verschwunden.

„Ach, plötzlich wird's wieder formell, was? Tja, ich wurde hergefahren. Wagen samt Fahrer warten draußen auf dem Parkplatz", antwortet er grinsend.

„Dann lassen Sie uns gehen." Ich stehe auf, packe seinen Arm und ziehe ihn auf die Füße. Entsetzt starrt er mich an. Vermutlich ist er ziemlich überrascht, dass eine kleine Person wie ich einen Mann wie ihn hochziehen kann, doch ich lächele nur zuckersüß und marschiere mit ihm in Richtung Haupteingang. „Es wird Zeit, dass Sie nach Hause fahren. Ich weiß, dass Matt ganz begeistert davon war, dass Sie an ihn gedacht haben und vorbeigekommen sind. Allerdings denke ich, für heute reicht es."

„Sie können mich nicht einfach so rausschmeißen", murmelt er.

Ich ignoriere ihn jedoch und zerre ihn mehr oder weniger zu den Leuten vom Parkservice hinüber, die wir extra für den heutigen Abend engagiert haben. Als ich vor ihnen stehen bleibe, setze ich mein freundlichstes *Ich-arbeite-hier*-Lächeln auf. „Wir suchen nach dem Wagen von Mister DeLuca. Wissen Sie zufällig, wo er steht?“

Einer von ihnen weiß es, sodass ich Vinnie DeLuca mit Freude einem anderen armen Schwein übergeben kann. Für heute Abend habe ich genug von ihm und seinen Unverschämtheiten.

„Meinen Sie etwa, Sie werden mich so leicht los, Missy?“, brüllt Vinnie aus dem offenen Fenster seines Wagens, aber ich beachte ihn gar nicht. Warum sollte ich einem offensichtlich Verrückten noch mehr Futter bieten?

Als ich in den Garten zurückkehre, zucke ich vor Schmerz zusammen. Mist, meine neuen Schuhe drücken. Ich bin es nicht mehr gewohnt, so hohe Absätze zu tragen und damit auf Kieswegen beziehungsweise Kopfsteinpflaster rumzulaufen. Ich kann es kaum erwarten, meinen Füßen ein heißes Bad zu gönnen, wenn ich – allein – nach Hause komme.

Ich kann mich nämlich auf keinen Fall auf irgendeine Art von Beziehung mit Matt einlassen. Zehn Minuten in Gesellschaft seines Vaters haben das einmal mehr bestätigt. Es hat keinen Zweck, mir noch länger einzureden, wir würden das irgendwie hinbekommen. Das würde bloß dazu führen, dass man mich als geldgierige Schlampe betrachtet. Immerhin bin ich ein armes Mädchen aus Texas, das es auf seinen milliardenschweren Boss abgesehen hat; und Matt würde wie ein Idiot dastehen, der die Finger nicht einmal von seiner Angestellten lassen kann.

Jegliche Form einer Beziehung zwischen uns beiden, sei sie nun vorübergehend oder ernsthaft, könnte seinen Ruf als Geschäftsmann hier in der Gegend ruinieren. Ich weigere mich, eine Rolle darin zu spielen. Das würde ich mir niemals verzeihen.

Und was würde das Ganze mit mir anrichten? Ich will mir meine letzte Chance auf einen tollen Job nicht verderben. Wenn ich hier scheitere, muss ich zurück nach Cactus, denn ohne eine Arbeitsstelle kann ich es mir nicht leisten, in diesem unverschämt teuren Bundesstaat zu leben. Sollte ich mich beruflich von Matt trennen müssen, würde mir nichts anderes übrig bleiben, als von hier zu verschwinden. Es ist so schon schwer genug, und einen gut bezahlten Job wie diesen würde ich in dieser Gegend wohl kein zweites Mal finden.

Ich werde nun langsamer und bleibe schließlich am Rand des Gartens stehen, wo ich alle beobachten kann. Auf der Tanzfläche entdecke ich Gage und Marina, die sich eng umschlungen im Takt wiegen, sich anlächeln und dann lachen. Ich sehe Matt, der jetzt mit einer anderen Gruppe zusammensteht, alles Männer, die Macht ausstrahlen.

Ich hoffe, dass sie ihm die Kontakte bieten können, auf die er aus ist.

Er sieht so gut aus in dem dunklen Anzug und der weinroten Krawatte, das Haar ein wenig zerzaust von der leichten Brise. Wenn er lächelt, heben sich seine weißen Zähne von der gebräunten Haut ab, und um die Augen herum bilden sich kleine Lachfalten, die darauf hindeuten, dass er viel lacht.

Was ich nur hoffen kann. Ich habe ihn allerdings noch nicht viel lachen sehen, was wohl an all dem Stress liegt, dem er ausgesetzt ist, seit er das Weingut übernommen hat. Aber das ändert sich ja hoffentlich, sobald sich hier alles eingespielt hat. Dann kann er sich entspannen und die Früchte seiner harten Arbeit ernten.

Das werde ich jedoch wohl nicht mehr mitbekommen. Allein der Gedanke macht mich so schrecklich traurig, dass ich fast k. o. gehe, so wackelig bin ich auf einmal auf den Beinen.

Ich reiße mich zusammen und gehe weiter, allerdings nicht zu Matt, sondern in die entgegengesetzte Richtung. Als ich einen leeren Tisch finde, lasse ich mich auf einen Stuhl fallen. Genervt fahre ich mit der Hand unter meine schwere Mähne und reibe mir den Nacken. Kein Wunder, dass ich mein Haar so selten offen trage. Es ist ziemlich voll und schwer, und daher ist mir nicht nur heiß, sondern zu allem Überfluss schmerzt mir auch noch der Nacken.

Ich sollte mir eine Kurzhaarfrisur verpassen lassen, dann wäre ich wenigstens diese Sorge los.

„Alles in Ordnung bei dir? Du siehst aus, als wolltest du gleich einen Mord begehen.“ Ivy zieht sich einen Stuhl heran und setzt sich neben mich.

„Nur den Mord an meinem Haar.“ Als sie mich verdutzt anschaut, erkläre ich ihr: „Ich überlege, ob ich es abschneiden soll.“

„Wehe. Es sieht doch so toll aus."

Ich zucke mit den Schultern. „Als ob das irgendjemandem auffallen würde. Das hier war alles umsonst."

„Was soll das heißen? Hat Matt es nicht bemerkt?", fragt Ivy ungläubig. „Na gut, er ist wohl vornehmlich damit beschäftigt, sich um seine Gäste zu kümmern", schiebt sie hinterher.

„Oh, er hat es bemerkt." Ganz definitiv. Sein Mund, der mit meinem verschmolzen ist, und seine Hände, die über meinen Körper geglitten sind, waren eindeutige Hinweise. „Leider ist sein Vater aufgetaucht und hat alles ruiniert."

Mit offenem Mund starrt Ivy mich an. „Sein Vater war hier? Ich habe ihn gar nicht gesehen."

„Na, da hast du Glück gehabt", murmele ich.

„Autsch. Hat er was Schreckliches zu dir gesagt?" Ivy greift nach meiner Hand und drückt sie mitfühlend. „Er ist furchtbar. Ständig wirft er einem Beleidigungen an den Kopf. Als ich noch jünger war, hat er immer versucht, mich anzubaggern."

„Macht er das jetzt nicht mehr?"

„Na ja, ich habe ihn seit einer ganzen Weile nicht mehr gesehen, und außerdem würde Archer ihn umbringen. Der würde Vinnie glatt in Stücke reißen und mit bloßen Händen ermorden, wenn er es wagen sollte, mir lüsterne Blicke zuzuwerfen oder mich womöglich anzufassen." Ivy lächelt verträumt. „Es ist echt heiß, wenn Archer so besitzergreifend wird."

Ihre Worte lassen mich richtig neidisch werden. „Muss nett sein."

„Irgendwann wirst du bestimmt das Gleiche mit Matt erleben", meint Ivy voller Zuversicht. Ich wünschte, ich hätte wenigstens einen Bruchteil dieses Vertrauens.

Um keine weiteren Fragen zu provozieren, mache ich gute Miene zum bösen Spiel. „Ja, vielleicht werde ich das", erwidere ich mit gespieltem Enthusiasmus. Allerdings scheine ich Ivy damit nicht täuschen zu können, denn sie wirft mir einen skeptischen Seitenblick zu.

Ich kriege nichts richtig hin, ehrlich.

Matt

Ich habe mitbekommen, wie Bryn meinen Dad nach draußen eskortierte. Das war vor nicht einmal zwanzig Minuten, und es kam mir vor, als wäre mir eine schwere Last von den Schultern genommen worden. Sofort fühlte ich mich viel besser. Vorher musste ich mich sehr beherrschen, um nicht vor lauter Sorge wie eine Glucke ständig zu Bryn und Dad hinüberzuschauen.

Ich hatte Angst, dass er etwas Grässliches zu ihr sagt oder, noch schlimmer, sie auf unangemessene Weise anfasst. Wäre nicht das erste Mal, dass er das einer armen, unschuldigen Frau angetan hätte.

Ich will bloß nicht, dass er es *meiner* Frau antut.

Nachdem mein Dad jetzt verschwunden ist, kann ich

mich endlich konzentrieren und das tun, was heute Abend von mir erwartet wird. Ich spreche mit den anderen Winzern aus der Gegend, die ich eingeladen habe. Sie alle scheinen, wenn auch widerstrebend, von der Liste meiner Weine ziemlich beeindruckt zu sein. Ich spreche mit den Medienleuten, die Berichte über das DeLuca-Weingut bringen wollen; die Tatsache, dass ich ein ehemaliger Profi-Baseballspieler bin, gibt ihren Storys zusätzliches Gewicht.

Leider habe ich noch nichts Richtiges gegessen und bin langsam am Verhungern. Die kleinen Häppchen, die ich mir hier und da von den Tabletts der Kellner genommen habe, helfen da wenig, und da ich schon zu oft am Weinglas genippt habe, fühle ich mich inzwischen ein wenig benommen. Außerdem steigt mir der Erfolg des Abends zu Kopf – und ich frage mich, wo, zum Teufel, Bryn ist.

Eine kleine private Feier mit ihr steht auf jeden Fall noch für später am Abend auf meinem Terminplan.

„Hast du Bryn gesehen?“, frage ich Archer, den ich entdecke, als er sich mit zwei Gläsern in der Hand, eins davon mit Wasser, durch die Menge schiebt. Ganz offensichtlich ist er auf dem Weg zurück zu Ivy.

„Sie sitzt dort drüben bei Ivy.“ Er deutet mit einem der Gläser in die Richtung. „Ivy hat mich gebeten, ihr etwas zu trinken zu holen.“

Vermutlich sollte ich mich weiter mit meinen Gästen unterhalten, aber so langsam bin ich erschöpft. Ich brauche eine Pause und würde gern mal mit meinen Freunden zusammensitzen. „Oh, okay. Ich komme mit dir.“

„Aha." Archer wirft mir über die Schulter einen vielsagenden Blick zu, als ich ihm folge. „Vermisst wohl dein Mädchen, was?"

„Sie ist nicht mein Mädchen", protestiere ich, obwohl ich sofort eifersüchtig werde, wenn ich nur daran denke, dass Bryn mit einem anderen Mann zusammen sein oder ein anderer Mann sie „mein Mädchen" nennen könnte.

Okay, was ich zu Archer gesagt habe, war gelogen. Ich hätte nichts dagegen, wenn Bryn mein Mädchen wäre. Aber das geht nicht. Ich will schließlich eine Wette gewinnen.

Scheiß auf die Wette.

„Wie lange hast du noch vor dir? Weniger als vierzig Tage? Dann kann sie dein Mädchen sein. Wenn du es so lange aushältst", sagt Archer, kurz bevor er an dem Tisch stehen bleibt, an dem Ivy und Bryn sitzen und in eine Unterhaltung vertieft sind. „Seht mal, wen ich gefunden habe", verkündet er, als er die Gläser vor den Frauen abstellt.

Die beiden schauen auf und sehen nicht sonderlich glücklich aus, als sie mich entdecken.

Sehr merkwürdig.

„Hallo, Matt", sagt Ivy als Erste, bevor sie nach ihrem Wasserglas greift und einen großen Schluck trinkt. „Sieht so aus, als wäre der Abend ein großer Erfolg, obwohl dein Vater aufgetaucht ist."

Ich runzle die Stirn. Na großartig, sie hat es mitbekommen? Oder hat Bryn es ihr erzählt? „Ja, dank der zuverlässigen Miss James, die sich um alles gekümmert und dafür gesorgt hat, dass er keine allzu große Szene machen konnte."

„Ja, zum Glück. Du kannst immer auf Miss James zählen. Nicht wahr, Bryn?" Ivy wirft ihr einen nicht zu deutenden Blick zu, den Bryn schweigend erwidert.

Archer scheint nichts mitzubekommen, doch irgendetwas ist hier definitiv faul. Sie haben bestimmt über mich geredet. Und aus irgendeinem Grund scheint Bryn sauer auf mich zu sein. Aber wieso? Sie war so unglaublich süß zu mir, ehe sie losgezogen ist, um sich um meinen Dad zu kümmern. Wie kann es angehen, dass in so kurzer Zeit die Stimmung total gekippt ist? Hat Dad etwa doch etwas zu ihr gesagt, was sie mir nicht erzählen will?

Scheiße.

„Okay, hört mal, ich werde jetzt ein bisschen herumgehen und nachschauen, ob es noch etwas zu tun gibt", sage ich, während ich die Stuhllehne vor mir umklammere.

„Ah, du willst den freundlichen Gastgeber spielen, was?", fragt Archer spöttisch und legt einen Arm um Ivys Schultern. Sie schmiegt sich an ihn, und ich spüre den Neid wie einen Stich ins Herz.

Ich wünschte, ich hätte das Recht, Bryn genauso zärtlich zu berühren. Aber wir sind noch weit entfernt von solchen Zuneigungsbekundungen. Wenn ich sie in Gegenwart von Gage und Archer auf diese Weise anfassen würde, hätte sich die Sache mit der Wette erledigt.

Es ist zwar nicht so, dass ich mir so viel aus der Million mache, aber, verdammt, hier geht es ums Prinzip.

Immerhin hatte ich die Wette ja bereits auf ehrliche Weise gewonnen; und daher will ich das Geld von den beiden einkassieren, damit ich es ihnen unter die Nase reiben kann.

Auch wenn ich wie ein unreifes Arschloch rüberkomme: Ich will einfach unbedingt gewinnen.

„Nützt ja nichts. Ich muss schließlich dafür sorgen, dass sich alle gut amüsieren", entgegne ich lächelnd. Als ich zu Bryn hinüberschaue, erkenne ich, dass sie mich mit ihren himmelblauen Augen wissend betrachtet.

„Brauchst du Hilfe?", fragt sie.

„Nein, entspann dich. Bleib hier sitzen, und genieß die Party. Du hast heute schon genug geleistet." Auf diese Weise will ich ihr zu verstehen geben, wie sehr ich es zu schätzen weiß, dass sie sich um meinen Dad gekümmert hat. Das war bestimmt nicht einfach. Der alte Herr ist ein grantiges Arschloch – mit einem Mundwerk, das nie Pause macht.

„Okay. Wenn du es so willst." Sie lächelt, doch ihre Augen erreicht dieses Lächeln nicht. Sie sieht so bezaubernd und so unglaublich zerbrechlich aus, wie sie da neben der schwangeren Ivy sitzt, die so viel Vitalität ausstrahlt. Verglichen mit ihr wirkt der natürliche Glanz, den Bryn in der letzten Woche ausgestrahlt hat, irgendwie getrübt. Sie braucht das Beige dazu heute Abend gar nicht. Sogar in dem leuchtenden Magenta wirkt sie gedämpft.

Ich finde das schrecklich. Vor allem weil ich befürchte, dass ich der Grund dafür bin.

„Könnte ich vielleicht kurz mit dir reden?“, frage ich sie plötzlich. „Allein?“ Ich will wissen, ob es ihr gut geht.

„Sicher.“ Sie zuckt mit diesen hübschen, entblößten Schultern, steht auf und umrundet den Tisch, um zu mir zu kommen. Ich führe sie zu einem anderen Tisch am äußeren Rand des Gartens, wobei ich Archer ignoriere, der – das spüre ich – hinter uns herschaut. Bestimmt wartet er bloß darauf, dass ich einen Fehler begehe und Bryn irgendwie auf unpassende Weise anfasse.

Mistkerl.

„Was ist los?“, erkundigt sie sich, als wir stehen bleiben, um zu reden.

„Hat mein Vater etwas zu dir gesagt? Hat er dich beleidigt oder versucht, dich anzutatschen?“, frage ich sie und komme direkt auf den Punkt.

Sie seufzt und lässt den Kopf hängen. „Er hat ein paar Sachen gesagt. Nichts, was ich nicht schon früher zu hören bekommen hätte.“

Was, zum Teufel, meint sie damit? „Wovon redest du?“

Bryn hebt den Blick und sieht mir in die Augen. „Er wollte wissen, ob ich mit dir schlafe. Wobei er das allerdings etwas krasser formuliert hat.“

Ich unterdrücke ein Stöhnen. „Was hast du ihm geantwortet?“

„Natürlich habe ich klargestellt, dass wir das nicht tun, was ja auch der Wahrheit entspricht.“ Sie betont das Wort Wahrheit besonders. „Er hat mir jedoch nicht geglaubt.“

„Was für ein Bastard“, murmele ich und fahre mir frustriert durchs Haar. „Wie hast du ihn dazu bewegen können zu verschwinden?“

„Na ja, er hat mit seinen taktlosen Bemerkungen und Beleidigungen einfach nicht aufgehört, also habe ich ihn auf die Füße gezerrt und ihn nach draußen bugsiert. Dort habe ich ihn den Männern vom Parkservice überlassen. Sie haben ihn dann zu seinem Wagen geleitet“, erklärt sie sachlich.

Während ich mir einerseits wünschte, ich wäre da gewesen, um ihr beizustehen, bin ich andererseits ungeheuer stolz, dass sie das Ganze in aller Stille geregelt hat. „Du bist erstaunlich“, sage ich leise und möchte sie am liebsten berühren. Doch ich spüre noch Archers Blick auf mir, und deshalb werde ich mich mit Sicherheit nicht dazu hinreißen lassen.

„Ich habe bloß das getan, worum du mich gebeten hast. Mach nicht mehr draus, als es war.“ Sie schenkt mir ein warmes Lächeln. „Ist das alles, was du mich fragen wolltest?“

„Bryn.“ Ich kann nicht anders: Ich strecke die Hand aus und lege sie ganz leicht auf ihren Unterarm. Scheiß drauf. Es ist mir egal, was Archer denkt. „Ist alles okay mit dir? Du wirkst irgendwie aufgewühlt.“

„Es geht doch nichts über eine kleine Dosis Realität, um mich daran zu erinnern, was ich wirklich bin.“ Ihr Lächeln wirkt mit einem Mal gezwungen, als sie mit dem Kopf in Richtung der Gäste deutet, die durch den Garten spazieren. „Du solltest besser noch mit den anderen Leuten sprechen und sie damit beglücken, dass sie die Chance bekommen haben, sich mit dem Eigentümer des neuen und ziemlich beeindruckenden DeLuca-Weinguts zu unterhalten. Meinst du nicht?“

Ich lasse meinen Arm sinken. „Sehe ich dich nachher noch? Nach der Party?“

Langsam schüttelt sie den Kopf. „Ich denke, das ist keine gute Idee, Mister DeLuca.“

Mit diesen Worten lässt sie mich einfach stehen und geht fort.

9. KAPITEL

Bryn

Das Telefon klingelt unablässig, seit ich heute Morgen ins Büro gekommen bin, aber das ist wohl der Party geschuldet. Alle wollen mit Matt reden, ich eingeschlossen. Obwohl das vermutlich keine gute Idee ist. Ich weiß nämlich nicht, ob ich dem schon gewachsen bin, ihn wiederzusehen.

Das ganze Wochenende lang bin ich zu Hause geblieben, weil ich mich einfach nicht getraut habe, nach draußen zu gehen. Auch mein Telefon habe ich kaum eines Blickes gewürdigt. Ich habe die Anrufe und Textnachrichten von Ivy und Marina nicht weiter beachtet, ebenso wenig die einzelne Nachricht von Matt. Sie hatte nichts mit der Arbeit zu tun, daher war das völlig in Ordnung, fand ich. Er hatte sie am Samstagnachmittag geschickt, um sich zu erkundigen, ob ich den Abend zuvor gut überstanden hätte. Ich habe mir nicht die Mühe gemacht, darauf zu antworten.

Wie sollte ich ihm denn erklären, dass der Abend mir sozusagen die Augen geöffnet hat? Dass mir klar geworden ist, wer ich wirklich bin und was die Leute sehen, wenn sie mich anschauen? Na ja, vor allem natürlich, was Männer sehen, wenn ich mich nicht gerade hinter beigen Outfits und langweiligen Frisuren verberge.

Das hat wehgetan, obwohl ich es im Grunde ja längst gewusst habe. Genau deshalb habe ich mich ja versteckt und so getan, als wäre ich jemand, der ich nicht bin.

Es ist mir schwergefallen, Ivy und Marina zu ignorieren, denn ihnen hätte ich mich allzu gern anvertraut. Aber was ist, wenn mein Geständnis sie gegen mich aufbringt? All die alten Bedenken und Unsicherheiten haben in den letzten beiden Tagen wieder die Oberhand gewonnen. Es ist schwierig, alte Gewohnheiten abzuschütteln, wenn sie so lange Teil deines Lebens waren. Männer respektieren mich nicht, haben sie noch nie getan. In meiner Kindheit und Jugend hatte ich nicht viele Freunde oder Freundinnen, und seit ich nach Kalifornien gekommen bin, hat sich daran auch nichts geändert.

Ich habe Angst, dass Ivy und Marina mich in einem ganz anderen Licht sehen, wenn ich ihnen von meinen Ängsten erzähle, von dem, was zwischen Matt und mir passiert ist und was sein Dad über mich gesagt hat. Es mag dumm sein, denn schließlich waren die beiden es, die mich ermuntert haben, Matt nachzustellen, aber ich kann nichts dafür. Ich fürchte mich tatsächlich davor, dass sie entdecken, wer ich wirklich bin – nämlich nicht die, die ich nach außen hin zu sein vorgebe, sondern eine dumme junge Frau, die man nur wegen ihrer Sexualität beachtet, nicht wegen ihres Verstandes oder ihrer Fähigkeiten.

Und ich glaube, ich könnte es nicht ertragen, die Missachtung in ihren Blicken zu erkennen.

Außerdem weiß ich ja, dass sie mir gesimst haben, weil sie mit mir über die Party am Freitagabend klatschen und Näheres darüber erfahren wollten, was zwischen mir und Matt passiert ist. Eigentlich möchte ich gar nicht darüber nachdenken. Je länger ich das tue, desto mehr rege ich mich auf, vor allem wenn ich mich daran erinnere, was sein Dad zu mir gesagt hat.

Ich wette, du jagst sie den ganzen verdammten Tag lang um den Schreibtisch und versuchst, ihren Arsch zu betatschen. Ich würde es jedenfalls tun.

Dass ich den Großteil des Wochenendes im Bett verbracht, mir grottenschlechte Fernsehsendungen angeschaut und mich mit Junkfood vollgestopft habe, hat meine Laune nicht gerade verbessert. Als ich mich heute Morgen endlich aufrappeln konnte und bereit war, zur Arbeit zu fahren, hatte ich tiefe Ringe unter den Augen, meine Haut war total blass, ich kam mir fünf Pfund schwerer vor, und zu allem Überfluss hatte ich auch noch einen Pickel auf dem Kinn.

Einfach großartig.

Trotzdem habe ich es geschafft, pünktlich zu sein, weil ich natürlich niemanden enttäuschen wollte – vor allem nicht Matt. Auf das Beige und die strenge Frisur habe ich verzichtet: Ich habe beschlossen, einzulenken und mich einfach so zu geben, wie ich bin. Ich will nicht länger diese künstliche Fassade aufrechterhalten, die ich seit meiner Ankunft hier zur Schau gestellt habe. Also trage ich das Kleid, das ich auch schon am letzten Montag angehabt habe, das schwarze mit dem blau-grünen Blumenmuster. Das Haar habe ich offen gelassen, und es fällt mir hinunter bis auf den Rücken.

Ich bin es leid, etwas vorzutäuschen. Jemanden darzustellen, der ich nicht bin. Wenn ich noch die etwas flittchenhaften Klamotten hätte, die ich während meiner Zeit in Hollywood getragen habe, oder meine Sachen aus Cactus, würde ich die tragen. Heute. Jetzt.

Doch das Zeug besitze ich nicht mehr. Ich habe fast alles verbrannt. Das kam mir damals wie ein Reinigungsprozess vor, den ich brauchte, um neu anfangen zu können.

Jetzt wünschte ich, ich hätte die Klamotten noch. Nur um mich daran zu erinnern, wo meine Wurzeln sind und wer ich wirklich bin. Diese Erinnerung würde mich antreiben und mir Kraft geben für das, was ich heute tun will. Etwas, was ich tun muss.

Ich muss kündigen.

Allerdings ist es schon relativ spät, als Matt ins Büro kommt, eine Tatsache, die mich ganz nervös macht. Kurz nach neun stürmt er herein und sieht ziemlich gestresst aus, fast so wie ein Mann auf einer Mission. Er ist leger gekleidet, Jeans und ein Polohemd, die wie immer perfekt an ihm aussehen.

Mir läuft im wahrsten Sinne des Wortes das Wasser im Mund zusammen.

Aber das ist ja nichts Neues.

„Ich hatte heute Morgen ein Treffen mit den Winzern aus Napa Valley“, sagt er, als er direkt vor meinem Schreibtisch stehen bleibt. Ich sehe geradezu, wie es in seinem Gehirn rattert. „Sei so gut und suche schon mal Flüge nach New York raus. Wir werden am jährlichen Kongress der Winzer teilnehmen. Ich hatte keine Ahnung, dass der jetzt stattfindet, daher müssen wir uns schnell um alles kümmern."

Ich greife nach einem Stift und mache mir Notizen. „Wann genau ist er denn?"

„Wir müssen heute in zwei Wochen losfliegen", antwortet Matt, holt sein Smartphone heraus und scrollt durch seine E-Mails.

Meine Hand verharrt über dem Notizblock, und ich halte kurz inne, während seine Worte langsam zu mir durchdringen. Anscheinend bin ich heute Morgen noch nicht ganz klar bei Verstand. Ich blicke auf und stelle fest, dass er mich eingehend mustert. Eigentlich beinahe zu eingehend. „Hast du gerade *wir* gesagt?"

„Ich möchte, dass du mitkommst, Bryn. Ich werde deine Hilfe brauchen. Es ist nur für ein paar Tage, aber die werden ziemlich anstrengend. Ich brauche deine Unterstützung, und du musst all meine Termine koordinieren und mich rechtzeitig daran erinnern", erklärt er.

Er will, dass ich mit ihm fahre? Nach New York? Wir beide, allein? Das muss ein Traum sein.

„Meinst du das ernst?"

„Aber sicher." Seine Miene wirkt tatsächlich ausgesprochen ernst. „Du bist schließlich meine Assistentin, oder? Ich schaffe das nicht allein, Bryn. Es findet ein zweitägiges

Forum mit vielen Diskussionen statt, außerdem Workshops und natürlich ausgiebige Weinproben. Ich kann nicht überall gleichzeitig sein, also müsstest du einige der Workshops und Vorträge oder was auch immer besuchen, um mir anschließend darüber berichten zu können."

„Okay." Ich mache mir ein paar weitere Notizen, bevor ich mich dem Computer zuwende und nach Flügen zu suchen beginne. „Bist du dir sicher, dass ich dich begleiten soll? Ich meine, wirklich? Würde das nicht bloß enorme Extrakosten bedeuten – mein Flug, das Hotelzimmer, Essen und alles, was sonst bei so einer Reise anfällt?"

„Ich brauche so viele steuerliche Abschreibungen wie möglich", erwidert er. „Und ich kann es mir leisten, dich mitzunehmen, Bryn. Das ist kein Problem, also mach dir darüber keine Sorgen."

Mein sorgfältig geschmiedeter Plan, Matt meine Kündigung zu überreichen, ist angesichts seiner schnell abgefeuerten Anordnungen hinfällig geworden. Jetzt kann ich auf keinen Fall weggehen. Er braucht mich, so albern das auch klingen mag. Trotz all des Ärgers, den er sich durch mich bestimmt noch einhandeln wird, trotz all der Erwartungen, die er sicherlich hat, muss ich jetzt für ihn da sein.

Ich schaffe das. Ich werde diese zwei Wochen noch hierbleiben, mit ihm nach New York fliegen, einige Tage lang diesen Kongress mit ihm besuchen und ihm erst nach unserer Rückkehr die Kündigung geben. Dadurch bleibt mir wenigstens genug Zeit, um mir einen Job in Cactus zu suchen, wobei das nicht allzu schwierig sein dürfte.

Gestern Abend habe ich bereits meine Großmutter angerufen und sie gefragt, ob ich nach Hause zurückkommen und bei ihr wohnen kann. Sie hat bereitwillig zugestimmt, wobei ihre laute Stimme durchs Telefon dröhnte und mich daran erinnerte, warum ich eigentlich meine Heimatstadt verlassen hatte.

„Natürlich kannste wieder bei mir wohnen, Mädchen. Ich weiß, dass Wanda unten im Soap-n-Snip-Schönheitssalon jemanden fürs Telefon braucht. Vielleicht kannst du einen Kosmetikkurs besuchen und daraus eine Karriere machen. Ist 'n ordentlicher Beruf, weißt du. Guck dir die süße kleine Becky hat, die ist nur zwei Jahre älter als du. Die hat es richtig zu was gebracht, seit sie da arbeitet."

Danach hat Grandma mir zwanzig Minuten lang sämtlichen Klatsch und Tratsch aus den vergangenen Jahren erzählt. Als sie endlich fertig war, wusste ich alles über die Bewohner von Cactus. Absolut alles.

Einiges fand ich sogar ganz interessant. Anderes war mir so was von egal. Es war so typisch Cactus.

Und bald werde ich wieder da sein, mittendrin. Werde im Soap-n-Snip arbeiten, Telefonanrufe entgegennehmen, Haare auffegen und mich alles in allem schrecklich fühlen.

Aber zumindest werde ich in meinem Element sein, zurück in meiner Heimatstadt. Wo ich frei und ganz ich selbst sein kann.

Ich habe das Gefühl, dass ich das nirgendwo anders sein kann, nicht einmal hier.

Vor allem nicht hier.

„Ich suche ein paar Flüge raus und gehe dann die Optionen mit dir durch“, sage ich jetzt geschäftsmäßig.

„Sehr schön. Schau bitte auch auf die Webseite des Kongresses und registriere uns dort. Wahrscheinlich müssen wir eine Extragebühr für diese verspätete Anmeldung zahlen, aber das ist mir egal. Ich darf das nicht versäumen. Die anderen Winzer haben mir berichtet, dass man diese Veranstaltung keinesfalls verpassen sollte. Wir werden dort die neuesten Trends kennenlernen und mehr über den Weinanbau erfahren, und zwar sowohl über die geschäftliche als auch die kreative Seite. Es wird bestimmt sehr interessant.“ Er lächelt, und ich erwidere sein Lächeln, weil ich gar nicht anders kann.

Matt ist so aufgeregt, so wild entschlossen, dabei zu sein. Ich möchte mich mit ihm freuen. Auch wenn ich vorhabe, ihn innerhalb des nächsten Monats bitter zu enttäuschen.

Matt

„Du hinterhältiger Hund.“ Gage schüttelt den Kopf, bevor er in seinen Cheeseburger beißt. Wir sitzen in einem Restaurant in der Innenstadt von St. Helena, in dem es die besten Burger und Sandwiches gibt und auf dessen Speisekarte nicht eine einzige vegetarische oder glutenfreie Variante zu finden ist. Deshalb wird der Laden wohl fast nur von Männern frequentiert. Wir sind diese schreckliche Gesundheitsbewegung leid, die von allen Seiten über uns hinwegschwappt.

„Wovon redest du?“, frage ich.

„Das weißt du genau. Davon, dass du deine Assistentin mit nach New York nimmst, wo keiner von uns auf euch beide aufpassen kann. Wo du mit ihr herumlaufen und Händchen halten kannst, wo du sie mitten auf der Straße küssen und sie die ganze Nacht im Hotelzimmer ficken kannst. Cleverer Schachzug, Alter. Echt clever.“ Gage lacht.

Ich ignoriere ihn und lasse mir stattdessen meinen Burger schmecken. Ich bin halb verhungert. Während der vergangenen drei Tage war ich wieder unglaublich im Stress: Ich habe kaum Pause gemacht, das Mittagessen ausgelassen und war bis spätabends im Büro. Gage nervt mich schon die ganze Zeit und hat seit zwei Tagen versucht, sich mit mir zum Mittagessen zu verabreden. Schließlich, nachdem er mich heute den gesamten Vormittag mit Textnachrichten überschüttet hat, habe ich nachgegeben und Bryn gesagt, dass ich in einer Stunde zurück sein würde. Außerdem habe ich sie beauftragt, mich anzurufen und mir zu sagen, dass ich meinen Arsch gefälligst zurück ins Büro verfrachten soll, für den Fall, dass ich um halb zwei noch immer nicht wieder da sein sollte.

Wenn ich mit Archer oder Gage zusammensitze, fangen wir an, über allen möglichen Scheiß zu reden und vergessen meist die Zeit, vor allem wenn auch noch das eine oder andere Bier im Spiel ist.

Heute ist das nicht der Fall, darauf habe ich geachtet.

„Weiß Archer, dass du sie mit nach New York nimmst? Ich vermute mal, er weiß Bescheid. Ich hab's erst von Marina erfahren, nachdem sie gestern mit Bryn gesprochen hat. Du erzählst uns ja nie etwas." Gage lacht erneut. „Ich schwöre dir, am Ende der fünfundvierzig Tage werde ich einen Weg finden, wie ich mich vor der Zahlung an dich drücken kann. Pass nur auf. Warum sollen wir dir die Kohle geben, wenn du abhaust, um deine Assistentin zu ficken?"

„Du hast eine schmutzige Fantasie", murmele ich, greife nach einer Fritte und tunke sie in Ketchup, bevor ich damit auf Gage zeige. „Es dreht sich nicht alles ums Ficken, weißt du? Wie hält Marina das bloß mit einem Arsch wie dir aus?"

„Marina liebt meinen Arsch. Und sie liebt meine schmutzige Fantasie. Die sogar besonders." Er wackelt wie ein Perverser mit den Brauen. „Und hör dich doch an, du ehemaliger König der Groupies: Du schimpfst wie eine prüde Jungfrau mit mir. Es wird echt Zeit, dass du flachgelegt wirst, und zwar schnellstens, damit wir diese bescheuerte Wette endlich ein für alle Mal begraben können. Ich habe es satt, mich mit dir rumzuplagen."

„Ja, ja. Fick dich selber." Ich schüttele den Kopf, während ich mich wieder aufs Essen konzentriere. „Immerhin bist du derjenige, der unbedingt mit mir essen gehen wollte." Wobei er ja recht hat. Ich bin ziemlich ungenießbar, weil ich auf Bryn scharf bin, wohingegen sie leider völlig dichtgemacht hat. Es ist fast so, als würde sie kaum mitbekommen, dass ich existiere.

Ich weiß auch, warum. Es ist wegen meines Vaters. Es ist wegen des Kusses. Ich bedauere, dass sie sich mit meinem Dad abgeben und sich all das anhören musste, was er gesagt hat. Ich wünschte, ich hätte sie davor bewahrt.

Aber den Kuss? Den bedauere ich nicht im Geringsten.

„Ich wollte mit dir essen gehen, weil ich herausfinden wollte, was du vorhast." Er trinkt einen Schluck. „Also, raus mit der Sprache. Hast du diese sogenannte Geschäftsreise ganz bewusst geplant, um sie in dein Hotelzimmer zu locken, oder was?"

„Überhaupt nicht", brumme ich und schiebe mir noch eine Fritte in den Mund. „Wir nehmen an einem Kongress teil – und es ist kein ausgedachter Kongress, was du mir sicherlich als Nächstes unterstellen wolltest. Ich werde nicht mal Zeit haben, an irgendetwas anderes zu denken als daran, von einem Workshop zum nächsten zu hetzen, Weinproben und so weiter zu besuchen. Es geht nur ums Geschäft, mein Freund. Etwas, was du anscheinend völlig vergessen hast, seit du so beschäftigt bist mit deiner neuen Freundin."

„Sagt der Mann, der die Frau, von der er besessen ist, mit nach New York nimmt, um dort *Geschäfte* zu treiben." Gage verdreht die Augen. „Komm schon, Mann. Wir wissen genau, warum du Bryn mitnimmst. Um ihr an die Wäsche zu gehen."

Allein der Gedanke, Bryn an die Wäsche zu gehen, beschert mir fast einen Herzinfarkt. Wir hatten in so kurzer Zeit schon so viele verpasste Gelegenheiten. Jetzt dagegen benimmt sie sich, als wäre ich ihr scheißegal.

Ich hasse das. Leider ist es bloß mein Fehler, also kann ich niemand anderem die Schuld geben.

„Ganz sicher nicht", stelle ich klar. „Ich glaube, sie ist über mich hinweg."

„Ha!" Gage zeigt triumphierend mit dem Finger auf mich. „Du gibst es also zu: Ihr zwei *seid* aneinander interessiert."

„Tja, wenn sie an mir interessiert war, dann ist sie es inzwischen nicht mehr. Sie ist wieder ganz die effiziente, geradlinige Miss James."

„Ich wette, dass sie trotzdem extrem heiß ist, auch wenn sie *nur* die effiziente, geradlinige Miss James ist", meint Gage mit einem fiesen Grinsen.

Genervt werfe ich eine Fritte nach ihm, doch er duckt sich gerade rechtzeitig. „Halt's Maul, du Schwachkopf. Du benimmst dich wie ein Kind." Scheiße, ich habe das Gefühl, dass wir mittlerweile wieder auf Collegeniveau gesunken sind – als wir jung und dumm waren und alle anderen und vor allem uns gegenseitig andauernd beschimpft haben.

„Wer ist denn hier derjenige, der sich kindisch benimmt, indem er mit Essen schmeißt und mich einen Schwachkopf nennt?" Gage schüttelt den Kopf. „Ich weiß nicht, ob einer von uns diese neuen Wettbedingungen überleben wird. Je länger du ohne Sex auskommst, desto unausstehlicher wirst du. Ich wette, deine Miss James hat das Interesse verloren, weil du zu solch einem Tyrannen mutiert bist."

Das kann nicht der Grund sein. Oder? Ich bezweifle es. Ich denke, dass es etwas mit Dad zu tun hat. Ich habe keine Ahnung, was genau er zu ihr gesagt hat; Bryn äußert sich nicht weiter darüber und er auch nicht. Ich habe ihn vor ein paar Tagen angerufen und ihn beschuldigt, sich Bryn gegenüber total scheiße benommen zu haben, doch er hat sich in vornehmes Schweigen gehüllt.

Was mich zu der Annahme verleitet, dass er definitiv schuldig ist.

„Das DeLuca-Weingut ist übrigens allgemeines Stadtgespräch", fährt Gage fort und wechselt zum Glück endlich das Thema. „Deine Wiedereröffnung war ein großer Erfolg."

„Ja, es lief ganz gut, oder?" Ich versuche, die Sache herunterzuspielen – vor allem deshalb, um selbst nicht abzuheben. Noch immer sind zu viele Geschäfte und Transaktionen in der Schwebe. Zum einen bin ich noch dabei, die DeLuca-Marke in den regionalen Märkten unterzubringen und die Vertriebsliste zu erweitern. Außerdem muss ich natürlich zusätzliche Öffentlichkeitsarbeit leisten, die dann hoffentlich Früchte trägt und meine Weine im gesamten Land bekannt macht.

Der Winzer-Kongress wird helfen, die Marke DeLuca zu verbreiten. Mir ist schnell klar geworden – besonders nach dem Treffen mit den örtlichen Winzern –, dass man den Namen ständig ins Gespräch bringen muss, ständig mit Leuten aus dem Metier reden muss. Einen guten Wein zu produzieren ist der Schlüssel, aber die Pflege von Beziehungen in der Branche ist notwendig, um seinen guten Wein verkaufen zu können. Es ist unheimlich wichtig, mehr über den Weinanbau zu erfahren, alles zu begreifen und in sich aufzusaugen – gerade auf Messen, wo ich andere Winzer kennenlernen kann, damit ich mein Wissen dann hier auf dem DeLuca-Weingut anwenden kann.

Ist es wirklich nötig, dass ich Bryn mit nach New York nehme? Wahrscheinlich nicht. Ich wäre sicher erschöpft, wenn ich zwei Tage lang allein auf dem Kongress herumlaufen müsste, und ich würde vermutlich ein paar Reden und Workshops versäumen, die mir wichtig sind. Aber ich könnte das alles auch allein schaffen. Das Ganze wird allerdings viel mehr Spaß machen, wenn sie mich begleitet. Und leichter ist es dann natürlich auch, denn sie ist sehr fähig und wird dafür sorgen, dass ich keine Termine verpasse.

Zeit mit ihr im Flugzeug, in der Stadt, im Hotel zu verbringen … All das birgt viele Möglichkeiten.

Aber nur, wenn die Frau, an der ich interessiert bin, auch tatsächlich an mir interessiert ist.

10. KAPITEL

Bryn

Zwei Wochen später, New York City

Ich sitze mit dem Laptop auf dem Schoß auf dem großen, behaglichen Doppelbett und schaue auf die handgeschriebenen Notizen aus den vielen Workshops, die ich heute besucht habe. Nie zuvor in meinem gesamten Leben habe ich in einem Hotel wie diesem hier am Times Square in New York übernachtet. Die größte Stadt, in der ich bisher gewesen bin, war Los Angeles, und das ist einfach nur eine ausgedehnte Metropolregion mit verstopften Autobahnen und Einkaufszentren überall.

New York dagegen hat eine ganz andere Ausstrahlung. Alle Gebäude sind so riesig, die Bürgersteige überfüllt, und alles hat bis in den späten Abend geöffnet. Ich habe noch nie so etwas gesehen. In meiner Heimatstadt werden die Bürgersteige gegen acht Uhr abends hochgeklappt und am Samstag um neun Uhr.

Wir sind gestern Abend angekommen, Matt wollte um ein Uhr nachts noch eine Pizza essen. Also sind wir losgezogen und haben tatsächlich ein geöffnetes Restaurant gefunden – und es war nicht nur geöffnet, sondern auch voll.

Als absolutes Landei fand ich das total aufregend.

Während ich heute an Workshops teilgenommen habe, war Matt auf einer Podiumsdiskussion und einer speziellen Weinverkostung und befindet sich jetzt auf dem Eröffnungsbankett. Er hat versucht, mich dazu zu überreden, ihn zu begleiten. Doch ich habe abgelehnt und mich damit herausgeredet, dass ich meine Notizen abtippen wollte und mir etwas beim Zimmerservice bestellen würde.

Widerstrebend hat er eingewilligt, mir aber noch gesagt, dass ich bestellen könne, was ich wolle, da er ja dafür bezahlt.

Es ist schon lustig. Ich weiß ja, wie hart er arbeitet und wie viele Stunden er auf dem Weingut verbringt, und vergesse dabei häufig, wie reich Matt ist. Steinreich. Sowohl er als auch sein Vater haben Millionen gescheffelt, während sie als Profi-Baseballspieler unter Vertrag waren. Die damit einhergehenden Sponsorenverträge haben sie zu Milliardären gemacht.

Als wir ins Flugzeug stiegen und in der ersten Klasse Platz nahmen, habe ich zum ersten Mal gesehen, wie die Reichen und Schönen leben. Das war mal eine echte Starbehandlung. Vorher war ich erst einmal im Leben geflogen, und zwar, als ich nach Kalifornien ging – in einem beschissenen kleinen, überfüllten Flugzeug, in dem ich tatsächlich für ein Mineralwasser hätte zahlen sollen. Ich hatte dankend abgelehnt, während ich, eingequetscht zwischen zwei verschwitzten Geschäftsmännern, die mich die ganze Zeit lüstern anstarrten, auf meinem engen Sitz saß.

Ich hatte es gehasst.

Aber erster Klasse zu fliegen, in großen, gemütlichen Sitzen, ständig hofiert von den Stewardessen, während Matt neben mir sitzt? Es kam mir vor, als wäre ich tot und im Himmel gelandet.

Und das Gefühl verstärkte sich sogar noch, als wir im Hotel eincheckten. Oh, es ist das schönste und modernste Hotel, das ich je im Leben gesehen habe. Wobei ich zugegebenermaßen bisher nur in irgendwelchen billigen Motels übernachtet habe. Im Vorfeld hatte ich dafür gesorgt, dass Matt eine Suite bekommt, bestehend aus zwei Räumen mit einem herrlichen Blick auf die Stadt. Da ich direkt neben ihm untergebracht bin – darauf hat er bestanden –, habe ich genauso eine Suite.

Es macht mir auch gar nichts aus, dass ich nicht draußen im Getümmel auf dem Times Square bin. Ich bin ganz zufrieden damit, in meiner Suite zu sitzen, auf dem weißen Bett mit der überraschend knalligen rosafarbenen Bettdecke. Mit der eleganten Glaseinrichtung und den roten Orchideen überall. Ich, die angebliche Texas-Schlampe aus Cactus, komme mir vor wie eine echte Prinzessin.

Und das habe ich nur Matt zu verdanken.

Was das Dumme an der Sache ist? Ich muss meine Kündigung einreichen, sobald wir zurück sind. Ich kann einfach nicht weiter für ihn arbeiten. Ich tue so, als wäre ich eine dieser ruhigen, zurückhaltenden Frauen, dabei bin ich das nicht. Mein wahres Ich wird früher oder später herauskommen, und ich möchte nicht, dass das in Gegenwart von Matt passiert. Er hält mich für ein nettes Mädchen.

Und das böse Mädchen in mir scheint mich mit seinen fest verankerten Unsicherheiten in seinem Bann zu halten.

Es ist schon schlimm genug, dass Matt und ich uns einige Male geküsst haben. Das Letzte, was ich will, ist, seinen Ruf zu ruinieren, und deshalb versuche ich ihm möglichst aus dem Weg zu gehen, was allerdings schier unmöglich ist. Die erotische Spannung zwischen uns besteht noch immer, auch wenn wir nie darüber reden. Ich sehe ja, wie er mich anstarrt, wenn er denkt, ich bemerke es nicht. Am liebsten würde ich diese sehnsuchtsvollen Blicke erwidern. Schlimmer noch, ich würde mich am liebsten mit ihm in seinem Büro einschließen, mich vor Matt auf den Schreibtisch setzen und ihn bitten, mich zu küssen.

Ich glaube, er würde das Angebot annehmen. Nein, ich *weiß*, dass er es tun würde.

Aber dann würde ich wirklich zu dem Flittchen werden, für das alle mich halten. Mit meinem Chef zu schlafen, um Karriere zu machen – so jedenfalls würde es wirken. Mich auf eine heiße Affäre mit dem Mann einzulassen, der mein Gehalt bezahlt, wäre keine kluge Entscheidung. Habe ich denn gar nichts aus meiner missglückten kleinen Affäre mit Brian Fairbanks gelernt?

Seufzend lehne ich mich gegen das mit Stoff bespannte Kopfteil des Bettes und starre hinaus auf die erleuchtete Stadt. Ich habe seit Ewigkeiten nicht mehr an seinen Namen gedacht. Ich ziehe es vor, mich an ihn nur als gesichtslose, unbedeutende Figur, besser bekannt als mein Exchef, zu erinnern. Es ist viel einfacher so, wenn ich nicht an seinen Namen denken muss.

Jetzt kommen all die Erinnerungen zurück. Brian, wie er dieses charmante Lächeln aufblitzen lässt und seine feinen blonden Haare aus dem Gesicht streicht, während er mich mit Blicken verschlingt. Er besaß die Gabe, mir das Gefühl zu geben, etwas Besonderes zu sein – trotz seiner albernen Art, über meine Möpse und meinen Arsch zu reden und darüber, wie sehr es ihn in den Fingern jucken würde, mir ebendiesen Arsch zu versohlen.

Ja, das hat er gesagt. Und noch eine ganze Menge mehr, wovon ich vieles gern für immer aus meinem Gedächtnis löschen würde.

Als ich meiner Grandma erzählte, was mit Brian passiert ist – dass sich herausgestellt hatte, dass er Frau und Kind hat –, hat sie mir die Leviten gelesen. Es kam mir vor, als würde sie mich stundenlang ausschimpfen, obwohl es vermutlich nicht länger als eine Viertelstunde gedauert hat. Sie ermahnte mich, dass ich niemals weiterkommen würde, wenn ich weiterhin mit Männern flirten würde, die eine Machtposition innehätten – es sei denn, ich würde mit ihnen schlafen. Sex wäre alles, woran diese Kerle denken würden, wenn sie mich anschauten.

Eine Sexbombe. Sie hat ihre eigene Enkelin eine Sexbombe genannt, wobei ich jetzt glaube, dass sie mich damit vielmehr warnen wollte. Ich habe immer zu hören bekommen, dass ich stets darauf achten sollte, die richtigen Entscheidungen zu treffen.

Also habe ich es versucht und versucht und versucht. Und nun sitze ich hier, in einer Hotelsuite, die mein Chef bezahlt, und überlege noch immer, wie ich ihn in mein Zimmer locken kann, damit ich noch eine Chance bei ihm bekomme, ehe ich kündige und zurück nach Cactus fahre.

Habe ich den Verstand verloren? Ich sorge mich so sehr darum, wie andere mich wahrnehmen, und trotzdem will ich Matt. Ich kann nicht anders. Wenn die Leute mich eine Sexbombe, ein Flittchen oder eine Schlampe nennen, dann kann ich doch losziehen und ihnen einen Grund dafür bieten, oder?

Respektiere dich selbst. Wenn du es nicht tust, wird es auch sonst niemand tun.

Daran sollte ich immer denken.

Mein Handy summt, und als ich auf das Display schaue, sehe ich, dass ich eine Nachricht von Matt bekommen habe.

Bist du im Hotelzimmer?

Natürlich, ich tippe meine Notizen für dich ab, schreibe ich zurück.

Keine Antwort. Ich starre für eine Weile auf das Display, als könnte ich so eine Erwiderung erzwingen. Als nichts passiert, werfe ich das Telefon beiseite und tippe weiter die Notizen ab. So langsam werden mir die Lider schwer bei der eintönigen Arbeit.

Es war schon anstrengend genug, mir all die Seminare anzuhören. Jetzt muss ich sie erneut durchgehen, und das erinnert mich daran, wie langweilig sie gewesen sind.

Na ja, mir kamen sie langweilig vor. Matt hätte sie wahrscheinlich faszinierend gefunden, weil er in diesen Beruf eingestiegen ist.

Mein Telefon summt erneut, und hastig greife ich danach.

Du solltest dich in dreißig Minuten mit mir unten im Restaurant Blue Fin treffen.

Warum?

Ich kaue auf meinem Fingernagel und warte auf seine Antwort. Kaum war ich wieder im Hotel, hatte ich mir vom Zimmerservice etwas zu essen bringen lassen: ein köstliches Nudelgericht mit Shrimps und einen Salat. Ich bin kein bisschen hungrig.

Ich möchte dich zum Essen ausführen.

Das Blue Fin ist ein exzellentes Restaurant im Hotel, in das ich immer hineinlinse, wenn ich daran vorbeigehe. Ich sterbe vor Neugier und würde es wirklich gern kennenlernen, aber jetzt … mit Matt?

Während ich auf mein Telefon starre, überlege ich, was ich erwidern soll. Der Kongress ist für heute zu Ende.

Morgen finden noch ein paar Veranstaltungen statt, dann ist er ganz vorbei. Ein Abendessen heute wäre kein offizielles Geschäftsessen.

Es fühlt sich sehr viel persönlicher an. Fast wie ein Date.

Ich habe schon gegessen. Du doch auch, oder?

Dann bestell dir einfach nur einen Nachtisch. Und das Essen, das sie uns eben serviert haben, war scheiße. Ich bin noch immer hungrig.

Mir entschlüpft ein kleiner Seufzer, und erneut schaue ich aus dem Fenster mit der herrlichen Aussicht auf die Stadt. Ich sollte das Angebot ablehnen. Ich sollte in meinem hübschen Hotelzimmer bleiben und meine unordentlichen Notizen abtippen, bevor ich in meinem wunderbar weichen Bett einschlafe. Ein braves Mädchen würde das tun. Es würde nicht in Versuchung geraten, etwas Unartiges zu tun, wie zum Beispiel, mit dem Chef essen zu gehen.

Aber ich habe nie behauptet, ich wäre ein braves Mädchen.

Ich möchte Zeit mit Matt verbringen. Ich möchte mit ihm essen gehen und über den Tisch hinweg sein gut aussehendes Gesicht betrachten. Ich möchte, dass er mir eine Geschichte erzählt, und dann möchte ich ihm etwas erzählen und ihn zum Lachen bringen. Ich möchte über den Tisch greifen und seine Hand nehmen, um meine Finger mit seinen zu verschränken.

Ich will alles, und ich will es mit Matt.

Eine Millisekunde lang verharren meine Finger noch über der Tastatur des Smartphones, ehe ich zu tippen beginne.

Dreißig Minuten, hast du gesagt?

Genau, erwidert er. *Abgemacht?*

Ein Lächeln erscheint auf meinen Lippen, als ich antworte.

Abgemacht.

Matt

Ich bin erschöpft. Der Jetlag, das Rennen von einer Veranstaltung zur nächsten, die Informationen, die von allen Seiten auf mich einstürzen – das alles raubt mir die Energie. Ich hätte einfach auf mein Zimmer gehen, mir etwas zu essen bestellen und in einen tiefen, traumlosen Schlaf fallen sollen.

Aber das alles ist unwichtig, denn jetzt stehe ich hier am Eingang des Blue Fin und warte auf Bryn. Vor Aufregung, sie gleich zu sehen, verhält sich mein Magen, als wäre er ein Teich, in dem sich hyperaktive Fische tummeln. Seit wir in New York angekommen sind, habe ich Bryn kaum zu Gesicht bekommen. Wir hatten verschiedene Termine und haben uns nur gelegentlich an denkbar ungünstigen Orten getroffen. Heute am frühen Nachmittag zum Beispiel auf dem Flur der Veranstaltungshalle. Als ich über den Korridor geeilt bin, habe ich sie aus einem der Räume kommen sehen und ihren Namen gerufen.

Sie hat mir zugewinkt, ein geheimnisvolles Lächeln auf ihren sinnlichen Lippen. Wie immer sah sie zum Anbeißen aus in ihren dunklen Jeans, die ihre sexy Beine perfekt betonten.

Mein Schwanz hat bei ihrem Anblick im wahrsten Sinne des Wortes gezuckt, auch wenn die Begegnung kaum mehr als einen flüchtigen Moment dauerte.

„Hallo. Ich hoffe, ich habe dich nicht warten lassen."

Beim Klang ihrer verführerischen Stimme drehe ich mich um und lächele, als Bryn vor mir steht. Sie hat sich umgezogen und trägt ein schmal geschnittenes, schlichtes schwarzes Kleid mit langen Ärmeln, das so gut wie ihren gesamten Körper bedeckt, abgesehen von ihrem Gesicht, den Händen, Waden und Füßen. Und trotzdem gelingt es ihr, höllisch sexy auszusehen, so wunderbar schmiegt sich der Stoff an ihren Körper.

„Miss James, wow. Ich muss schon sagen, du siehst heute Abend besonders toll aus."

Ihre Wangen verfärben sich und nehmen einen bezaubernden rosigen Schimmer an, während sie die Hände ineinander verschränkt. „Danke", murmelt sie und blickt mir für den Bruchteil einer Sekunde in die Augen, ehe sie den Kopf wieder senkt. „Du siehst auch gut aus."

Ich trage noch immer die schwarze Hose, die ich den ganzen Tag angehabt habe, dazu habe ich jedoch, nachdem ich Bryn die Nachricht geschickt hatte, ein weißes Oberhemd angezogen. Das schien mir angebracht, da im Blue Fin bestimmt eine Art Dresscode herrscht. Eigentlich hatte ich vorgehabt, allein zum Essen zu gehen. Na ja, jedenfalls habe ich mir das eingeredet. „Danke. Sollen wir zu unserem Tisch gehen?"

Als sie nickt, geleite ich sie hinein und bitte um einen Tisch für zwei. Die Oberkellnerin greift nach den Speisekarten und führt uns eine frei schwebende Edelstahltreppe hinauf zu einer der abgeschiedenen Nischen, von denen aus man einen fantastischen Blick auf die hellen Lichter des Times Square hat. Ein Jazzquartett spielt auf einer kleinen Bühne an der gegenüberliegenden Wand, die beruhigende, sanfte Musik trägt zu der gedämpften Atmosphäre bei.

„Du bist wirklich nicht hungrig?", frage ich, nachdem die Oberkellnerin uns verlassen hat und ich die Speisekarte sofort aufgeschlagen habe. „Ich bin am Verhungern. Das lauwarme Hühnchen und der trockene Reis-Pilaw waren weder lecker noch sättigend."

Sie lacht, der süße Klang strömt über mich hinweg und weckt die Sehnsucht in mir. Nach Bryn. „Klingt grässlich."

„War es auch." Ich schaue mir die Vorspeisen an, und mein Magen knurrt. Vor allem das mit Blauschimmelkäse überbackene Filet mignon scheint es ihm angetan zu haben.

„Ich weiß, was ich nehme“, sage ich und klappe die Speisekarte zu.

„Ich auch“, erwidert sie und schließt ihre ebenfalls, bevor sie mich betrachtet. Sie sieht im Kerzenlicht noch hübscher aus, und wieder einmal nehme ich ihren Duft wahr. Diesen berauschenden Duft, der mich verrückt macht. Ich bin mir nicht sicher, ob ich dem noch lange widerstehen kann.

„Nimmst du ein Dessert?“

„Ich denke, ja. Ich habe mir vorhin ja schon Pasta vom Zimmerservice bringen lassen. Hat köstlich geschmeckt.“ Sie schenkt mir ein kleines, rätselhaftes Lächeln, das in mir den Wunsch weckt, all ihre Geheimnisse zu erkunden. Sie hat bestimmt so einige. Ich weiß nicht viel über Bryn, aber ich wünschte, das wäre anders. Sie hier so zu sehen und Zeit mit ihr zu verbringen – all das erfüllt mich mit Gier.

Ich will mehr. Mehr von Bryn.

„Das hätte ich auch lieber machen sollen, statt mir diesen Gastredner anzuhören. Er war langweilig.“ Ich trinke einen Schluck Eiswasser und hoffe darauf, dass ich damit meine plötzlich überhitzte Haut abkühlen kann. Es fasziniert mich, Bryn einfach anzuschauen, zu beobachten, wie der Schein der Kerze, die auf dem Tisch steht, einen goldenen Schimmer auf ihr Gesicht zaubert. Wieder einmal stelle ich fest, wie unglaublich schön sie ist. Und heute scheint sie sich in meiner Gesellschaft sogar wohlzufühlen. Das ist mal etwas Neues. Seit Wochen konnten wir nicht so gelassen miteinander umgehen.

„Wir hätten die Konferenz heute ganz sausen lassen und stattdessen die Stadt erkunden sollen“, meint Bryn. „Wir sind natürlich hier, um zu arbeiten, das ist mir klar. Aber ich war vorher noch nie in New York.“

„Es ist ein bisschen verrückt, oder?“

Sie nickt. „Ich komme mir vor wie ein Landei. Am liebsten würde ich mitten auf dem Bürgersteig stehen bleiben und alles in mich aufnehmen. All diese Menschen, der Lärm, die Lichter, die Gerüche. Ich habe echt noch nie etwas Vergleichbares erlebt. Cactus kommt mir vor wie eine andere Welt.“

Ich mag es, wenn sie von ihrer Vergangenheit spricht, was sie für meinen Geschmack viel zu selten tut. Dann gewährt sie mir immer einen kleinen Einblick in ihre Welt. Sie ist ein sehr zurückhaltender Mensch, und ich werfe ihr das auch nicht vor, doch ich bin nun mal neugierig.

Der Kellner tritt an den Tisch, und wir bestellen etwas zu trinken – Wasser für Bryn und ein Bier für mich – sowie Krabbenküchlein als Vorspeise für mich. Ich will sie gern mit ihr teilen, Bryn winkt jedoch ab.

„Ich stehe nicht so auf Meeresfrüchte“, sagt sie und verzieht das Gesicht.

Verdammt, sie ist echt süß. Schon häufiger ist mir aufgefallen, dass ihr texanischer Dialekt besonders stark ausgeprägt ist, wenn sie müde wird oder sich behaglich fühlt.

„Wirklich? Ich liebe die.“

„In Cactus haben wir selten die Gelegenheit, Meeresfrüchte zu essen, wenn du verstehst, was ich meine. Es ist schrecklich trocken dort. Nur plattes Land und kein Ozean in Sicht."

Wir sind in völlig unterschiedlichen Welten aufgewachsen. Ich habe mein gesamtes Leben in der Bay Area von San Francisco verbracht. Wir sind häufig umgezogen und nie sehr lange irgendwo geblieben, weil mein Dad ständig auf Achse war. Am Meer aufzuwachsen, in einer Großstadt, war prägend, das wird mir jetzt erst klar. Es hat meinen Blick auf die Welt geformt. Dass Bryn in einer Kleinstadt im Nirgendwo aufgewachsen ist, hatte sicherlich auch einen tief greifenden Einfluss auf sie. „Was hat dich dazu bewogen, deine Heimatstadt zu verlassen?"

„Da gab es einfach nichts für mich." Ihre Miene wird unergründlich, und ich frage mich, warum. Es kommt mir immer so vor, als würde hinter ihren Aussagen mehr stecken, als würde sie mir nicht alles erzählen. „Es ist eine Kleinstadt ohne Perspektive. Ich wäre dort im Nirgendwo versauert." Sie wendet den Blick ab und starrt vor sich hin. „Aber manchmal, wenn man keine andere Wahl hat, muss man sich mit dem Nirgendwo zufriedengeben, auch wenn es einem nicht gefällt, weißt du?"

Nein, das weiß ich nicht. Allerdings war ich nie jemand, der sich mit etwas, was ihm nicht gefiel, zufriedengegeben hat. Wenn es etwas gab, was ich wollte, habe ich mich so lange darum bemüht, bis es meins war. Ich mag Herausforderungen. „Sich damit zufriedenzugeben hört sich für mich wie die wirklich allerletzte Möglichkeit an."

„Was ist, wenn du alle Möglichkeiten ausprobiert hast und keine funktioniert hat?“, fragt sie mit trauriger Stimme, während sie mich mit großen Augen anschaut und dabei so … verloren wirkt.

Sofort möchte ich sie trösten. Sie in die Arme nehmen und ihr versichern, dass alles gut wird. Ich weiß nicht einmal, was genau sie meint, aber das ist mir egal. Sie ruft in mir einen Beschützerinstinkt wach, von dem ich nicht einmal wusste, dass ich ihn besitze.

„Wovon redest du, Bryn?“ Es steckt definitiv mehr dahinter, und ich möchte wissen, was es ist.

„Ich habe meine Heimatstadt verlassen, weil ich bei der Arbeit schlechte Erfahrungen gemacht habe.“ Ein merkwürdiges Lächeln erscheint auf ihren Lippen, und ich wüsste zu gern, was das für schlechte Erfahrungen gewesen sind, von denen sie spricht. „Dann bin ich nach Los Angeles gezogen, weil ich mir überlegt hatte, Model zu werden. Ich bin groß, habe ein einigermaßen ansprechendes Gesicht, und ich hatte gehofft, dass ich mithilfe meiner natürlichen Anlagen einen Job finden könnte. Aber das entpuppte sich als Desaster.“

Das kann ich mir gut vorstellen. Ich habe oft Geschichten darüber gehört, wie Hollywood diese hübschen, naiven Mädchen aufsaugt und dann wieder ausspuckt.

Bryn ist bezaubernd genug, dass sie zweifellos viel Aufmerksamkeit auf sich gezogen hat. Wahrscheinlich allerdings hauptsächlich sexueller Art, denn viele dieser schmierigen Fotografen und Regisseure, die die Straßen von Hollywood bevölkern, tun erst etwas für ein Mädchen, wenn es mit ihnen geschlafen hat.

„Also war der Job auf dem Weingut ein letzter Versuch, Fuß zu fassen, um nicht endgültig in meine Heimatstadt zurückkehren zu müssen. Den Job habe ich in einer lokalen Kleinanzeigenbörse entdeckt. Ich habe meinen alten Saturn kurzerhand mit meinen Habseligkeiten vollgestopft und bin nach Norden gefahren, ins Land der unbegrenzten Möglichkeiten. Nur um festzustellen, dass das Weingut kurz vor der Pleite stand, und schon kurz darauf bekamen wir dann nicht einmal mehr unseren Lohn. Bis du hereinspaziert bist und uns alle gerettet hast."

Der Kellner wählt diesen Moment, um mit unseren Getränken und meiner Vorspeise zu kommen, und unterbricht damit Bryns Geschichte. Ungeduldig warte ich, während er alles auf dem Tisch abstellt und die Bestellung für das Hauptgericht aufnimmt – na ja, mein Hauptgericht, denn Bryn entscheidet sich nur für den gesalzenen Karamellkuchen. Als er auch noch versucht, Konversation zu treiben, starre ich ihn wütend an, und zum Glück versteht er den Wink mit dem Zaunpfahl und verschwindet.

„Matt, das war ziemlich unhöflich", weist Bryn mich zurecht, kaum dass der Kellner gegangen ist. „Er hat bloß seinen Job gemacht und wollte nett sein."

„Er hat dich unterbrochen." Ich greife nach dem Besteck und lege die Serviette auf meinen Schoß, ehe ich mich über die Krabbenküchlein hermache. Es duftet köstlich, die Sauce, die es dazu gibt, ist köstlich, und mein knurrender Magen applaudiert angesichts meiner Wahl, noch bevor ich einen Bissen gegessen habe. „Erzähl weiter“, bitte ich sie, nachdem ich gekaut und heruntergeschluckt habe.

„Ich war so gut wie erledigt. Du warst mein Retter, und jetzt sitzen wir hier, in New York. Du zeigst mir, dem Mädchen vom Lande, wie die Großstadtmenschen leben.“ Sie stützt den Ellenbogen auf den Tisch und legt ihr Kinn auf der Hand ab. „Du hast mir in der kurzen Zeit eine Menge beigebracht, Matt, und dafür werde ich dir immer dankbar sein.“

Die Art, wie sie das sagt, verunsichert mich. Es klingt so endgültig. „Ich werde dir noch mehr zeigen, wenn du mich lässt“, erwidere ich und bin mir der Doppeldeutigkeit meiner Worte durchaus bewusst. Warum soll ich mir und ihr noch länger etwas vorspielen? Ich bin es leid. Ich weiß nicht, ob sie genauso empfindet. In letzter Zeit war es ein ständiges Auf und Ab bei ihr. Aber ich bin ja jemand, der sich nimmt, was er will – oder wen er will.

Und ich will Bryn. Ich habe keine Lust mehr, dagegen anzukämpfen, dass ich sie begehre.

Sie nimmt den Arm wieder vom Tisch und lehnt sich auf dem Stuhl zurück. „Was meinst du damit?“

Ich zucke mit den Schultern. „Das kannst du interpretieren, wie du möchtest.“

Sie mustert mich lange und stumm und lässt den Blick über mein Gesicht gleiten, ehe sie schließlich nach ihrem Wasserglas greift und es halb leer trinkt. „Ich werde nicht mit dir schlafen, Matt", sagt sie, nachdem sie das Glas zurück auf den Tisch gestellt hat.

Ich bin schockiert – und zugleich erfreut über ihre mutige Offenheit. „Was mir vorschwebt, hat absolut nichts mit Schlafen zu tun, Bryn."

Ihre Augen weiten sich, sie öffnet die Lippen ein wenig. „Wir sollten das nicht tun."

„Warum nicht?"

„Ich arbeite für dich."

„Ich weiß. Und diese kleine Tatsache hat die Zuneigung zu dir ein bisschen … schwierig gemacht." So. Ich habe es ausgesprochen. Und ich nehme es auch nicht zurück.

„Ich habe versucht, dir zu widerstehen." Sie lässt den Kopf sinken, starrt auf ihren Schoß, und ich würde am liebsten die Hände nach ihr ausstrecken. Sie in die Arme ziehen und ihr versichern, dass sie nicht allein ist in diesem verwirrenden Meer aus Gefühlen und Wünschen und Bedürfnissen.

Mir geht es doch ebenso. Ich drohe, in diesem Strudel zu ertrinken, während ich darauf hoffe, dass sie diejenige ist, die mir einen Rettungsring zuwirft und mich an Land zieht.

„Ich habe auch versucht, dir zu widerstehen", gebe ich leise zu. „Ganz offensichtlich funktioniert es nicht, denn ich will dich noch immer."

„Liegt das Problem darin, dass du etwas willst, was du nicht haben kannst?" Sie hält den Blick weiterhin gesenkt, und ihre Stimme ist so leise, dass ich sie kaum verstehe.

Plötzlich ist mir der Appetit vergangen. Ich lege meine Gabel auf den Tellerrand und schiebe ihn weg. Das Einzige, woran ich denken kann, das Einzige, was ich will, ist diese Frau, die mir gegenübersitzt. „Nein, das Problem ist, dass ich etwas möchte, was ich schon einmal gekostet habe und wovon ich mehr haben will. Ich möchte mehr von dir."

Langsam hebt sie den Kopf und schaut mich an. „Ich habe mir schon einmal großen Ärger eingehandelt, weil ich das getan habe."

Ich runzle die Stirn, verwirrt über den Themenwechsel. „Was hast du getan?"

„Mit meinem Chef herumgemacht. Ich war neunzehn. Es war mein erster richtiger Job. Mein Chef hat mit mir geflirtet und seinen Charme spielen lassen, bis er mich so weit hatte, dass ich ihm sozusagen erlag." Sie hält kurz inne und fährt mit der Zunge über ihre Lippen. „Er hat mich im wahrsten Sinne des Wortes ständig um den Schreibtisch gejagt. Es wurde zu diesem … na ja, Spiel. Mir gefiel es sogar, dass er mir hinterherlief. Irgendwann ließ ich mich von ihm fangen."

„Was ist passiert?" Eine böse Ahnung überkommt mich, und eigentlich will ich ihre Antwort gar nicht hören.

„Ich … habe mich von ihm küssen lassen. Ziemlich ausgiebig. Und … und mehr. Er hat mir alle möglichen Sachen versprochen, und ich habe ihm geglaubt. Oh, ich habe ihm alles abgekauft. Ich dachte wirklich, ich hätte den perfekten Mann für mich gefunden. Älter, erfahren und weltgewandt. Ich dachte, er würde mich mitnehmen und mir die Welt zeigen." Sie zieht ein lustiges Gesicht, verdreht die Augen und grinst schief, als könne sie nicht fassen, damals so dumm gewesen zu sein. „Dann fand ich heraus, dass er verheiratet war und ein Kind hatte. Seine Frau rief mich an und machte mich fertig. Sie hat mir erzählt, dass sie die Nachrichten, die ich ihm geschickt hatte, auf seinem Handy gefunden hätte. Ich war fassungslos, dass er sie nicht gelöscht hatte. Sie hat mich als Nutte, als Flittchen beschimpft und mir vorgeworfen, ihre Familie zerstört zu haben."

„Du warst jung", erkläre ich, um sie zu verteidigen. „Und er hat dich hereingelegt."

„Ich war dumm. Und habe eine Familie zerstört, genau wie sie gesagt hat. Wieso habe ich nicht gewusst, dass er verheiratet war? Cactus ist eine Kleinstadt. Ich hätte es wissen müssen." Sie presst die Lippen aufeinander und sieht aus, als würde sie gleich in Tränen ausbrechen.

Ich greife über den Tisch nach ihrer Hand und drücke sie. „Hey, hör auf. Mach dir keine Vorwürfe. Du wusstest es nicht."

„Ich war eine Idiotin", gibt sie schniefend zurück.

„Nein, warst du nicht." Ihr Chef war ein Mistkerl übelster Sorte. Ein junges, naives Mädchen derart auszunutzen. Ihre Zuneigung zu gewinnen, obwohl er verheiratet war.

„Ich habe mit meinem verheirateten Chef rumgemacht."

„Ich bin nicht so wie der Kerl. Und ich bin definitiv nicht verheiratet." Ich strecke meine andere Hand aus, lege einen Finger unter ihr Kinn und hebe es an. „Und ich habe auch keine Kinder. Du kannst diesen Chef also so viel und so oft küssen, wie du willst.“

Das entlockt ihr ein Lächeln, ein strahlendes Lächeln, das ihr ganzes Gesicht erhellt. Ein derartiges Lächeln habe ich von ihr noch nie zu sehen bekommen. „Ich mag dich, Matthew DeLuca. Sehr.“

„Genug, um mich noch einmal zu küssen?“, frage ich, während mein Herz immer schneller schlägt.

„Das sollten wir lieber nicht tun.“

„Es gibt eine Menge Dinge, die man nicht machen sollte.“ Ich beuge mich zu ihr, verharre direkt vor ihrem Mund und spüre ihren Atem, der über meine Lippen streicht. „Manchmal müssen wir sie trotzdem tun.“

11. KAPITEL

Bryn

Matt küsst mich, nachdem er das gerade gesagt hat. Mit dem Mund streift er zärtlich über meinen, ehe er den Kopf hebt und mich anlächelt. Im nächsten Moment küsst er mich erneut, diesmal richtig, voller Glut, mit Zunge und leisen Seufzern und rauem Stöhnen. Ich verliere mich in seinem Geschmack, in der Art, wie er meine Finger drückt, wie er mein Kinn umschließt und mich zärtlich streichelt.

Direkt hier in einer Nische mitten im Restaurant mitten auf dem Times Square küsst Matt mich, als würde er es ernst meinen. Nachdem er Teile meiner erbärmlichen Geschichte gehört hat, macht er den Eindruck, als würde ihn das überhaupt nicht stören. Im Gegenteil, er hat an all den richtigen Stellen Mitleid gezeigt. Er war schockiert, entsetzt und voller Widerwillen … doch diese Empfindungen waren niemals auf mich bezogen. Es schien fast so, als könnte er verstehen, was geschehen ist.

Und trotzdem hat er mich geküsst.

Jemand räuspert sich, und ich löse mich erschrocken von Matt. Die Bedienung steht – mit einem wissenden Lächeln – vor unserem Tisch und hält ein Tablett mit unseren Gerichten in der Hand. Widerstrebend rutscht Matt von mir fort und lässt meine Hand los, während der Kellner den Vorspeisenteller abräumt, von dem Matt kaum etwas gegessen hat.

Der gesalzene Karamellkuchen wird vor mir auf den Tisch gestellt, und allein der Anblick lässt mir das Wasser im Mund zusammenlaufen. Es ist ein heller Kuchen mit Karamellsauce und Beeren obendrauf, dessen süßer, klebriger Geruch mich tief einatmen und lächeln lässt. Ich schaue zu Matt und bemerke, dass er mich mit hungrigem Blick beobachtet. Sein großes Steak steht vergessen vor ihm, während er mich weiterhin anstarrt.

„Genießen Sie Ihr Essen", sagt der Kellner, ehe er geht, und ich denke, ja, wir werden dieses Essen definitiv genießen.

Aber worauf ich mich wirklich freue, ist das, was wir *nach* dem Essen tun werden.

Ich weiß, dass es Matt genauso geht.

„Hast du mein Zimmer schon gesehen?", fragt Matt, als er meine Hand ergreift und mich in den leeren Fahrstuhl zieht.

Langsam schüttele ich den Kopf und genieße es, dass wir so nahe beieinanderstehen. Ich kann die dunklen Bartstoppeln sehen, die auf seinen Wangen sprießen, und die Narbe an der Unterseite seines Kinns. Er schaut zu mir, und die dunklen Ringe unter seinen Augen verraten, dass er nicht gut geschlafen hat. In Anbetracht des Arbeitspensums, das er in letzter Zeit abgeleistet hat, wundert mich das gar nicht.

„Ich bin mir ziemlich sicher, dass wir identische Zimmer haben“, gebe ich zurück und hoffe, mein Tonfall macht ihm klar, dass ich ihn nur aufziehen will.

„Ach, meins ist viel schöner. Das kann ich dir fast garantieren.“ Er zieht mich noch näher zu sich, sodass ich direkt vor ihm stehe, den Rücken an seinen Oberkörper gelehnt. Er lässt meine Finger los und legt seine großen, warmen Handflächen auf meine Schultern, bevor er beginnt, sie sanft zu massieren. „Du bist ganz verspannt.“

Ich bringe es nicht über mich, ihm zu erklären, dass er derjenige ist, der dafür verantwortlich ist. All diese sexuelle Spannung, die während der letzten Wochen und Monate zwischen uns geherrscht hat – das hat mich überwältigt.

Die Fahrstuhltüren gleiten auf, und Matt gibt mir einen kleinen Schubs, damit ich die Kabine verlasse. Er folgt mir direkt auf den Flur. Dann gehen wir zu seinem Zimmer, und ich warte voller Vorfreude, während er die Schlüsselkarte in den Schlitz schiebt und das kleine Lämpchen über dem Türgriff grün wird. Er öffnet die Tür, und ich gehe hinter ihm hinein. Im nächsten Moment schnappe ich nach Luft, als er sich plötzlich umdreht und mich gegen die Tür drängt.

Die Hände hat er auf meine Taille gelegt, und auf diese Weise hält er mich fest, während er den Kopf senkt. Unsere Lippen treffen aufeinander. Ich atme noch einmal tief aus, spüre, wie er lächelt, ehe er den Kuss vertieft, und schon im nächsten Moment ist keine Zeit mehr, um Luft zu holen, um zu denken oder etwas zu sagen.

Jetzt genieße ich nur noch. Das Gefühl von Matts Mund auf meinem, seine Finger, die sich über mein Kleid, meine Haut bewegen. Das Metall der Zimmertür fühlt sich erschreckend kalt an meinem Rücken an, während Matts Körper eine unglaubliche Hitze ausstrahlt, als er noch dichter an mich herantritt. Ich sehe bloß ihn, fühle und rieche ihn. Während unsere Zungen einen erotischen Tanz vollführen, spüre ich seine Hände, die sich am Saum meines Kleides zu schaffen machen. Er fummelt und zupft, bis kühle Luft auf meine Oberschenkel trifft und mir auffällt, dass er meinen Rock hochgezogen hat.

Ich unterbreche den Kuss in dem verzweifelten Versuch, das Ganze nicht zu überstürzen. Mein Verstand muss erst einmal mit meinem Körper mithalten, sonst tue ich womöglich etwas wirklich Verrücktes und Dummes. „Ich dachte, du wolltest mir dein Zimmer zeigen?"

Matt verteilt heiße, leidenschaftliche Küsse auf meinem Hals, und ich bemerke, dass ich allein davon feucht werde, dass er seinen Mund auf meine Haut presst. Aus Angst, gleich dahinzuschmelzen, klammere ich mich an ihn. „Und ich dachte, du hättest gesagt, die Zimmer wären sowieso identisch", flüstert er.

„Ich würde es trotzdem gern sehen." Ich drücke seine Schultern nach hinten, damit er sich von mir zurückzieht, ohne dass ich es ihm sagen muss. Ich brauche ein wenig Raum. Ich mag es, wenn er mir nahe ist, trotzdem …

Auf diesem Gebiet bin ich einfach nicht so richtig gut. Soll heißen, ich habe nicht viel Erfahrung. Vor allem nicht mit einem Mann, der so routiniert ist wie Matthew DeLuca – als Profi-Baseballspieler haben sich ihm die Frauen vermutlich scharenweise an den Hals geworfen.

Er hebt den Kopf und sieht mich mit dunklen Augen an, bevor er die Hände sinken lässt und einen Schritt zurückweicht. „Na schön, komm. Ich führe dich herum."

Ich streiche mein Kleid glatt und folge ihm in die Suite – allerdings auf wackligen Beinen, denn mir ist noch immer ganz schwindelig von seinem hungrigen Kuss, von seinen Berührungen. Der Effekt, den er auf mich ausübt, ist so mächtig, so unglaublich überwältigend. Ich weiß nicht, was ich denken soll, wie ich überhaupt einen klaren Gedanken fassen soll.

„Also? Sieht es hier genauso aus wie bei dir?", fragt er, als wir auf das Fenster zusteuern, das eine grandiose Aussicht auf die Stadt gewährt.

Ich schaue mich um, erkenne die Orchideen, die knallrosafarbene Bettwäsche, die eleganten Glasmöbel. „Definitiv. Es ist fast identisch."

„Na, du scheinst ja einen echt großzügigen Chef zu haben", meint er und lächelt verschmitzt. O Gott, er ist so sexy. „Dass er dich in solch einem schicken Hotel unterbringt."

„Er ist wirklich fantastisch", antworte ich leise. „Er ist klug, erfolgreich, extrem reich, aber er protzt nicht und wirft nicht mit seinem Geld um sich. Manchmal vergesse ich sogar, dass er so wohlhabend ist."

Matts Lächeln verschwindet, und er wird ernst. „Ist dir das lieber, Bryn? Schüchtert dich meine … finanzielle Situation ein?“

Ich zucke mit den Schultern und versuche, die typischen Sorgen, die eine Hinterwäldlerin wie mich immer umtreiben, nicht an die Oberfläche gelangen zu lassen – so wie es eigentlich immer passiert, wenn über Geld, Status oder Reichtum geredet wird. „Ein bisschen“, räume ich ein.

Das ist etwas, was mir bisher gar nicht bewusst gewesen ist. Matt kann haben, was er will. Er kann losziehen und sich alles kaufen, was er haben möchte, weil er so verdammt viel Geld hat. Ich schätze, er ist Milliardär. Dennoch weiß ich, dass er nicht in einer riesigen Villa lebt und nicht einmal ein besonders teures Auto fährt – abgesehen von seinem vernünftigen, aber tollen Range Rover. Er ist weder ein Angeber noch ein verschwenderischer Mensch. Da ist sein Vater ganz anders, wie ich zumindest vermute.

Und ich finde das äußerst ansprechend, wie bescheiden er lebt. Wenn er ein so offenkundig reicher Mann wie Archer Bancroft wäre, der mich jedes Mal, wenn ich ihn treffe, höllisch einschüchtert, dann könnte ich wahrscheinlich mit Matt gar nichts anfangen.

Aber so ist Matt überhaupt nicht. Er ist nett, liebenswürdig und süß, er arbeitet hart und ist obendrein so verdammt sexy …

„Lass dich davon nicht beeindrucken.“ Er kommt zu mir und küsst mich erneut, gibt mir wieder einen seiner leidenschaftlichen, süchtig machenden Küsse. „Eine Sache hast du, was mich angeht, allerdings vergessen."

Verwirrt starre ich ihn an, bevor ich dem Verlangen nachgebe und das tue, was ich schon den ganzen Abend tun wollte. Ich berühre sein Gesicht, lasse meine Finger über seine Wange gleiten, damit ich die rauen Bartstoppeln auf meiner Handfläche spüren kann. „Was denn?"

„Mein besonders gutes Aussehen." Er grinst, und ich muss lachen, aber das Lachen wird im nächsten Moment schon erstickt, als er meinen Mund erobert und mit einem atemberaubenden Kuss verschließt. Es ist ein Kuss, der so köstlich ist, dass mir schwindelig wird. Ich bekomme weiche Knie, lasse mich gegen Matt fallen und verliere mich in seinem Geschmack und seinen Armen, die um meine Taille geschlungen sind.

Doch kurz darauf löse ich mich schweigend aus der Umarmung, und er lässt mich gehen. Ich drehe mich zum Fenster herum und versuche angestrengt, meine rasenden Gedanken zu ordnen, während ich auf die Stadt hinabschaue, die sich vor mir erstreckt. Die Finger gegen das kalte Glas gepresst, sehe ich nach unten und nehme all die funkelnden Lichter auf dem Times Square wahr, die Unmengen an Menschen, die die Bürgersteige, die Autos und die Straßen bevölkern.

„Deine Aussicht ist meiner ziemlich ähnlich", sage ich über die Schulter hinweg und lächele, als er sich direkt hinter mich stellt, genauso wie eben im Fahrstuhl. Dieses Mal berührt er allerdings nicht meine Schultern.

Er legt seine großen Hände auf meine Hüften und drückt sie einmal kurz, ehe er sie über meinen Hintern wandern lässt. „Nervös?"

Ich schließe die Augen und gebe mich seinen gekonnten Berührungen hin, als er allmählich beginnt, mich zu streicheln und zu massieren. Ich schmelze förmlich dahin, als er mein Kleid Zentimeter für Zentimeter nach oben schiebt, bis der Stoff sich direkt unter meinem Hintern bauscht und meine Beine und Schenkel völlig entblößt sind. „Ja", gebe ich flüsternd zu.

„Das brauchst du nicht zu sein. Ich werde es ganz langsam angehen lassen", verspricht er, und ich glaube ihm. „Oh, wow, du hast echt die tollsten Beine, die ich je gesehen habe. Sie sind so verdammt sexy." Erneut packt er meine Hüften und zieht mich noch ein Stückchen zu sich, sodass ich ein wenig vorgebeugt dastehe und mein Hintern in die Höhe gestreckt ist.

Es ist eine so offenkundig erotische Stellung, in die er mich gebracht hat. Und als er noch näher tritt und mein Po die Vorderseite seiner Jeans berührt, beiße ich mir auf die Lippen, um ein Stöhnen zu unterdrücken.

„Lehn dich noch ein Stück weiter zum Fenster vor", weist er mich an, und ich komme seiner Aufforderung nach, während ich mich bemühe, möglichst in dieser Stellung zu bleiben. Dann schiebt er die Hände unter den gebauschten Stoff, berührt meine Hüften, ehe er die Finger um das hauchdünne Bündchen meines Slips schließt. Mit einem Ruck zieht er das Höschen herunter, über meinen

Hintern, über die Schenkel. Ich helfe ihm, indem ich aus dem Slip heraustrete und ihn zur Seite schiebe, damit er sich nicht in meinen Schuhen verfangen kann. Gerade will ich aus den Schuhen schlüpfen, als Matt mich davon abhält.

„Lass die Schuhe an."

Oh, oh!

Matt

Ihr Slip ist aus weißer Spitze, ein winziges Stückchen Stoff, das sie vermutlich mehr entblößt als bedeckt hat. Wobei ich das nun nie mehr erfahren werde, da ich ihn ihr ausgezogen habe und er jetzt wie achtlos weggeworfen auf dem Fußboden liegt.

Was mich nicht im Geringsten stört.

Bryn ist mir wirklich ein Rätsel. Unschuldig und zugleich so sexy, mit dem Gesicht eines Engels und einem Körper, der wie geschaffen ist für die Sünde. Im einen Moment ist sie schüchtern, und im nächsten ist sie eine lachende, sinnliche Verführerin, die aussieht, als wolle sie mich mit Haut und Haaren verschlingen.

Es gefällt mir. Scheiße, ich liebe es, und ich will mehr über sie herausfinden, all die Geheimnisse, die sie noch vor mir versteckt, alles, was sie ausmacht. Aber sie hält mich immer wieder auf Abstand. Sie hat mir während des Abendessens das eine oder andere aus ihrer Vergangenheit erzählt. Dabei ist mir klar geworden, dass sie eine Frau ist, die vor ihren Problemen davonläuft. Und sie verhält sich so, als müsste ich damit rechnen, dass sie bei nächster Gelegenheit auch vor mir davonläuft.

Doch das werde ich nicht zulassen. Wenn diese Nacht vorüber ist, wird sie wissen, zu wem sie gehört.

Zu mir.

Ich habe schon viel zu lange auf diesen Augenblick gewartet, als dass ich ihn noch länger hinauszögern könnte. Also packe ich sie bei den Hüften und dränge mich gegen sie, lasse sie meinen harten Schwanz an ihrem prächtigen Arsch spüren. Sie hat den Kopf gesenkt und stöhnt, ein erstickter Laut, der mir eine prompte Reaktion entlockt. Mein Schwanz zuckt, und mein Verlangen, sofort in sie einzudringen, wird noch stärker. Ich sehne mich danach, sie komplett auszufüllen und endlich herauszufinden, wie es ist, ein Teil von ihr zu sein.

Das ist das, wonach ich suche. Diese Verbindung, diese Vereinigung unserer Körper und Seelen. Ich will das. Fuck, ich brauche das! Also greife ich in ihr dichtes dunkles Haar und ziehe sanft daran, bis Bryn den Kopf dreht, damit ich sie mit all meiner aufgestauten Leidenschaft küssen kann.

Sie keucht auf und schlingt den Arm um meinen Hals, während unsere Zungen sich umkreisen und auch unsere Körper sich aneinander reiben. Ich möchte sie hier, auf diese Art nehmen. Ich weiß, es ist nicht gerade die romantischste Stellung, aber im Moment fühle ich mich auch nicht sonderlich romantisch.

Ich fühle eine Art Besitzerinstinkt. Es ist so, als wollte ich Bryn brandmarken, um ihr klarzumachen, dass sie mir gehört. Langsam löse ich meinen Mund von ihrem und helfe ihr dann, sich von dem Kleid zu befreien. Endlich steht sie fast nackt vor mir, nur noch bekleidet mit einem BH aus weißer Spitze und diesen schwarzen, so unglaublich sexy High Heels.

Verdammt, sie ist umwerfend. Durch die unschuldig wirkende weiße Spitze sehe ich ihre rosa Nippel, die aufgerichtet sind und sich gegen den Stoff drängen, und ihre Brüste sind so üppig, dass sie den BH mehr als ausfüllen. „Zieh ihn aus", sage ich rau und deute auf ihre Brust.

Ohne zu zögern, hebt Bryn die Hände an den Rücken und öffnet den Verschluss. In der nächsten Sekunde flattert der BH zu Boden und landet neben ihrem Slip. Abgesehen von den Schuhen steht sie jetzt vollkommen nackt vor mir, während ich noch alles anhabe.

Fuck, jetzt ist es aus.

Zur Hölle mit der Millionenwette. Es ist mir auch scheißegal, ob Archer und Gage herausfinden, dass ich mit Bryn zusammen war. Was passiert ist, ist passiert.

Ich muss sie haben.

Hastig greife ich nach hinten, fummele meine Brieftasche heraus und klappe sie auf. In einem der Fächer befindet sich ein Kondom, das ich dort immer aufbewahre. Es ist Monate her, seit ich zuletzt mit einer Frau zusammen war, sodass ich eine Scheißangst davor habe, sofort zu kommen, sobald ich in Bryn eingedrungen bin. Also schließe ich die Augen und atme tief durch, um meine Libido in Schach zu halten.

Aber es wird so verdammt schwer werden.

„Ich will dich direkt hier ficken“, flüstere ich, als ich wieder ganz nah an sie herantrete, ihr nackter Körper gegen das kalte Glas, mein Körper gegen ihren gepresst. „Von hinten, während du auf die Stadt blickst und dich fragst, ob uns jemand sehen kann.“

Ein Zittern durchfährt sie, und sie atmet unsicher aus. „I...in Ordnung.“

„Ist das okay für dich? Wenn wir beim ersten Mal auf diese Weise Sex haben?“ Ich küsse ihr Ohrläppchen, danach die empfindliche Stelle hinter ihrem Ohr, bevor ich ihre schwere Haarpracht zur Seite schiebe, damit ich meine Lippen über ihren Nacken wandern lassen und ihre Schulter küssen kann. Ihre Haut ist weich und verströmt diesen ganz besonderen Duft, der mich so verrückt macht. Ich atme tief ein und genieße diesen Moment, überwältigt von dem, was sie mit mir anrichtet, von den Gefühlen, die sie in mir weckt.

„Ja“, antwortet sie leise, während sie die Hüften kreisen lässt und mit dem Arsch meine Erektion streichelt, die noch immer in meinen Jeans gefangen ist. „Ich ... ich glaube, mir gefällt das.“

Erleichtert, dass sie eingewilligt hat, schließe ich die Augen. Ich will sie nicht drängen, sie ist empfindlich, das spüre ich genau. Und auf keinen Fall will ich die Sache heute Nacht versauen.

Mit einer Hand umschließe ich ihr Gesicht, und sie dreht sich zu mir. Unsere Lippen prallen aufeinander, und unsere Zungen umkreisen einander voller Gier. Mit der anderen Hand fummele ich an meiner Gürtelschnalle und versuche verzweifelt, sie aufzubekommen, damit ich die Jeans endlich öffnen und meinen Schwanz befreien kann. Damit ich das Kondom überstreifen und langsam in sie hineinstoßen kann. Ich will zusehen, wie ich das erste Mal tief in ihren Körper eindringe.

Ein wolllüstiger Schauer überläuft mich, und ich löse meinen Mund von Bryns, weil ich Angst habe, dass es sonst gleich um meine Selbstbeherrschung geschehen ist. „Stütz dich mit den Händen an der Scheibe ab", fordere ich sie auf. Sie tut es und spreizt gleichzeitig die Beine ein bisschen weiter. Fasziniert trete ich einen Schritt zurück und genieße den Anblick ihrer hübschen rosa Spalte.

Stöhnend berühre ich sie dort und schiebe zwei Finger zwischen ihre Schenkel. Sie ist feucht, richtig feucht, und ich schaffe es endlich, meinen Gürtel zu öffnen und den Reißverschluss der Jeans aufzuziehen. Bryn drängt sich meinen Fingern entgegen, hebt ganz leicht die Hüften, und als ich über ihre Klit streife, antwortet sie, indem sie nach Luft schnappt und lustvoll keucht.

Einen Moment lang vergesse ich sogar, dass ich meine Jeans ausziehen will. Stattdessen streichle ich sie immer intensiver, schiebe meine Finger in ihre heiße, samtweiche Öffnung und mache uns beide verrückt vor Lust. Ich möchte, dass sie allein durch meine Berührung kommt, will zusehen, wie sie den Gipfel erreicht, und flüstere ihr lüsterne Dinge ins Ohr. Wie sehr ich mich danach sehne, sie zu ficken, wie feucht sie ist, wie gut sie sich anfühlt. Bryn legt den Kopf zurück, ihre Augen sind geschlossen, ihr Mund ist leicht geöffnet, während ihr Atem immer flacher geht. Und dann kommt sie auch schon, ich spüre das Zittern in ihrem Inneren, spüre, wie ihr gesamter Körper zuckt.

Ich muss sie haben. Sofort.

Es dauert nur Sekunden, dann habe ich das Kondom übergestreift und tauche langsam in ihren noch immer bebenden Körper ein. Tiefer und tiefer stoße ich vor und stöhne, als ich sie ganz ausfülle. Sie entspannt sich allmählich, und ich halte kurz inne, damit sie sich daran gewöhnen kann, dass ich tief in ihr bin, sie umschließe und halte. Ein leichter Schweißfilm bedeckt ihren Rücken, und ihr Duft ist jetzt noch intensiver und betörender als sonst. Dann beginne ich, mich zu bewegen.

Vor und zurück, mit vorsichtigen Bewegungen, während ich den Moment auskoste. Ihre Hüften bewegen sich ebenfalls, passen sich meinen Stößen an, und es dauert nicht lange, bis ich gar nicht anders kann – ich muss das Tempo beschleunigen. Bryn ist ganz bei mir und hebt den Arsch jedes Mal, wenn ich zustoße, tiefer und immer tiefer, bis es nicht weiter geht und ich vollständig in ihr vergraben bin.

Ich gehöre ihr. Und sie gehört mir.

„Härter“, keucht sie, als ich langsamer werde und das vertraute Kribbeln über meinen Rücken fährt, das ankündigt, dass ich gleich kommen werde … und zwar gewaltig.

„Baby, wenn ich noch härter zustoße, komme ich sofort“, presse ich zwischen zusammengebissenen Zähnen hervor.

„Das ist okay“, wispert sie und dreht den Kopf, um mich über die Schulter hinweg anzuschauen. Ihre Miene verrät Erstaunen und ihren ungetrübten Genuss. „Bitte, Matt.“

Sie braucht nicht lange zu bitten. Ich packe ihre Hüften, und dann gibt es kein Halten mehr. Wieder und wieder dringe ich in sie ein, härter und härter, bis ich den Orgasmus nicht mehr aufhalten kann. Ich schreie ihren Namen heraus, als ich mich von meinen Gefühlen wie von einer riesigen Welle mitreißen lasse. Und schließlich sacke ich erschöpft auf ihr zusammen, bin unfähig, mich zu rühren, aber wie berauscht davon, dass ich das erste Mal in Bryn gekommen bin.

12. KAPITEL

Matt

Fuck. Ich bin überglücklich. Ich bin mit Bryn im Arm eingeschlafen, während sie sich in all ihrer köstlichen Nacktheit an mich geschmiegt und ihr Haar mein Gesicht gekitzelt hat. Zweimal sind wir in der vergangenen Nacht aufgewacht, und wie selbstverständlich haben sich unsere Körper wieder miteinander vereinigt. Beim ersten Mal habe ich die Initiative ergriffen. Ich habe damit begonnen, jeden Zentimeter ihrer zarten Haut zu küssen, und verharrte schließlich zwischen ihren Beinen. So lange, bis Bryn sich unter mir aufbäumte und kam, während meine Zunge in ihrem Schoß vergraben war.

Sie erwiderte den Gefallen und nahm mich tief in ihren Mund. Ich habe derart laut gestöhnt, dass ich damit vermutlich den ganzen Hotelflur aufgeweckt habe. Bryn hat es geschafft, mich in einer schon fast peinlich kurzen Zeit kommen zu lassen.

Beim zweiten Mal hat sie mich aufgeweckt. Da war sie es, die meinen Körper mit Küssen bedeckt und mich mit ihren sinnlichen, feuchten Lippen in den Wahnsinn getrieben hat. Dann schnappte sie sich ein Kondom, streifte es mir über und ritt mich fast bis zur Besinnungslosigkeit, während sie dabei für ihren eigenen Höhepunkt sorgte, indem sie ihre Hüften kreisen ließ und sich an meinem Schwanz rieb.

Das war unglaublich heiß. So heiß, dass ich sie gepackt und herumgedreht habe, sodass sie unter mir lag und ich wieder und wieder mit heftigen Stößen in sie eingedrungen bin. Der Orgasmus war so gewaltig, dass ich anschließend nur noch keuchend und völlig erschöpft zusammensacken konnte.

Nach Atem ringend hielten wir einander umschlungen und schliefen, bis der Wecker in meinem Handy uns weckte und uns daran erinnerte, warum wir eigentlich in New York sind.

Der Winzerkongress.

Nachdem wir gemeinsam unter der Dusche gewesen waren, hüllte Bryn sich in einen Bademantel und huschte in ihr Zimmer, um sich fertig zu machen. Kurz darauf fuhren wir mit einem Taxi zum Messegelände, weil das Wetter einfach so mies war.

Während der gesamten Fahrt hielt ich ihre Hand. Unsere Finger waren locker miteinander verschränkt, ein sichtbares Zeichen für den Stand unserer Beziehung und für das, was ich für sie empfinde. Normalerweise macht mir solch ein Scheiß total Angst, aber diesmal nicht. Nicht bei Bryn. Ich möchte, dass sie ein Teil meines Lebens ist. Es ist mir egal, ob sie für mich arbeitet. Verdammt, sie kann meine Partnerin werden, kann mir helfen, das Weingut zu leiten und Entscheidungen zu treffen … Alles, was sie ohnehin schon tut.

Mir gefällt diese Idee so gut, dass ich sie Bryn gegenüber heute am späteren Abend auf jeden Fall erwähnen werde, wenn wir uns nach Abschluss der Konferenz wiedersehen. Vermutlich wird sie zögern und behaupten, sie hätte eine derartige Position nicht verdient, und das ist eine Sache, die mir klar geworden ist, seit wir zusammenarbeiten: Bryn hat keine sehr hohe Meinung von sich.

Dabei ist das völlig unbegründet. Sie ist talentiert und gescheit und schafft es wie niemand sonst, dafür zu sorgen, dass ich in der Spur bleibe. Sie bietet wertvolle Ratschläge an und ist mir immer einen Schritt voraus, wenn es um geschäftliche Dinge geht. Das DeLuca-Weingut steht für sie immer an erster Stelle, und sie ist genau das, was ich brauche.

Bryn ist alles, was ich brauche.

Wie auf Wolke sieben schwebe ich durch den Tag und komme mir wie ein verliebter Teenager vor. Ich kann mich nicht konzentrieren, kann mich nicht auf das einlassen, was der Redner bei der sehr wichtigen, von mir mit Spannung erwarteten Hauptrede der Konferenz zu sagen hat. Stattdessen wippe ich mit dem Fuß und denke an die vergangene Nacht. An das Gefühl, als Bryn in meinen Armen gelegen hat. An den Geschmack ihrer Nippel. An die Töne, die sie von sich gibt, und daran, wie sie aussieht, wenn sie kommt. Das zufriedene kleine Lächeln auf ihren Lippen heute Morgen, als ich sie im Bett umgedreht habe und sie gebeten habe, mir unter der Dusche Gesellschaft zu leisten.

Ja, darauf kann ich nicht mehr verzichten. Darauf will ich auch nicht mehr verzichten. Ich glaube wirklich, dass Bryn und ich es schaffen können, dass aus dieser Beziehung etwas Festes wird.

Zunächst muss ich jedoch sicherstellen, dass sie ebenfalls mehr will als eine flüchtige Affäre während einer Geschäftsreise.

Als ich endlich ins Hotel zurückkehre, weiß ich, dass Bryn bereits dort ist, denn sie hat mir vor über einer Stunde eine Nachricht geschickt. Ich kann es kaum erwarten, ihr von meinen großartigen Ideen zu erzählen, die unsere gemeinsame persönliche und geschäftliche Zukunft betreffen. All das, was ich geplant habe, während ich mich eigentlich auf die Zukunft des Weinbaus hätte konzentrieren sollen.

Ach, scheiß drauf. Ich denke lieber an Bryn.

Kaum habe ich mein Hotelzimmer betreten, merke ich allerdings, dass die Stimmung sich verändert hat. Bryn sitzt auf der Bettkante – ich hatte ihr meine Schlüsselkarte gegeben, bevor wir heute Vormittag gegangen sind. Mit gesenktem Kopf schaut sie auf ihr Telefon. Sie lässt die Schultern hängen, und das Haar fällt ihr ins Gesicht. Irgendetwas stimmt hier nicht.

Ich spüre es.

„Hallo", sage ich und lasse die Tür leise hinter mir ins Schloss fallen. „Alles in Ordnung?"

Sie hebt den Kopf und sieht mich mit feuchten Augen an. Mir fährt der Schreck in die Glieder. Sie hat geweint. Warum? Meinetwegen?

O Gott, ich hoffe nicht.

„Was ist los?", frage ich und eile zu ihr. Sie hält ihr Handy hoch und wendet sich ab, um mich nicht anzuschauen.

„Lies das“, sagt sie mit erstickter Stimme.

Ich nehme das Telefon und sehe, dass sie einen Artikel von einer dieser Klatsch- und Tratschseiten hochgeladen hat. Als Erstes fällt mir das verschwommene Foto von Bryn und mir ins Auge, auf dem wir am Fenster zu sehen sind, sie mit hochgeschobenem Kleid. Man muss schon ein Idiot sein, um nicht zu begreifen, was wir da tun. Das Bild zeigt mich, wie ich hinter ihr stehe, meine Hände liegen auf ihren Hüften.

Die Schlagzeile allein lässt mir das Herz in die Hose sacken.

Ehemaliger Baseball-Profi landet Volltreffer bei seiner Sekretärin!

„Scheiße“, sage ich laut und lasse mich neben Bryn auf die Bettkante fallen, während ich den Artikel überfliege. Darin steht, dass Bryn für mich arbeitet, seit ich das Weingut übernommen habe, und dass wir seit Monaten eine heiße Affäre hätten. Die namentlich nicht genannte Quelle spricht von unserer angeblichen Beziehung und davon, dass sie, wenn ich nicht aufpasse, womöglich zum Ruin meiner neuen beruflichen Zukunft führen könnte.

Doch das Schlimmste an der ganzen Sache ist, dass der Autor dieses Berichts behauptet, ich sei genau wie mein Vater, der seit Beginn seiner Karriere bei den Oakland As in einen Skandal nach dem anderen verwickelt war:

Wie der Vater, so der Sohn – der Apfel fällt nicht weit vom Stamm. Wobei der Vater zumindest immer wieder auf den Füßen gelandet ist. Wir werden sehen, ob das auch seinem Sohn gelingt.

„Fuck, wer, zum Teufel, kann das getan haben?“, frage ich wütend und drücke Bryn das Handy wieder in die Hand. Ich habe da so eine Vermutung, doch die möchte ich vorerst nicht laut äußern. „Wir müssen herausbekommen, wer hinter diesem idiotischen, verleumderischen Artikel steckt.“

Bryn hält den Kopf noch immer gesenkt. Anscheinend kann sie es nicht ertragen, mir in die Augen zu sehen. „Es sind keine Lügen. Es ist die Wahrheit.“

„Bis gestern Abend ist zwischen uns gar nichts passiert, und das zählt nicht“, erkläre ich, während ich mein Smartphone aus der Tasche fische und feststelle, dass sowohl Archer als auch Gage mir bereits Nachrichten geschickt haben. Beide wollen wissen, was dieser verdammte Artikel soll, der inzwischen überall gepostet wird.

Oh, und auf der Mailbox ist eine Nachricht von meinem Vater. Interessant.

Ich weigere mich, sie mir anzuhören. Nicht jetzt, nicht im Beisein von Bryn. Ich muss meine Gefühle unter Kontrolle behalten, sonst raste ich total aus.

Ich fürchte, mein Dad hatte bei der Sache seine Finger im Spiel. Der Ton des gesamten Berichts deutet darauf hin, dass er dahintersteckt. Die Tatsache, dass mein Vater diverse Male darin erwähnt wird, obwohl er seit Jahren nicht mehr im Rampenlicht steht, bringt mich dazu, ihn zu verdächtigen.

„Zählt nicht?" Bryn starrt mich plötzlich zornig an. „Willst du damit sagen, dass das, was letzte Nacht geschehen ist, völlig ohne Bedeutung ist?"

„Nein. Natürlich nicht." Langsam schüttele ich den Kopf, erstaunt über all die Emotionen, die in ihrem Blick liegen. „Ich denke … Scheiße, ich glaube, dass mein Vater dahintersteckt. Der Himmel weiß, wann er schon damit angefangen hat, eine derartige Story zu verkaufen. Wahrscheinlich direkt nach der Eröffnungsfeier bei uns, als du ihn so freundlich hinauskomplementiert und auf den Heimweg geschickt hast."

„Ich habe ihn nicht freundlich hinauskomplementiert", gibt sie zu. „Er hat schreckliche Dinge zu mir gesagt und mich mehr oder weniger als Schlampe bezeichnet, die mit seinem Sohn schläft. Oh, und sollte ich dich irgendwann satthaben, könnte ich gern zu ihm kommen, um mit ihm Sex zu haben, jederzeit. Du weißt schon, weil ihr zwei euch ja so ähnlich seid und so." Sie stößt einen wütenden Laut aus, der eine Mischung aus Grollen und Quietschen ist. „Dieser Mann ist widerlich."

Fuck. Als wenn ich das nicht wüsste. Und das Schlimmste daran ist, dass er mein Vater ist. Und angeblich bin ich so wie er.

„Das hat er alles zu dir gesagt?", frage ich entsetzt und zucke zusammen, als sie aufsteht und böse auf mich hinuntersieht. Ihre Miene drückt aus, wie fuchsteufelswild sie ist.

„Ja! Er hat mir das Gefühl gegeben, genau das billige kleine Flittchen zu sein, für das alle mich zu halten scheinen. Und wie du siehst: Wir haben es auch noch bewiesen, indem wir miteinander Sex hatten." Sie macht eine resignierte Geste. „Ich bin tatsächlich so, wie alle sagen. Eine dumme Nutte, die durch die Betten hüpft und mit ihrem Chef schläft, weil sie zu blöde ist, es besser zu wissen."

Ich stehe auf, packe sie bei den Schultern und schüttele sie leicht. „Nein. Hör auf, dich auf diese grässliche Weise zu bezeichnen. Du bist nichts dergleichen. Wir haben seit Monaten dagegen angekämpft, Bryn. Seit Monaten. Du bist nicht einfach ins Bett deines Chefs gehüpft, weil du zu dumm bist, es besser zu wissen. Ich hoffe, du bist mit mir ins Bett gegangen, weil ich dir genauso viel bedeute wie du mir."

Bryn

Ich starre Matt in die Augen, schockiert von seinen Worten, schockiert, weil er mich so spontan verteidigt. Ich … ich weiß nicht, was ich sagen soll. Ich bin überwältigt, aufgebracht und verlegen. Zumindest steht mein Name nicht in dem Artikel, doch das ist auch gar nicht nötig. Es gibt ja dieses Foto, das beweist, dass es sich um mich handelt.

Alle auf dem Weingut werden den Artikel samt Foto sehen, und alle werden sich über mich lustig machen. Die Leute in der Umgebung werden die Gerüchte hören und wissen, dass ich diejenige bin, die eine angebliche Affäre mit ihrem Chef hat.

Es ist die Art von Erniedrigung, vor der ich davonlaufe, seit Brian Fairbanks mich durch sein Büro gejagt hat. Ich habe all die Jahre versucht, mich davon zu distanzieren, über den Dingen zu stehen, damit sie mich nicht berühren können.

Und jetzt? Jetzt stecke ich bis zum Hals in einem riesigen Skandal, und daran kann ich niemandem außer mir selbst die Schuld geben.

„Sag etwas." Matt schüttelt mich noch einmal und reißt mich damit aus meinen Gedanken. „Ich muss wissen, ob du genauso in diese Sache involviert bist wie ich."

„Worin involviert?", hake ich nach und komme mir vor, als wäre ich benebelt.

„In unsere Beziehung", antwortet er, den Mund zu einer grimmigen Linie verzogen, die Augen dunkel und unergründlich. „Sag es mir. Ich muss es von dir hören."

„Ich ... ich weiß nicht, was ich fühle, Matt", entgegne ich wahrheitsgemäß und bin entsetzt, als ich den Ausdruck bitterer Enttäuschung über sein Gesicht huschen sehe.

O Gott. Ich schaffe es einfach nicht, so etwas richtig hinzubekommen, sosehr ich mich auch bemühe.

„Also willst du nicht mit mir zusammen sein", meint er mit tonloser Stimme und lässt mich los.

„Das habe ich nie gesagt." Ich beobachte ihn, als er sich von mir abwendet und sich durchs Haar fährt, während er genervt seufzt.

Mein Herz, mein gesamter Körper schmerzen, so sehr wünsche ich mir, zu ihm gehen zu können. Ihn zu trösten und ihn wissen zu lassen, dass wir uns von diesen Stolpersteinen nicht beirren lassen. Dass wir das zusammen durchstehen können.

Aber ich weiß nicht, ob das wirklich stimmt.

„Ich habe keine Ahnung, was ich will", fahre ich fort, als er schweigt. „Die letzte Nacht war … war einfach unglaublich, die wunderbarste Nacht meines Lebens. Aber nachdem ich diesen Artikel und dieses Foto gesehen habe, weiß ich nicht mehr, was ich denken soll. Was ich von einer Beziehung zwischen uns halten soll. Werden wir uns künftig ständig mit solchen Dingen herumplagen müssen? Können wir es aushalten, andauernd einer derartigen Überwachung ausgesetzt zu sein?" Ich habe nicht nur Angst vor der Presse, sondern auch davor, was andere von unserer Beziehung halten. Seine Freunde, die anderen Winzer. Ich möchte nicht dafür verantwortlich sein, dass er in dieser Branche scheitert.

Ich möchte ihn nicht in Verlegenheit bringen.

Er dreht sich wieder zu mir um und sieht jetzt nicht nur verwirrt, sondern auch wütend und frustriert aus. Ich fühle mich schrecklich. Ich bin diejenige, die ihm das hier antut, die ihn dazu zwingt, all das durchzustehen. „Das ist doch ein Zufall, Bryn. Ich stehe eigentlich nicht mehr im Rampenlicht, schon seit über einem Jahr nicht mehr. Niemanden interessiert es, ob ich ein Weingut im Napa Valley besitze, abgesehen von den Leuten im verdammten Napa Valley. Ansonsten hat man mich längst vergessen. Irgendein anderer junger Spieler hat meinen Platz eingenommen, und das ist für mich völlig in Ordnung. Ich habe mich weiterentwickelt. Aber mein Dad? Der hasst es, dass ich kaum noch in den Medien erwähnt werde. Und er hasst es, dass er selbst ebenfalls kein Thema mehr ist. Er hat der Presse seit Jahren Storys über mich zugespielt."

„Glaubst du wirklich, dass er hinter dieser Sache steckt?", frage ich fassungslos. Meine Grandma mag mich vielleicht in den Wahnsinn treiben und hat mich auch schon früher nicht gerade mit Liebe überschüttet, aber sie würde mich niemals derartig öffentlich sabotieren oder solche Lügen über mich verbreiten.

Matt nimmt sein Telefon, drückt eine Taste und hält es sich ans Ohr. Seine Miene ist noch immer grimmig, seine Augen funkeln vor Wut. Anscheinend hört er seine Mailbox ab. Ich warte nervös und schlinge die Arme um meine Mitte, während die Gedanken in meinem Kopf herumwirbeln.

Was ist, wenn der Fotograf noch mehr Fotos geschossen hat? Was ist, wenn sie in den nächsten Tagen weitere Bilder veröffentlichen? O Gott, was wird das mit uns anrichten?

„Er hat mir eine Nachricht hinterlassen, in der er fragt, ob ich den Artikel gesehen habe, und er klang wie ein selbstgefälliges Arschloch", erklärt Matt. „Und, verdammt, ja, ich glaube, dass er dafür verantwortlich ist. Vor allem nach dem, was du mir gerade über ihn erzählt hast. Wenn er solche Sachen zu dir gesagt hat, dann steckt er bestimmt dahinter. Ich meine, niemand sonst würde meinen Vater erwähnen, und zufälligerweise wird er in diesem Artikel mehrfach genannt. Er ist die unbekannte Quelle." Er atmet tief aus und fährt sich erneut mit den Fingern durchs Haar. „Ich frage mich, wie viel das Arschloch bezahlt bekommen hat für diese ganzen Lügen. Ich frage mich auch, wen er angeheuert hat, uns zu verfolgen."

„Richtig. Und wer weiß, ob nicht noch mehr Bilder auftauchen? Ich sterbe, wenn das geschieht, das schwöre ich dir. Ich kann so nicht leben", erwidere ich mit leiser, aber entschlossener Stimme, während ich innerlich mit den Nerven am Ende bin. „Ich kann das nicht, Matt."

„Wovon redest du?", will er wissen, und ich schließe die Augen, weil ich Angst habe, ihn anzuschauen, Angst, die Traurigkeit in seinem Blick zu sehen.

„Ich glaube, es würde meine Selbstachtung völlig zerstören, wenn ich mich ständig mit solchen Dingen herumschlagen müsste, und mit meiner Selbstachtung ist es ohnehin nicht weit her." Ich öffne blinzelnd die Augen und stelle fest, dass er mich schockiert anstarrt. „Man wird mir immer nachsagen, ein leichtes Mädchen zu sein, eins, das die Ehen anderer zerstört. Die doofe Schlampe, die mit ihrem Chef schläft, weil sie glaubt, dass das von ihr erwartet wird."

„Aber das, was zwischen uns ist, ist doch etwas ganz anderes, Bryn. Siehst du das denn nicht? Das hat nichts damit zu tun, dass ich dein Chef bin und du meine Assistentin. Was zwischen uns ist, was wir letzte Nacht erlebt haben … da geht es doch darum, dass ein Mann und eine Frau sich zueinander hingezogen fühlen." Er hält kurz inne und mustert mich. „Oder nicht?"

Ich schaue ihn schweigend an, weil ich nicht weiß, was ich sagen soll … wie ich meine Gefühle verteidigen soll. Es ist nun einmal so, wie es ist, und ich kann diese Empfindungen nicht genauer erklären. Sie sind in mir drin. Und sie werden auch nicht einfach so verschwinden. So leicht ist das nicht.

Doch nichts davon erkläre ich Matt. Er würde es nicht verstehen. Er ist reich, etabliert sowie selbstsicher genug, um sich das zu nehmen oder zu erarbeiten, was er will – sei es nun eine neue berufliche Karriere, eine neue Frau oder ein neues was auch immer.

Ich dagegen besitze nicht genügend Selbstvertrauen. Ich bin jung, mehr oder weniger pleite und versuche, mehr aus mir zu machen. Und jedes Mal, wenn ich denke, ich habe die nächste Sprosse der Leiter erklommen, versaue ich es irgendwie und falle herunter.

Bis ich wieder genau da bin, wo ich gestartet bin.

„Ich weiß nicht", gebe ich leise zu. „Ich bin mir nicht sicher, ob das funktionieren würde."

„Bryn." Seine Stimme bricht, als er meinen Namen ausspricht, und das wiederum bricht mir das Herz. „Tu es nicht. Sag so etwas nicht."

„Ich wollte dir ohnehin meine Kündigung überreichen, sobald wir wieder zu Hause sind", platze ich heraus, weil ich will, dass er endlich die Wahrheit erfährt. „Danach wollte ich nur noch die zwei Wochen bleiben, die ich laut Kündigungsfrist bleiben muss, und anschließend mein Zeug in Kisten packen, alles im Kofferraum meines Saturns verstauen und nach Cactus zurückfahren. Meine Grandma hat schon gesagt, dass ich bei ihr bleiben kann, bis ich wieder auf eigenen Beinen stehen kann und einen neuen Job gefunden habe."

Jetzt sieht Matt ziemlich sauer aus. „Du wolltest kündigen, damit du nach Cactus zurückgehen kannst? Hast du den Verstand verloren?"

Ich zucke mit den Schultern, wütend, dass er mich derart beleidigt. „Es gibt hier sonst nichts, was mich hält." Das ist eine Lüge. Matt könnte mich hier halten, aber mir ist klar, dass es nicht funktionieren würde. Und es wäre nicht das Beste für mich. Es würde bloß dazu führen, dass ich noch einmal einen großen Fehler begehe, und letztlich würden wir beide darunter leiden.

Er ist ohne mich besser dran. Und auch wenn ich nicht ganz sicher bin, ob es stimmt, aber vermutlich bin ich ohne ihn auch besser dran.

„Es gibt sonst nichts, was dich hält." Seine Stimme klingt monoton, und sein Blick wirkt vollkommen ausdruckslos. „Also bedeutet dir das, was letzte Nacht passiert ist, gar nichts."

„Nicht wenn es dazu führt, dass wir beide verletzt werden, worauf es unweigerlich hinauslaufen wird.“ Ich gehe auf ihn zu, doch er weicht zurück, so als wolle er mich nicht mehr in seiner Nähe haben. „Ich bin mir nicht sicher, ob wir gut füreinander sind“, füge ich hinzu.

Er starrt mich grimmig an. „Du willst tatsächlich noch immer kündigen?“

Langsam nicke ich und versuche, die Panik, die in mir aufsteigt, zu ignorieren.

„Dann akzeptiere ich die Kündigung. Du brauchst nicht einmal die zweiwöchige Frist einzuhalten. Die Sache zwischen uns ist vorbei.“ Sein Tonfall und seine Miene verraten, dass es endgültig aus ist, und am liebsten würde ich losheulen.

Doch das tue ich nicht. Ich bleibe ruhig und gefasst. Wie mir das gelingt, weiß ich selbst nicht.

„Ich denke, du solltest versuchen, deinen Flug so umzubuchen, dass du noch heute Abend nach Hause fliegen kannst“, schlägt er mit harscher Stimme vor. „Ich werde dir die Umbuchungskosten, die sicherlich beträchtlich sein werden, erstatten.“

„In Ordnung. Ich reise heute ab.“ Ich hebe mein Kinn, weil ich mich von ihm nicht kleinkriegen lassen will. Das war es doch, was ich gewollt habe.

Oder nicht?

13. KAPITEL

Matt

Zwei Wochen später

„Du bist rangegangen." Ich reibe mir das Kinn und spüre die Bartstoppeln. Seit Tagen habe ich mich nicht mehr rasiert, und ich habe total mies geschlafen.

„So oft, wie du verdammt noch mal anrufst, muss ich ja irgendwann rangehen", erwidert Dad und klingt ziemlich feindselig. „Was willst du, Junge?"

Ich will Bryn. Ich vermisse sie. Ich hasse das, was zwischen uns geschehen ist; wie leicht unsere sich anbahnende Beziehung zerstört wurde. Nur wegen eines etwas skandalösen Fotos und wegen ein paar entsprechender Worte auf einer Reihe von Klatschseiten im verfluchten Internet.

Scheiße, es war ein sehr skandalöses Foto, das Bryn so schrecklich in Verlegenheit gebracht hat. Und das sie verletzt hat. Ich bin es gewohnt, dass Lügen und Gerüchte über mich verbreitet werden. Bryn nicht.

Ich war wütend, als ich New York verlassen habe. Jetzt bin ich nur noch … unglücklich. Sie ist weg. Ich weiß nicht genau, wohin sie gefahren ist, aber ich weiß, dass sie es nicht ertragen konnte, noch eine Minute länger in meiner Gegenwart zu sein. Wobei ich zugeben muss, dass ich mich bei unserer letzten Unterhaltung in New York auch nicht gerade vorbildlich verhalten habe. Von dem Moment an, als wir den Artikel samt Foto gesehen haben, ging alles den Bach runter.

Die unglaublichste Nacht meines Lebens mit der unglaublichsten Frau, die ich je getroffen habe … Ruiniert. Einfach so.

„Ich will wissen, warum“, sage ich schließlich und schweige dann, während ich auf eine Antwort von meinem Dad warte, die ich vermutlich nie bekommen werde.

„Warum was?“ Ach, wie unbeteiligt er klingt.

„Das weißt du genau.“ Ich hole tief Luft und bemühe mich, meine Wut unter Kontrolle zu halten. „Warum hast du die Story an die Presse gegeben? Wie viel haben sie dir dafür bezahlt? War es das wert? Musste es unbedingt sein, dass die Fotos von meiner unschuldigen Assistentin überall im Internet verbreitet wurden?“

„Sie sah auf dem Foto nicht gerade unschuldig aus.“ Und dann lacht er auch noch, dieser Bastard.

Ich schließe die Augen und zähle bis fünf. Er legt es offenbar ganz bewusst darauf an, mich in Rage zu bringen, dieser Mistkerl. „Ich bin an so was gewöhnt. Meinen Namen kannst du meinetwegen durch den Schmutz ziehen, es ist mir egal. Aber lass Bryn aus der Sache raus. Sie hat eine derartige öffentliche Demütigung nicht verdient, und das weißt du auch.“

„Sie hat mich auf deiner Winzerparty gedemütigt“, schleudert er mir giftig entgegen. „Glaub von mir aus, was du willst. Aber letztendlich wirst du einsehen, dass das, was ich getan habe, bloß zu deinem Besten war. Du brauchst diese kleine Schlampe nicht, die reißt dich nur runter."

Als ich sein beiläufiges Geständnis höre, wird mir ganz schlecht. Ich wusste, dass er dahintersteckt. Dass er es jetzt offen zugibt, bestätigt mich darin, das Richtige zu tun. „Fuck, Bryn James ist das Beste, was mir je passiert ist, und du hast alles zerstört. Zerstört, indem du unbedingt gegenüber der Presse so einen Scheiß ausplaudern musstest. Ich hoffe, sie haben dir genug gezahlt, dass es sich für dich gelohnt hat."

„Mein Junge, es hat sich auf jeden Fall gelohnt, denn dadurch stehst du endlich mal wieder im Rampenlicht. Ich wette, seitdem laufen die Geschäfte auf dem Weingut auch besser, oder? Du willst doch nicht, dass die Leute dich vergessen. Du bist immer noch wichtig, weißt du. Ein Held für viele. So wie ich", verkündet Dad selbstgefällig.

„Du bist für niemanden ein Held, du verdammtes Arschloch. Ich will dich nie wiedersehen oder mit dir sprechen." Ich koche vor Wut. Ich sehe im wahrsten Sinne des Wortes rot und nehme das Telefon schon vom Ohr, weil ich das Gespräch beenden will, als ich seine Stimme noch einmal höre.

„Verbanne mich nicht vorschnell aus deinem Leben, Matt. Ich bin der Einzige, den du noch hast. Und das weißt du auch."

Stimmt nicht. Ich habe meine Freunde. Archer und Gage, Ivy und Marina. Und wenn ich ganz viel Glück habe, bekomme ich auch Bryn zurück.

„Ich brauche dich nicht", murmele ich ins Telefon, bevor ich den Anruf beende.

Ich brauche Vinnie DeLuca nicht im Geringsten.

Aber meine Freunde brauche ich ganz sicher. Und mehr als alle anderen brauche ich Bryn.

Allerdings muss ich sie erst einmal finden.

„Okay, du warst ja schon immer schlimm, aber in letzter Zeit benimmst du dich echt wie eine trotzige kleine Göre", meint Archer kopfschüttelnd, als ich an dem Tisch stehen bleibe, an dem er mit Gage sitzt. „Ich weiß nicht, ob diese Wette mit den fünfundvierzig Tagen wirklich so eine gute Idee war."

„War sie nicht. Scheiß auf die fünfundvierzig Tage." Die blöde Wette ist jetzt meine geringste Sorge. Ich lasse mich auf einen Stuhl fallen und schaue kaum auf, als eine nur spärlich bekleidete Kellnerin an unseren Tisch tritt. „Einen doppelten Wodka. Pur. Bringen Sie mir einen Grey Goose", murmele ich.

„Und für Sie, meine Herren? Möchten Sie auch noch etwas?" Die Stimme der Kellnerin ist hell und fröhlich. Ich blicke kurz auf und nehme ihren kurzen Rock und das bauchfreie Top wahr, das sich eng an ihre enormen Brüste schmiegt. Ich mache mir gar nicht erst die Mühe, ihr ins Gesicht zu schauen. So wie sie sich kleidet, erwartet sie das ohnehin nicht.

Wir sitzen in einer Sportsbar, die für ihre besonders toll aussehenden Kellnerinnen bekannt ist. Archer hatte mir eine Nachricht geschickt und mir quasi befohlen, mich nach der Arbeit dort mit ihm und Gage zu treffen. Nun bin ich also hier, unglücklich und bereit, meine Sorgen im Alkohol zu ertränken.

Wahrscheinlich haben sie mich hergelockt, um mich in Versuchung zu führen. Unsere Wette ist ja immer noch nicht vom Tisch, und sie suchen bestimmt nach Mitteln und Wegen, um mich dazu zu bringen, gegen die Regeln zu verstoßen. Die Kellnerin ist megaheiß.

Sie interessiert mich einen Scheißdreck. Ich will nur Bryn.

„Nein danke, wir sind versorgt“, antwortet Archer. Seine Bierflasche ist noch genauso voll wie die von Gage. Sie schauen mich beide an, als hätte ich den Verstand verloren. Ich spüre ihre Blicke auf mir, während ich auf den Tisch starre und mit den Fingern aufs Holz trommele.

„Die Tatsache, dass du keinen Sex hast, scheint dich ziemlich grantig zu machen“, stellt Gage fest, woraufhin ich den Kopf hebe und ihn böse ansehe. Klugerweise hält er sofort den Mund.

„Und wütend“, fügt Archer hinzu. „Was ist los?“

Soll ich es ihnen erzählen? Meine üble Laune hat nichts mit zu wenig Sex zu tun, sondern damit, dass ich den besten Sex meines Lebens hatte … mit der schönsten Frau, die ich je getroffen habe. Mit genau der Frau, die vor zwei Wochen aus meinem Leben verschwunden ist.

Die Frau, die ich liebe. Leider war ich ein zu großes Weichei und habe es nicht geschafft, ihr das zu sagen.

„Ihr habt den Artikel auf der Klatschseite doch gesehen, oder?“, frage ich. Es ist wohl am besten, wenn ich ganz von vorn anfange. Den Bericht können sie doch nicht schon vergessen haben, oder? Ich weiß ja, dass sie mit sich selbst beschäftigt sind, mit ihrer Arbeit und den Frauen, die sie lieben.

Die glücklichen Bastarde.

Ich bin ihnen in letzter Zeit aus dem Weg gegangen, aus Angst, dass sie über die Sache reden und mehr Details von mir erfahren wollen. Deshalb habe ich mich allein in meinem Selbstmitleid gesuhlt, bis sie mich heute schließlich gezwungen haben, aus meinem Loch herauszukommen.

„Ja, und das Foto auch. Du hast versichert, dass zwischen euch nichts passiert ist.“ Archer wirft mir einen dieser skeptischen Blicke samt hochgezogener Augenbraue zu, die er so gut beherrscht. „Allerdings bin ich mir nicht sicher, ob ich dir glauben soll. Ehrlich, Alter, man konnte Bryns Höschen sehen.“

„Ihr solltet mir auch nicht glauben“, erwidere ich und schenke der Kellnerin ein grimmiges Lächeln, als sie meinen Drink auf den Tisch stellt und mir ihren üppigen Busen direkt ins Gesicht hält. Ihre Titten ignorierend, schnappe ich mir das Glas, kippe den Wodka auf ex runter und gebe ihr das Glas zurück. „Noch einen, bitte.“

„Kommt sofort“, sagt sie nickend und verschwindet.

„Verdammt, Alter, lass es langsam angehen“, meint Gage. „Ich habe keine Lust, dich besoffen nach Hause karren zu müssen.“

Ich mache eine wegwerfende Handbewegung. „Ich nehme mir ein Taxi."

„Nein, das wirst du nicht", erklärt Archer entschieden. „Erzähl uns, was passiert ist, Matt. Wo ist Bryn? Ivy hat gesagt, dass sie weg ist. Sprich, die Stadt verlassen hat. Kommt mir ganz schön extrem vor."

„Sie ist wirklich weg. Der Artikel und das Foto waren zu viel für sie. Sie hat gekündigt. Ist zurück nach Hause gezogen." Ich hasse meinen Dad dafür, dass er das angerichtet hat. Und noch mehr hasse ich es, dass er geglaubt hat, mir damit einen Gefallen zu tun.

Aber ich war ja auch zu viel für sie. Sie hat mir gesagt, dass sie ohnehin geplant hatte, zu kündigen – noch bevor dieser idiotische Artikel herausgekommen ist. Noch bevor wir zusammen nach New York geflogen sind. Sie wollte mich verlassen. Nach allem, was zwischen uns passiert ist … Sie wollte mir nicht einmal eine weitere Chance geben. Sie wollte einfach so verschwinden.

Mist. Ich habe meine Chance bekommen, und trotzdem ist Bryn gegangen. Scheiße, es klingt so verdammt theatralisch, aber ich leide wie ein Hund, weil sie nicht mehr in meiner Nähe ist.

„Wo bleibt die Kellnerin mit meinem Drink?", brumme ich und funkele Archer und Gage zornig an. Beide zucken tatsächlich zurück, aber auch das ist mir so was von egal. Ich bin sonst immer der Nette. Der lockere Typ, der niemandem Ärger macht.

In letzter Zeit bin ich jedoch alles andere als nett und locker. Sie können sich alle freuen, dass ich noch über ein wenig Selbstbeherrschung verfüge, denn ich befürchte, ich könnte jeden Moment ausrasten.

„Hey." Gages feste Stimme reißt mich aus meinen Gedanken. „Was ist zwischen dir und deinem Dad passiert?"

Ich zucke mit den Schultern. Sie wissen, dass Vinnie dahintersteckt, ich habe es ihnen erzählt, als ich aus New York zurückgekommen bin. Aber seitdem habe ich nicht mehr darüber gesprochen. Ich war zu sehr damit beschäftigt, in Selbstmitleid zu baden. „Ich habe ihn direkt nach meiner Rückkehr angerufen und damit konfrontiert."

„Und?"

„Anfangs hat er es geleugnet. Fragte immer nur, warum er das seinem eigenen Sohn antun solle, aber ich habe es ihm immer wieder ins Gesicht geschleudert. Ich habe ihm kein Wort geglaubt. Und schließlich hatte ich ihn so weit, dass er es zugegeben hat."

Ich schüttele den Kopf und bedanke mich, als die Kellnerin mit dem frischen Drink kommt. Sie bleibt kurz stehen, doch Archer bedeutet ihr zu gehen. Ich hebe mein Glas und fahre fort: „Er hat mir gestanden, dass er dem Reporter einen Tipp gegeben hat. Sie haben Bryn und mich im Restaurant aufgespürt und dort schon ein paar Fotos geschossen. Doch dann haben sie uns am Fenster des Hotelzimmers entdeckt und entschieden, dass das die weitaus interessanteren Fotos wären, um sie auf der Website zu posten.“ Ich trinke das Glas in einem Zug leer und knalle es auf den Tisch.

„Also ist dein Dad für alles verantwortlich“, sagt Gage. Der Ausdruck von Ekel auf seinem Gesicht spricht Bände.

„Ja. Dieses Arschloch“, murmele ich und bin sowohl traurig als auch wütend. Dass mein Dad so herzlos sein und mir etwas Derartiges antun kann …

Das ist doch scheiße. Unsere Beziehung ist für immer zerrüttet. Zurzeit kann ich mir wirklich nicht vorstellen, mit ihm zu reden, etwas Persönliches mit ihm zu besprechen, nicht einmal etwas Belangloses. Verdammt, ich würde dem Mann im Moment nicht einmal eine Weihnachtskarte schicken. Er hat alles zerstört.

Er wird mich anflehen und vor mir auf die Knie gehen müssen, ehe ich auch nur darüber nachdenke, wieder ein Wort mit ihm zu wechseln.

„Und Bryn ist verschwunden“, stellt Gage fest.

„Genau.“ Ich nicke und merke, dass sich mein Kopf schon etwas schwer anfühlt. Ich spüre, wie der Alkohol durch mein Blut strömt, und warte darauf, dass er alles betäubt. Fuck, ich sehne mich nach dieser Art von Betäubung. „Wir können die Wette übrigens vergessen.“

„Warte … was?“ Archers verwirrte Miene wäre fast zum Lachen, wenn mir nicht so elendig zumute wäre.

„Wir können das Ganze vergessen. Ich will kein Geld von euch haben. Geht nicht.“ Ich greife nach meinem Glas, erinnere mich daran, dass es leer ist, und stelle es genervt wieder hin. „Bryn und ich hatten Sex. Unglaublichen, fantastischen, nie zu wiederholenden Sex."

„Du hinterhältiger Lügner", ereifert sich Gage, doch Archer wirft ihm einen warnenden Blick zu, der ihn sofort verstummen lässt.

„Und sie hat dich trotzdem verlassen. Das ist … hart, Kumpel. Tut mir leid", sagt Archer vorsichtig. Schon lustig: Seit er weiß, dass er Vater wird, ist er plötzlich irgendwie richtig mitfühlend. Der alte Archer hätte mich ewig mit der Sache aufgezogen.

Der neue Archer, der unsterblich in Ivy verliebt und ganz aufgeregt ist, weil er Vater wird, gibt sich auf einmal … rücksichtsvoll, was die Gefühle anderer angeht.

Scheiße, ja. Ich habe gerade einen typischen Oprah-Moment. Daran ist bestimmt der Wodka schuld.

„Das Wort *hart* trifft es nicht einmal annähernd." Ich lächele, doch es fühlt sich an, als würde mein Gesicht in zwei Teile zerbrechen. „Wisst ihr, dass diese blöde Website den Artikel zwar veröffentlicht hat, aber dass dann nichts mehr hinterherkam? Ein paar andere Seiten haben ihn ebenfalls gepostet – und danach ging es sofort um den nächsten Skandal. Ich kann mich nicht mehr daran erinnern, was es war. Aber Bryn und ich waren vergessen. So unbedeutend bin ich inzwischen. Und wisst ihr was? Ich find's toll. Ich vermisse weder die Fans noch all die Fotografen und diesen ganzen Scheiß. Ich vermisse es, Baseball zu spielen. Das werde ich immer vermissen, doch alles andere kann mir gestohlen bleiben. Ich führe ein neues Leben. Habe einen neuen Beruf, den ich liebe, und ich habe eine Frau gefunden, die ich lieben könnte. Stattdessen verlässt sie mich."

Verdammt, selbst in meinen Ohren klinge ich echt mitleiderregend und erbärmlich.

„Na schön, die Wette ist also vom Tisch", meint Archer und wirkt ziemlich besorgt. „Aber ..."

„Willst du Bryn etwa gehen lassen?", fällt Gage ihm ins Wort. „Willst du sie einfach so verschwinden lassen und sie vergessen?"

Ich schaue die beiden böse an. „Was meinst du damit?" Die Kellnerin stellt noch einen Wodka vor mir auf den Tisch, nicht gerade zur Freude meiner Freunde, doch ich lächele sie dankbar an und schaue ihr dabei sogar in die Augen und nicht auf ihre Titten. Frage mich allerdings, ob sie das zu schätzen weiß.

Wahrscheinlich nicht.

„Geh ihr hinterher", drängt Gage mich. „Fahr in ihre Heimatstadt, und sag ihr, dass du sie zurückhaben willst."

Ich verziehe das Gesicht, kippe den Drink runter und schneide erneut eine Grimasse, als der Wodka durch meine Kehle rinnt. „So wie du es sagst, klingt es ganz leicht."

„Weil es das ist", versichert Gage mir grinsend. Am liebsten würde ich das Grinsen mit meiner Faust auslöschen. Scheint der Wodka zu sein, der da aus mir spricht. „Steig in ein Flugzeug, und flieg in dieses kleine Nest, aus dem sie kommt. Kann ja wohl nicht so schwierig sein, herauszufinden, wo sie lebt und wie ihre Adresse lautet. Wenn du sie dann siehst, sagst du ihr, was du empfindest."

Ich nehme seine Worte auf, sie schwirren zusammen mit dem Wodka in meinem Kopf umher. Ich könnte das tun. Vielleicht. „Was ist, wenn sie mir einen Korb gibt?“

„Dann hast du es zumindest versucht“, gibt Archer zurück. „Dann brauchst du es nicht zu bereuen oder dich dein Leben lang zu fragen, was gewesen wäre, wenn. Diese Was-wäre-wenn-Fragen können einen umbringen, Alter. Glaub mir.“

Hm. Er hat recht. Ich frage mich, wie man überhaupt nach Cactus in Texas kommt. Irgendwo hinfliegen und dort ein Auto mieten, vermute ich mal. Ich kenne den Namen ihrer Großmutter nicht. Allerdings wette ich, dass alle in Cactus wissen, wer Bryn James ist. Die schönste, süßeste, netteste, bezauberndste Frau, die es gibt …

„Ich mach es.“ Ich balle meine Hand zur Faust und schlage damit auf den Tisch, sodass die Wodkagläser und die inzwischen leeren Bierflaschen klirren. „Ich werde sofort einen Flug buchen.“ Ich will aufstehen, doch sowohl Archer als auch Gage wedeln mit den Armen, als wollten sie meinen Arsch zur Landung einweisen oder so.

„Langsam, Kumpel“, sagt Gage und schüttelt lachend den Kopf, während ich auf meinen Stuhl zurückfalle. In meinem Kopf dreht sich alles. „Du musst erst einmal wieder nüchtern werden. Guck dich doch an, drei Wodkas, und du bist fertig.“

„Wie du meinst“, murmele ich, während ich an Bryn denke. An die lächelnde Bryn. Die beige Bryn. Die nackte Bryn. Die traurige Bryn.

Ich runzle die Stirn. Ich will Bryn nie wieder traurig erleben. Ich muss sie finden.

Ich muss mich auf den Weg machen, damit diese Frau ein für alle Mal zu mir gehört.

14. KAPITEL

Bryn

„Mädchen, du solltest lieber mal den Hühnerstall ausmisten, und zwar schleunigst! Der Hahn sieht aus, als wollte er gleich auf seinen Freundinnen herumhacken. Der mag es nicht, wenn er durch Scheiße stolzieren muss."

Seufzend werfe ich mein Telefon – das iPhone, das ich behalten durfte, obwohl Matt es mir lediglich für berufliche Zwecke gekauft hatte – auf die Matratze und gehe aus meinem Zimmer, um zu hören, was meine Grandma da herumbrüllt.

Sie steht an der Küchenspüle und wäscht Geschirr ab. Ich wünschte, wir könnten uns einen Geschirrspüler leisten, aber das wird leider reines Wunschdenken bleiben. Grandma schaut aus dem Fenster hinüber zum Hühnerstall im Garten, ein wackliges Gebäude, das einer der Nachbarsjungen ihr vor ein paar Jahren gebaut hat.

„Was wolltest du von mir?" Ich klinge resigniert. Natürlich bin ich das, wenn die einzige Arbeit, die ich in dieser gottverdammten Kleinstadt zu finden scheine, lediglich darin besteht, meiner Grandma hier im Haushalt zu helfen. Den Job im Soap-n-Snip, wo ich das Telefon hätte bedienen und Haare auffegen sollen, habe ich nicht bekommen. Stacy Jo Nesbitt hat ihn ergattert. Sie hat ihren Schulabschluss zwei Jahre nach mir gemacht, hat aber bereits zwei Babys, für die sie sorgen muss.

Sie braucht den Job noch dringender als ich.

„Du sollst den Hühnerstall ausmisten, Schätzchen. Das ist ein Shitstorm von epischen Ausmaßen, und dieser arrogante, hinterhältige Hahn hasst es, wenn sich die Scheiße häuft." Grandma gackert vor sich hin. Sie liebt es, verrückte Dinge zu sagen und damit andere Leute zu schockieren. Je älter sie wird, desto schlimmer wird es, doch normalerweise ignoriere ich es oder lache einfach mit ihr.

Aber heute ist Lachen wirklich das Letzte, wonach mir zumute ist. Draußen ist es entsetzlich heiß, und ich will da nicht raus, um den Hühnermist wegzumachen.

„Du willst, dass ich da jetzt ausmiste?", frage ich und lasse die Schultern hängen.

„Na klar doch. Guck dir diesen Hahn bloß mal an." Erneutes Gegacker. „Der hackt jeder der Hennen den Kopf an, wenn du dich nicht schleunigst darum kümmerst."

Ich trete neben Grandma und stelle fest, dass sie tatsächlich nicht übertreibt. Der Hahn stolziert in dem kleinen eingezäunten Freigehege herum und pickt jeder der unschuldigen Hennen, die ihm zu nahe kommt, auf dem Kopf herum.

Typisch Kerl. Der Hahn ist ein totales Arschloch.

„Na schön", seufze ich. „Ich gehe raus und miste aus."

„Vergiss nicht, dir deine Gummistiefel anzuziehen!", ruft sie mir hinterher, als ich in Richtung Garage marschiere. „Und nimm einen Eimer und eine Schaufel, damit du all die Scheiße aufsammeln kannst."

Ich schnappe mir den Eimer und die Schaufel, die sie auch

immer für die Hühnerscheiße benutzt, bevor ich in die alten Gummistiefel schlüpfe, die ich mir vor Jahren mal bei Walmart gekauft habe. Die habe ich immer getragen, wenn es geregnet oder geschneit hat – was selten war, aber trotzdem. Sie sind weiß, scheußlich und nach jahrelangem Tragen abgewetzt, doch es ist mir egal. Ich habe ein altes vergilbtes Tanktop sowie abgeschnittene Jeans dazu an. Die Leute aus dem vornehmen Napa Valley würden sich vermutlich in die Hose machen, wenn sie mich so sehen könnten, aber ich bin hier in Grandmas Garten, wo kein Mensch Notiz von mir nimmt.

Ich muss niemanden beeindrucken.

Nachdem ich das Haus umrundet habe, gehe ich in Richtung Hühnerstall und öffne das Gatter, wobei ich die Schaufel vorstrecke, um den Hahn auf Abstand zu halten. Das ist ein hinterhältiges Biest, das nichts lieber täte, als mich von hinten zu attackieren und mir seine Klauen ins Fleisch zu hacken. Das hat er schon einmal mit mir gemacht und mir damit fast einen Herzinfarkt beschert, so sehr habe ich mich erschrocken.

Dieses Mal bin ich allerdings vorbereitet. Man darf ihm nicht den Rücken zukehren, sonst geht er sofort zum Angriff über, als wäre man sein ärgster Feind.

Du meine Güte, wenn ich es mir recht überlege, kann man eine Menge fürs Leben lernen, wenn man den Hühnerstall ausmistet. Ich muss lachen und schüttele den Kopf, während ich anfange, die Hühnerscheiße aufzusammeln, die sich zu kleinen Hügeln im Stall aufgestapelt hat.

Eine echt widerliche Arbeit.

Es ist jetzt einen Monat her, seit ich New York verlassen und nach St. Helena zurückgekehrt bin. Ich bin gleich am nächsten Morgen zum Weingut gefahren und habe meine persönlichen Habseligkeiten aus dem Schreibtisch zusammengeräumt. Habe meine Wohnung gekündigt und mich auch nicht weiter darum geschert, dass ich noch eine Monatsmiete wegen vorzeitiger Kündigung zahlen musste, obwohl ich sofort ausziehen wollte.

Ich wollte einfach bloß weg.

Zwei Tage habe ich gebraucht, um all meine Sachen zusammenzupacken, die letzten Dinge zu regeln und alles für den Umzug vorzubereiten. Aber als ich endlich so weit war, um loszufahren, alles im Auto verstaut hatte und zur Tankstelle fahren wollte, bevor ich in den Sonnenuntergang entschwinden konnte, entschied ich mich, noch ein letztes Mal meine Post zu checken. Und fand im Briefkasten einen Scheck vom DeLuca-Weingut – mit einer dreimonatigen Gehaltszahlung. „Abfindung" stand in der Betreffzeile.

Der Scheck löste zwiespältige Gefühle in mir aus. Einerseits war ich total genervt, andererseits total glücklich. Ich wollte Matts Mitleidszahlung nicht, war aber auch nicht bereit, einem geschenkten Gaul ins Maul zu schauen, wie meine Grandma sagen würde.

So ganz habe ich diesen Spruch nie verstanden, aber wie auch immer. Er passte.

Also bin ich zur Bank gegangen, habe das Geld meinem Konto gutschreiben lassen und mich anschließend auf den

Weg gemacht. Es hat sechs Tage gedauert, doch schließlich war ich zurück in meinem Heimatort. Ohne irgendwelche Aussichten, ohne Energie und trauriger, als ich jemals zuvor gewesen bin.

Ich vermisse Matt. Ich war blöd, als ich vor ihm und meinen Gefühlen davongelaufen bin. Er war durchaus willens, sich den Problemen zu stellen, doch ich musste ja unbedingt abhauen. Ich habe ihn mir durch die Finger gehen lassen, so als würde er mir nichts bedeuten.

O Gott, ich war solch eine Idiotin. Allein bei dem Gedanken daran kommen mir schon wieder die Tränen.

Aber es nützt nichts, Tränen über unsere gescheiterte Beziehung zu vergießen. Das bringt ihn mir nicht zurück und verbessert auch nicht meine seelische Verfassung. Ich hab's versaut und muss den Tatsachen ins Auge schauen. Ein weiterer Fehler, den ich in meinem Leben begangen habe, und eine weitere Lektion, die ich hoffentlich gelernt habe.

Lass dir niemals einen guten Mann durch die Lappen gehen.

Das war Grandmas Kommentar, als ich ihr vor ein paar Tagen erzählt habe, was passiert ist. Ich hatte die Sache zunächst für mich behalten. Als Grandma mich dann jedoch heulend auf der Veranda fand, fragte sie geradeheraus, was, zum Teufel, mit mir los sei.

Und das war ihr einziger Rat gewesen, nachdem ich meinen Bericht beendet hatte.

Lass dir nie, niemals einen guten Mann durch die Lappen gehen.

Zu spät, Grandma.

Seufzend reibe ich mir mit dem Handrücken über die Stirn, bevor ich mich wieder daranmache, den Mist zu schaufeln. Ich hätte Handschuhe anziehen sollen, doch das habe ich vergessen. Zum Glück muss ich die Scheiße ja dank der Schaufel nicht mit den Händen anfassen.

O Gott, wie habe ich mich nur verändert. Vor gerade mal einem Monat war ich noch in New York im schönsten Hotel, das ich jemals gesehen hatte, und jetzt miste ich einen Hühnerstall aus.

Tja, wie tief die Mächtigen doch gefallen sind.

Ich fülle fast den ganzen Eimer mit Hühnerscheiße, während ich zwischendurch mit der Schaufel den Hahn abwehre, der ständig versucht, mich zu attackieren. Der Schweiß läuft mir über den Rücken, vermutlich stinke ich wie die Pest, und meine Füße fühlen sich total matschig und eklig in den Gummistiefeln an.

Ich muss dringend duschen, sobald ich mit dieser entsetzlichen Aufgabe fertig bin. Kein Wunder, dass Grandma sich hiermit nicht abplagen will.

„Bryn?"

Ich erstarre und drehe den Kopf nach links. Ich könnte schwören, dass ich eben Matts Stimme gehört habe. Na toll. Offensichtlich werde ich allmählich verrückt und bilde mir Sachen ein.

„Verdammte Männer", murmele ich und schüttele den Kopf, während ich die Schaufel drohend in Richtung Hahn halte, der so aussieht, als wollte er mich jeden Moment anspringen. „Ihr seid doch alle gleich. Stets bereit, euch auf eine unschuldige Frau zu stürzen und sie fertigzumachen, ehe sie sich wieder aufrappeln kann."

„Bryn, was, zum Teufel, tust du da? Redest du mit den Hühnern?"

Erschrocken richte ich mich auf und drehe mich langsam um. Weil mir die Sonne plötzlich in die Augen scheint, beschatte ich sie mit einer Hand und sehe …

Oh mein Gott, ich sehe Matthew DeLuca auf der anderen Seite des Hühnerstalls stehen. Hier in Grandmas Garten. Er sieht wie immer umwerfend aus in Khakishorts und einem weinroten Poloshirt.

„Ich rede nicht mit den Hühnern", erkläre ich mit schwacher Stimme. „Ich rede mit dem Hahn."

„Und wo ist da der Unterschied?", will Matt wissen und lächelt andeutungsweise.

„Das solltest du den Hahn lieber nicht hören lassen. Mit solch einer Aussage könntest du ihn richtig sauer machen", murmele ich, drehe mich wieder um und deute mit der Schaufel auf das Miststück, von dem ich rede. Er ist nämlich schon wieder gefährlich nahe gekommen, weil ich abgelenkt war.

Mein Herz rast, und ich fasse es einfach nicht, dass Matt hier ist. Bei mir.

Aber warum?

„Du siehst, äh, gut aus, Bryn."

Er ist ein Lügner. Ich sehe aus, als wäre ich völlig durchgeknallt, und das ist mir vollkommen klar. Ich wende mich ihm zu und strecke einen Fuß aus, um meine Gummistiefel zu präsentieren. „Gefallen sie dir?“

„Sie sind interessant. Noch besser gefallen mir allerdings diese winzigen Shorts.“ Er stößt einen leisen Pfiff aus, was bei mir ein wohliges Glücksgefühl auslöst. „Deine Beine sehen darin verdammt lang aus.“

Mir wird ganz schwindlig vor Aufregung. Er ist hier, bei mir, in Cactus, wo er meine Beine begutachtet und mir erzählt, ich würde gut aussehen. Wenn hier jemand gut aussieht, dann ist er es … so sexy und attraktiv mit den Shorts und dem Polohemd, das dunkle Haar völlig zerzaust und mit den Bartstoppeln im Gesicht.

Wenn ich nicht so lächerlich gekleidet wäre und nicht mitten zwischen Hühnern und ihrem Mist stünde, würde ich zu ihm laufen und mich ihm an den Hals werfen.

„Scheiße!“, brülle ich, als ich einen stechenden Schmerz in meiner Kniekehle fühle. Ich fahre herum und trete nach dem Hahn, der mich angegriffen hat. Kaum kehre ich ihm eine Sekunde lang den Rücken zu, schlägt er zu. „Du elender Mistkerl!“, schreie ich und fuchtele mit der Schaufel herum, um ihn abzuwehren. Glücklicherweise stolziert er davon, und ich schnappe mir den Eimer und gehe rückwärts zum Gatter, bis ich es direkt in meinem Rücken spüre. Eilig öffne ich es, schlüpfe durchs Tor und schließe es hinter mir, bevor ich mich erleichtert dagegenlehne und versuche, mich wieder zu beruhigen.

Nur um mitzubekommen, dass Matt so heftig lacht, dass er fast zusammenzubrechen droht.

Ich sollte nicht lachen. Bryn hat sich gerade zu Tode erschreckt, jedenfalls ihrem Gesichtsausdruck nach zu urteilen. Ich hatte keine Chance mehr, sie zu warnen, und war selbst überrascht, wie schnell dieser Hahn durch die Luft sauste. Eben hatten wir geflirtet und geredet, und im nächsten Moment wurden wir von diesem wild gewordenen, aufgeplusterten Hahn unterbrochen, der auf sie zukam und ihr in die Beine hackte.

Das war echt angsteinflößend. Was daran so witzig war? Die Flüche, die aus Bryns Mund gesprudelt kamen und durch ihren texanischen Dialekt noch komischer klangen. Sie war echt sauer. Wütend, dass der Hahn sie erwischt und versucht hat, ihr ein Stück Fleisch aus den Beinen zu hacken.

„Verdammt, das war überhaupt nicht lustig!“, schimpft sie, als sie auf mich zukommt, doch das lässt mich nur noch mehr lachen.

„Oh doch, das war es“, stoße ich atemlos hervor.

Sie bleibt direkt vor mir stehen und stellt den Eimer neben sich ab, was meinen Blick kurz auf ihre Gummistiefel lenkt. Dann schaue ich sie an, schaue sie wirklich an, und das Lachen vergeht mir. Trotz des verrückten Outfits sieht sie höllisch sexy aus. Das Tanktop ist zerrissen und vergilbt und schmiegt sich eng an ihre Brüste, und diese Shorts sollten verboten werden, so verdammt kurz, wie sie sind. Unweigerlich stellt sich mir die Frage, ob sie darunter überhaupt einen Slip trägt, denn wenn ja, muss er verdammt winzig sein.

Aber diese weißen Gummistiefel setzen dem Ganzen echt die Krone auf. Ich habe Bryn nie zuvor in einem derartigen Outfit gesehen.

Irgendwie gefällt es mir.

„Was machst du hier, Matt?“, fragt sie und sticht die Schaufel in den Boden, während sie den Griff weiterhin umklammert hält.

„Ich habe dich gesucht.“ Mein Mund wird immer trockener, je länger ich Bryn betrachte. Ein feiner Schweißfilm bedeckt ihre Haut, und trotz des Eimers mit der Hühnerscheiße nehme ich Bryns Duft wahr, diesen Duft, der mir immer zu Kopf steigt.

„Warum?“ Ihre Stimme ist so leise, so zweifelnd, dass ich mir wünsche, ich könnte sie in die Arme ziehen und sie fest an mich drücken.

Aber das tue ich nicht. Noch nicht. Damit muss ich wohl warten, bis sie geduscht oder sich zumindest die Hände gewaschen hat. Doch ich werde diese Frau schon bald wieder in den Armen halten, das verspreche ich.

„Ich möchte, dass du mit mir zurückkommst, Bryn“, sage ich schlicht. „Ich vermisse dich.“

Sie öffnet die Lippen und umklammert den Schaufelgriff so fest, dass ihre Knöchel weiß werden. „Was?“

„Ich vermisse dich. Hast du mich auch vermisst?“ Ich trete noch näher an sie heran und beobachte, wie sie die Augen aufreißt und mit der Zunge kurz die Lippen befeuchtet. Verdammt, ich möchte sie küssen. „Nachdem du fort warst, ist mir klar geworden, wie sehr ich dich brauche."

„Als deine Assistentin?"

Ach, meine kleine dumme Bryn. Sie kann einfach nicht glauben, dass jemand sie tatsächlich um ihrer selbst willen will, oder? Wie überrascht sie wohl wäre, wenn sie wüsste, dass ich ohne sie ein totales Wrack gewesen bin. „Nicht als meine Assistentin. Ich brauche dich in meinem Leben. Ich möchte dich an meiner Seite haben, damit du mir hilfst, das Weingut zu führen."

„Damit ich für dich arbeite", stellt sie mit tonloser Stimme fest.

„Ich bezahle dich, ja, da du rein technisch gesehen meine Angestellte wärst, aber nicht länger meine Assistentin. Du sollst meine Partnerin werden." Ich lächele und mache noch einen Schritt auf sie zu, bis ich genau vor ihr stehe. Langsam strecke ich die Hand aus und lege sie auf ihre Finger, die noch immer auf dem Schaufelgriff ruhen. „Ich liebe dich, Bryn. Und ich möchte nicht mehr ohne dich leben."

„Matt …", setzt sie an, doch ich bringe sie zum Schweigen, indem ich ihre Hand drücke.

„Ich will keinen Widerspruch hören. Und erzähl mir nicht, du würdest mich in den Ruin treiben – oder welche verrückten Entschuldigungen auch immer du dir beim letzten Mal, als wir geredet haben, ausgedacht hast." Ich hebe meine freie Hand und umschließe ihre Wange, um die herrlich weiche Haut zu genießen. „Ich möchte, dass du Teil meines Lebens bist. Ich möchte, dass du mit mir in Kalifornien lebst und mit mir gemeinsam arbeitest. Ich möchte, dass wir Partner werden und zusammen das DeLuca-Weingut aufbauen. Was denkst du?“

Sie lächelt, und in ihren blauen Augen schimmern Tränen. „Ich denke, dass du verrückt bist.“

„Stimmt.“ Ich kann mich nicht länger beherrschen und beuge mich vor, um einen zärtlichen Kuss auf ihre Lippen zu pressen. „Ich bin verrückt nach dir, Bryn. Jetzt sag schon, dass du das Ausmisten von Hühnerställen für den Rest deines Lebens aufgeben und stattdessen mit mir kommen wirst, um mit mir zusammenzuarbeiten.“

Bryn lacht und lässt den Tränen freien Lauf. „Ich weiß nicht. Lass mich noch mal drüber nachdenken.“

„Stures Weib“, murmele ich, bevor ich sie erneut küsse. Diesmal ist es ein sehr viel tieferer, leidenschaftlicherer Kuss, bei dem unsere Zungen ins Spiel kommen und meine Liebste leise und glücklich vor sich hin seufzt.

Meine Liebste. Meine Frau. So habe ich Bryn immer in meinen Gedanken genannt, seit sie mich verlassen hat. Es hat nur leider so lange gedauert, bis ich endlich den Mut aufgebracht habe, der Frau, die ich liebe, hinterherzulaufen.

„Was ist … Was werden die anderen wohl alle sagen?“, fragt sie, als sie sich schließlich von mir löst. „Sie werden über uns reden. Darüber, dass du deine Assistentin vögelst.“

Es beleidigt mich, dass sie unsere Beziehung derart vereinfacht. „Ich vögele dich nicht. Ich möchte mit dir zusammen sein. Ich möchte, dass du meine Partnerin wirst. Geschäftlich und privat, einfach in allem. Ich will dich. Zur Hölle mit all denen, die daran etwas auszusetzen haben."

Sie starrt mich an, als könnte sie nicht fassen, was ich gerade gesagt habe. Nachdem sie sich geräuspert hat, sagt sie leise: „Es hat mir schreckliches Kopfzerbrechen bereitet, was das alles für mich bedeutet. Mit dir zusammen zu sein. Ich hatte noch nie viel Glück mit Männern, weißt du?"

„Ich weiß", erwidere ich leise und leide mit ihr. Sie sieht so verängstigt aus. Unruhig. Dabei sind das tatsächlich die letzten Gefühle, die ich in ihr auslösen möchte. „Ich wäre stolz darauf, dich meine Partnerin nennen zu dürfen, Bryn, in jeglicher Hinsicht. Du bist klug und stark. Ich brauche dich in meinem Leben. Mehr als du dir vorstellen kannst."

Noch immer schimmern ihre Augen. „Wirklich?", fragt sie ungläubig.

Ich senke den Kopf, sodass unsere Lippen nur wenige Zentimeter voneinander trennen. „Wirklich. Ich liebe dich", flüstere ich, während ich meine Finger in ihr dichtes, wunderschönes Haar tauche. „Komm mit mir nach Hause, Bryn. Lebe mit mir. Ich brauche dich."

Sie lächelt mich an. Ein nervöses Lachen entschlüpft ihr, ehe sie nickt. „Ich liebe dich auch, Matt. Ich habe dich so sehr vermisst. Ich ... ich konnte es ohne dich nicht aushalten."

„Ich habe dich auch schrecklich vermisst, Baby. Und vertrau mir: Bei mir brauchst du niemals die Hühnerställe auszumisten. Es ist ein hundertprozentig hühnerfreier Haushalt.“ Ich küsse sie noch einmal, weil ich einfach nicht widerstehen kann.

Gleichzeitig lassen wir den Schaufelgriff los, fallen uns in die Arme und schmiegen uns aneinander. Bryn fühlt sich so verdammt gut an, ihr kleiner sexy Körper, der kaum verhüllt ist und der mir in diesem Moment wie ein wahr gewordener Traum vorkommt.

Selbst mit diesen verrückten Gummistiefeln.

„Willst du damit sagen, dass du mal wieder mein ganz persönlicher Retter bist? Der mich davor bewahrt, mein Leben lang Hühnerställe auszumisten?“ Als sie mich anblinzelt, nicke ich grinsend und reibe mit meiner Nasenspitze über ihre.

„Ja, das ist genau das, was ich sagen will. Aber wenn du mich als deinen Retter bezeichnest, dann kann ich nur erwidern, dass du es bist, die mich gerettet hat.“ Ich senke den Kopf und küsse sie wieder voller Leidenschaft. Mit diesem Kuss will ich ihr beweisen, wie ernst es mir damit ist, sie hier aus Cactus wegzubringen und für immer mit zu mir nach Hause zu holen.

Denn dort gehört sie hin.

– ENDE –

DANKSAGUNG

Es hat mir unheimlich viel Spaß gemacht, über diese milliardenschweren Junggesellen und ihre alberne Millionenwette zu schreiben. Ich habe jede einzelne Minute genossen, als ich die perfekten Frauen für sie kreiert und zugesehen habe, wie diese Männer ihnen verfallen sind. Ich möchte meiner Redakteurin Chelsey Emmelhainz für ihren fortwährenden Beistand danken; dafür, dass sie mir geholfen hat, die Bücher besser zu machen, und dass sie solch eine unendliche Geduld bewiesen hat, als ich ins Schwimmen geriet und im Sommer 2013 fast wahnsinnig geworden wäre. Chelsey, ich schätze dich mehr, als du vermutlich weißt, und freue mich schon darauf, mit dir an einer neuen Aufgabe zu arbeiten!

Vielen Dank auch an alle bei Avon. Ich finde, ihr seid ein toller Verlag, der großartige Unterstützung bietet. Auch Caroline Perny möchte ich dafür danken, dass sie mir stets mit Rat und Tat zur Seite stand. Es war eine hervorragende Zeit als Avon-Autorin, und ich hoffe, dass dies noch lange nicht das Ende war.

Wie immer möchte ich natürlich auch meiner Familie danken, dass sie es erträgt, wenn ich mich in meinem Arbeitszimmer verbarrikadiere und den lieben langen Tag nur arbeite. Ich habe den weltbesten Ehemann und die weltbesten Kinder!

Und meinen Leserinnen möchte ich sagen: Eure Unterstützung bedeutet mir unendlich viel. Ohne euch würde ich diesen Job nicht ausüben können, also danke ich euch wirklich von ganzem Herzen.

Lesen Sie auch:

Eric McCarthy

Close Up – Heiße Versuchung

Ab Juni 2016 im Buchhandel

Band-Nr. 35074
9,99 € (D)
ISBN: 978-3-95649-578-6

1. KAPITEL

„Und wann ziehen wir uns aus?"

Emma Gideon warf ihrem Kollegen Kyle Hadley einen finsteren Blick zu und musste sich davon abhalten, ihm eine runterzuhauen. Er machte es ihr wirklich nicht leicht, ruhig und gelassen zu bleiben, während er völlig lässig dastand und darauf wartete, dass ihn jemand aufforderte, sein Hemd abzulegen. Nichts an diesem Fotoshooting schien ihn zu beeindrucken. Emma dagegen wollte sich am liebsten in einem tiefen Erdloch verstecken und unter einem Stapel dicker Fleecedecken verschwinden, wenn sie nur daran dachte, sich vor anderen Leuten auszuziehen.

Dies hier war etwas, das ihre Karriere verlangte. Als sie jetzt zusammen mit zweihundert anderen Leuten auf dem Parkplatz hinter dem leer stehenden Lagerhaus auf die Anweisung wartete, sich bis auf die Unterwäsche auszuziehen, war sie sich ihrer Sache jedoch nicht mehr ganz so sicher. War ein Interview mit dem berühmten Fotografen Ian Bainbridge ein solches Unbehagen tatsächlich wert?

„Wenn du zu früh loslegst, schmeißen die Veranstalter dich raus. Also behalt bitte deine Hose an", antwortete Emma und schaute verstohlen auf Kyles Jeans, als würde ihr der Anblick etwas anderes zeigen, als dass er muskulös war. Und das wusste sie längst. Das bemerkte sie an jedem einzelnen Tag, seit er vor dreiundzwanzig Monaten und einer Woche in der Redaktion zu arbeiten begonnen hatte, also drei Monate und fünfzehn Tage nach ihrem eigenen ersten Arbeitstag … Nicht, dass sie darüber Buch geführt hätte. „Hast du Boxershorts an, oder was? Du weißt, du sollst hier in Unterwäsche erscheinen, sonst fliegst du raus.“ Als sie hörte, wie nervös und hektisch ihre Stimme klang, presste sie sofort die Lippen zusammen.

„Du bist anscheinend echt sehr besorgt, dass man mich rausschmeißen könnte.“ Er rückte seine Baseballkappe gerade. „Ich weiß es zu schätzen, dass du mich unbedingt dabeihaben willst.“

Emma verdrehte die Augen. Tatsache war, dass sie lieber mit einem tollwütigen Hund als mit Kyle hier rumgestanden hätte, obwohl sie nicht völlig davon überzeugt war, dass es zwischen beiden einen großen Unterschied gab. Zugegeben, im Gegensatz zu einem tollwütigen Hund lächelte Kyle eindeutig häufiger, doch ansonsten …

Als wollte er beweisen, wie recht sie hatte, grinste er sie an und zog den Bund seiner Jeans so weit nach unten, dass sie seine straffen Bauchmuskeln und den Gummizug seiner eng anliegenden schwarzen Unterhose sehen konnte. „Aber ich trage natürlich Unterwäsche, und es macht mir nichts aus, wenn sie mit Farbe beschmiert wird. Ich kann Anweisungen befolgen.“

Genau daran zweifelte Emma. Seit jenem schicksalhaften Tag, an dem ihr Boss Kyle eingestellt hatte, arbeitete sie mit ihm zusammen und wusste, dass er glaubte, sein Charme gebe ihm das Recht, sich regelmäßig über Vorschriften hinwegzusetzen. Ein Lächeln von ihm reichte, und es war anderen plötzlich unwichtig, ob er seine Arbeit sofort oder erst in drei Stunden ablieferte. Was sie dabei vor allem wurmte, war ihr Eindruck, dass er damit auch noch fast immer durchkam. Hätte sie sich selbst bloß einen Bruchteil seiner Nachlässigkeiten erlaubt, wäre sie schon längst gefeuert worden.

Doch sie war eben kein heißer Typ, bei dem allen Frauen im Büro das Wasser im Mund zusammenlief. Ihre vorgesetzte Redakteurin war geschieden, und Kyle war Single und für jeden Spaß zu haben. Das ließ sich nicht ignorieren, so gern Emma das getan hätte. Hinzu kam, dass ihre eigene Reaktion auf ihn absolut frustrierend war. Sie rühmte sich gern mit ihrer Selbstbeherrschung und ihrer Fähigkeit, sich ganz auf ihre Arbeit zu konzentrieren. Sie war eine Karrierefrau, zielstrebig und vernünftig. Und dennoch reagierte sie wie jede andere Frau, wenn Kyle den Raum betrat: mit weichen Knien und einem warmen Gefühl zwischen den Schenkeln. Es war zum Verrücktwerden. Sie hatte vollstes Verständnis für jeden Teenager, der ein Sklave seiner Hormone war, denn was Kyle bei ihr auslöste, war einfach nur lächerlich.

Und jetzt würde sie sich für ein Gruppenfoto auch noch fast komplett ausziehen und dabei direkt neben ihm stehen müssen. Fantastisch.

„Mir ist egal, ob du bleiben darfst oder nicht", entgegnete sie. „Aber ich weiß, dass Claire nicht begeistert sein wird, wenn sie dich mit einem Tritt in den Hintern hier rausbefördern." In seinen verdammt knackigen Hintern. Vermutlich würde sie nirgendwo sonst mehr hinschauen können, wenn er erst einmal seine Jeans abgelegt hatte. „Mir wäre es lieber, wenn meine grandiose Berichterstattung im Mittelpunkt dieser Story steht und nicht deine Mätzchen."

Auch wenn sie bloß Artikel für die Rubrik Life & Style des *Daily Journal* schrieb, nahm sie ihren Job ernst. An einem Sonntag zu arbeiten war für sie eine Selbstverständlichkeit – allerdings geschah das normalerweise nicht unter solch außergewöhnlichen Umständen. Dass sie bei dem Shooting mitmachte, lag nur daran, dass sie als Reporterin gar nicht bis hierher vorgelassen worden wäre und daher auch nicht mit dem Fotografen hätte sprechen können. Doch Emma war fest entschlossen, wenigstens ein paar Worte mit Ian Bainbridge zu reden.

Ian galt als der kommende große Star, was Fotos mit Massenaufläufen von Nackten anging, und reiste von Stadt zu Stadt, um Scharen von Freiwilligen so kunstvoll anzuordnen, dass sie eins wurden mit der von ihm ausgewählten Umgebung. Es war seine Art, ein Statement abzugeben, und dafür hatte er sich nach seiner Ankunft im nordöstlichen Ohio dieses abbruchreife Lagerhaus ausgesucht. Emma wäre ein Shooting am Seeufer oder im botanischen Garten viel lieber gewesen, aber solche Orte übten auf einen Künstler wie Bainbridge offenbar nicht die gleiche Anziehung aus wie das hier.

Bislang hatte sie Ian noch nicht zu Gesicht bekommen; nur die Leute von der Security schritten den abgesperrten Bereich ab, um Schaulustige davon abzuhalten, mit ihren Smartphones Bilder zu machen. Ein Zelt war als zusätzliche Barriere aufgebaut worden. Darin wurden die Teilnehmer mit Farbe besprüht und von dort direkt in das heruntergekommene Lagerhaus geführt. Das Ganze war bestens durchorganisiert, was für Emma bedeutete, dass jeden Moment die Aufforderung an sie ergehen würde, Jeans und T-Shirt abzulegen. Ihre Handflächen waren schweißnass. Allein nackt unter der Dusche zu stehen war normal. Nackt zu sein, um mit einem Mann auf ein, nun ja, erfreuliches Ziel hinzuarbeiten, war für den Zweck unverzichtbar. Aber nackt inmitten von zweihundert Fremden? Das war alles andere als normal.

Es war nicht so, als wäre sie prüde. Sie war bloß sittsam, und daran war nichts verkehrt. Sie würde nicht zulassen, dass Kyle ihr ein schlechtes Gewissen einredete.

„Meine Mätzchen?“, gab er zurück. „Tut mir leid, Mom, ich werde jetzt brav sein, versprochen. Wir werden uns ganz köstlich amüsieren.“ Dann grinste er sie dämlich an und ließ seine Arme vor und zurück schwingen.

Sein Sarkasmus kam alles andere als gut bei ihr an. Okay, vielleicht war sie ein klein wenig prüde. Oder vielleicht war sie ein bisschen verstimmt, weil Kyle im Büro jede Frau zwischen vierundzwanzig und fünfzig anbaggerte, mit ihr aber bis heute nicht ein einziges Mal geflirtet hatte. Taugte sie nicht zum Flirten? Klar, sie würde niemals in Erwägung ziehen, sich mit ihm zu verabreden. Nicht in einer Million … ach, nicht mal in einer Billion Jahren. Trotzdem wäre es nett gewesen, wenn er es zumindest mal versucht hätte.

Warum sie sich in diesem Moment darüber Gedanken machte, war ihr ein Rätsel. Sie durfte sich nicht mit Kyle befassen, sondern musste sich darauf konzentrieren, Ian zu finden.

„Außerdem wäre Claire das völlig egal", fügte Kyle hinzu. „Sie wollte sowieso nicht, dass gleich zwei von uns bei der Story mitmachen."

Das war ihr neu. „Und wieso bist du dann hier?"

Kyle ergriff ihren Ellbogen und dirigierte sie in Richtung der Schlange, die sich vor dem Zelt gebildet hatte. „Ich finde, wir sollten hier sein. Ich kenne Bainbridges Arbeit und dachte, es wäre eine coole Sache, dabei mitzumachen. Es gefällt mir, dass er so ein mutiges Statement abgibt." Er zwinkerte ihr zu. „Außerdem ist das die Gelegenheit, sich mal in aller Öffentlichkeit auszuziehen, ohne dass die Cops einen einkassieren. Wie oft kommt so was schon vor?"

Emma warf mit einer knappen Kopfbewegung ihr blondes Haar über die Schulter. Eigentlich hätte sie zum Friseur gemusst, weil es zu lang war, doch heute Morgen hatte sie es dennoch nicht zum Pferdeschwanz zusammengebunden. Sie hatte geglaubt, sich nicht ganz so nackt zu fühlen, wenn die Haare auf ihren Schultern ausgebreitet lagen. Das war allerdings ein Trugschluss gewesen, denn ihre Brüste würden ja vollständig unbedeckt sein. Es war offenbar ein verzweifelter Versuch gewesen, ihre Angst zu lindern, auch wenn sie nicht genau sagen konnte, wovor sie sich so fürchtete. Sie wusste nur, dass sie schon Wurzelbehandlungen über sich hatte ergehen lassen, die ihr nicht halb so viel

Angst gemacht hatten wie das hier. Vielleicht sollte ich mir eine Betäubungsspritze geben lassen, überlegte Emma und seufzte.

„Du bist ein Freak, weißt du das?", sagte sie zu Kyle. „Leute sollten sich nicht gemeinsam nackt umherwälzen."

Er zog eine Augenbraue hoch. „Ach wirklich? Wissen das auch die Leute, die Sex haben?"

So hatte sie das natürlich nicht gemeint. Emma bekam einen roten Kopf, als sie in der Schlange weiter nach vorn rückte. Bloß noch acht Leute, dann war der Eingang zum Zelt erreicht. Dem Zelt, in dem sie ihre Kleidung ausziehen würde. Dem Zelt, in dem sie vermutlich in Panik ausbrechen würde. „Du weißt, wie ich das gemeint habe! Es ist nichts normal daran, zweihundert nackte Menschen in ein Lagerhaus zu stecken."

„Das ist keine Massenorgie, sondern Kunst. Deshalb macht Bainbridge das ja", erklärte Kyle. „Wir Amerikaner sind von der Nacktheit fasziniert, und zugleich fühlen wir uns unbehaglich. Das ist der Blickwinkel, aus dem ich schreiben werde. Claire lässt mich eine Kolumne darüber schreiben, dass zum Beispiel in Filmen und in der Werbung eine Übersexualisierung zu beobachten ist, während bei der Kunst immer noch moralische Einschränkungen existieren."

Na, großartig.

Irgendwie war es Kyle gelungen, einen Ansatz zu finden, der viel mehr in die Tiefe ging als das, was Emma sich vorgenommen hatte. Im Gegensatz zu seinem Text würde ihr

Artikel jetzt so interessant wie eine Schlaftablette werden. Dabei hatte sie gehofft, an den Fotografen heranzukommen und ihn zu diesen Vorfällen mit dem Stalker zu befragen. Der Unbekannte, der schon mehrmals ausgewählte Motive verwüstet und dadurch Zeit und Geld gekostet hatte, da für das Fotoshooting alles wieder hergerichtet werden musste, schien es wegen Ians Kunstform auf den Mann abgesehen zu haben.

Es war jedoch mehr als fraglich, ob sie auch nur in die Nähe des Fotografen gelangen würde – von Fragen zu diesem heiklen Thema ganz zu schweigen. Sehr wahrscheinlich kam für sie am Ende nichts weiter als ein Bericht über das Shooting an sich heraus, während Kyle einen gründlich recherchierten Artikel verfassen würde, in dem er außerdem Stellung zu einem heiklen Thema nehmen konnte.

Im Augenblick war Emma sich nicht sicher, ob Kyle ihr überhaupt noch unsympathischer werden konnte. „Hört sich nach etwas ziemlich Offensichtlichem an", gab sie beiläufig zurück. Was sollte sie sonst auch sagen? Dass er schlauer war als sie? Eher würde sie an diesen Worten ersticken, bevor die ihr über die Lippen kommen konnten.

Sie arbeitete wie besessen für das Magazin und hatte fast ihr gesamtes Privatleben geopfert, um Karriere zu machen, während Kyle gerade mal das Nötigste tat. Und wer von ihnen stand öfter als Autor unter einem Artikel?

Das war einfach nicht fair.

Sie war entschlossener als je zuvor, ein paar Minuten lang Ian Bainbridge zu interviewen.

Aber erst mal musste sie sich ausziehen.

„Verzichtserklärung“, herrschte eine ältere Frau sie an, als sie sich dem Eingang zum Zelt näherten.

Emma zog das Standardschreiben mit klammen Fingern aus der Tasche und gab es der Frau, während sie sich auf die Unterlippe biss. Sie überlegte, ob sie Kyle wohl irgendwie entwischen konnte, wenn der Moment kam, in dem man sie mit Farbe bemalen würde. Der Tag wäre womöglich nicht ganz so demütigend und schrecklich, wenn sie ihn für eine Weile ohne ihren selbstbewussten und sexy Kollegen verbringen konnte.

„Sieht alles ordentlich aus“, sagte die Frau schroff und legte ein Plastikband um Emmas Handgelenk. „Sie stellen sich rechts an. Sie werden grün sein.“

„Grün?“ Emma schaute argwöhnisch in die angezeigte Richtung. Dort standen fünf Leute, zwei zogen soeben ihre Hosen aus, zwei andere trugen bereits nur noch Unterwäsche. Jeder konnte ungehindert einen Blick auf die riesigen Brüste der einen Frau werfen. Der Erste in der Schlange, ein älterer Mann, bekam gerade seinen Hängebauch in Smaragdgrün besprüht.

Himmel!

„Grüne Farbe. Sie werden grün sein. Machen Sie schon, Sie halten hier den ganzen Betrieb auf.“ Die Frau starrte sie ungeduldig an.

„Und was ist mit mir?“, fragte Kyle. „Werde ich auch grün? Dann würde ich mir vorkommen wie der unglaubliche Hulk. Sie würden mir meinen Kindheitstraum erfüllen.“

Die Frau, die Emma gegenüber so schroff und hastig gewesen war, lächelte jetzt und begann amüsiert zu kichern. „Eigentlich sollen wir nur jeden Zweiten nehmen, aber ich denke, für Sie kann ich eine Ausnahme machen."

Emma verdrehte die Augen.

Kyle zwinkerte der Hexe zu, die sich als freiwillige Helferin getarnt hatte. „Danke, Puppe, du hast was gut bei mir."

Puppe? War das sein Ernst?

Gleich darauf löste sich Emmas Verärgerung über Kyles Überredungskünste jedoch in Luft auf, als ein Mann vor ihr meinte: „Hier ist der Beutel für Ihre Kleidung, und das ist die Nummer, mit der Sie ihn später abholen können. Wenn Sie fertig sind, geben Sie Jane den Beutel und stellen sich in die Reihe zum Färben."

Emma nahm Tasche und Nummer an sich, blieb dann aber wie angewurzelt stehen und musste erst mal schlucken. Sie konnte das nicht machen. Sie konnte sich nicht hier inmitten von so vielen Leuten ausziehen. Okay, niemand starrte sie an, weil es niemanden kümmerte. Alle hier gingen mit ihrer teilweisen Nacktheit so um, als würden sie so was jeden Tag tun. Die Erkenntnis, dass sie verlegen war, machte sie bloß noch verlegener. Sie stand da, schwitzend, mit rasendem Herz, kurzatmig, einer Panik gefährlich nahe.

Plötzlich fasste Kyle sie am Ellbogen. „Hey, du musst das nicht tun, wenn du nicht willst. Deinen Artikel kannst du auch schreiben, ohne dass du mitgemacht hast."

Antworten konnte sie nicht, da sie gegen eine massive Übelkeitsattacke ankämpfen musste, aber sie nickte ihm dankbar zu. Kyle sah sie erstaunlich mitfühlend an, sein Tonfall hatte nichts Ironisches oder Herausforderndes mehr an sich. Ja, er hatte recht. Sie musste das nicht machen. Nur weil es ihr nicht gefiel, sich die nackten Brüste mit koboldgrüner Farbe besprühen zu lassen, war sie noch lange nicht prüde. Es zeigte vielmehr, dass sie sittsam war, und es bewies, dass sie für sich den richtigen Karriereweg gewählt hatte. Als Stripperin oder Kellnerin bei Hooters hätte sie es nicht weit gebracht, und mit dieser Tatsache konnte sie leben. Sie würde einen schönen Artikel über das Fotoshooting schreiben, und angezogen hatte sie vielleicht sogar eine bessere Chance, mit dem Fotografen ins Gespräch zu kommen. Immerhin konnte sie ihn ja nicht interviewen, wenn sie in einem Meer aus bemalten Nackten stand. Außerdem hatte sie bereits genug gesehen, um einen brauchbaren Text schreiben zu können.

Emma seufzte erleichtert, während Kyle sie aufmunternd anlächelte, an ihr vorbeiging und sein Shirt auszog. Aus nächster Nähe konnte sie nun seine Rückenmuskeln und diese kleine sexy Kuhle in Höhe des Kreuzes bewundern. Dann drehte sie sich schnell weg. Einerseits kam sie sich wie eine Spannerin vor, andererseits machte sie diese Aussicht mit einem Mal unglaublich scharf … Es war Zeit, woanders hinzusehen.

Allerdings fiel ihr Blick dabei auf die Frau, die hinter ihr stand und sich gerade bis auf ein weißes Bikinihöschen entblättert hatte. Ehe sie woanders hinschauen konnte, bemerkte sie bei der Frau die Narben einer beidseitigen Brustamputation. „Oh, tut mir leid“, murmelte sie entsetzt. Sie fühlte sich, als wäre sie beim Anstarren erwischt worden, obwohl das Ganze keine drei Sekunden gedauert hatte.

Die Frau schenkte ihr ein freundliches Lächeln. „Kein Problem. Wir stehen hier ja so dicht gedrängt wie die Ölsardinen, aber ich glaube, das wird noch schlimmer kommen. Ich bin nur froh, dass ich heute Morgen mein Deo nicht vergessen habe.“

Emma erwiderte das Lächeln schwach. „Stimmt, doch ich denke nicht, dass ich … Ich finde, ich sollte besser …“ Sie wusste nicht, wie sie ihr Unbehagen erklären sollte, was wohl daran lag, dass ihr der Grund dafür nicht so klar war.

„Nicht Ihr Ding, wie?“ Die Frau machte einen provisorischen Knoten in ihr dunkles Haar. „Als ich zwanzig war, hätte ich das vermutlich auch nicht machen wollen. Aber heute kümmert mich das nicht mehr. Mir gefällt die Botschaft, die der Fotograf rüberbringen will: dass wir alle Menschen sind und keine Maschinen oder Unternehmen.“ Sie deutete auf ihren Oberkörper. „Oder Pharmakonzerne oder Versicherungsunternehmen. Wir sind Menschen, und wir stecken in unvollkommenen Hüllen.“

Emma biss sich auf die Unterlippe. „Sie haben völlig recht. Meine Mutter hat bei meiner Erziehung eben einfach großen Wert auf Sittsamkeit gelegt, weil mein Großvater bei uns lebte. Es kommt mir so unnatürlich vor.“ Sie hatte jedoch oft den Eindruck gehabt, dass Sittsamkeit für ihre Mutter auch ein ganz persönliches Anliegen gewesen war. Sie hatte wahrscheinlich immer befürchtet, Emma könnte genauso enden wie sie – schwanger mit achtzehn, alleinerziehende Mutter mit zwanzig. Welche Gründe letztlich eine Rolle gespielt hatten, konnte Emma gar nicht sagen. Auf jeden Fall hatte man bei ihr zu Hause die Kleidung anbehalten, und von nackten Menschen umgeben fühlte sie sich nicht wohl.

Bestimmt war sie nicht die Einzige, die so empfand, doch es war anzunehmen, dass alle anderen, die sich lieber bedeckt hielten, von vornherein einen großen Bogen um diese Veranstaltung machten.

„Kann ich total verstehen", stimmte die Frau ihr zu. „So ging es mir auch. Aber ich glaube, das hier zeigt uns, dass wir in Wahrheit doch von unserer Biologie gesteuert werden, nicht wahr? Ob Hunger oder Sex oder Krankheiten: Wir werden von unserem Körper kontrolliert. Also müssen wir uns nicht auch noch von Konzernen beherrschen lassen. Befreien wir uns von dieser Kontrolle."

Bislang hatte Emma sich nie Gedanken darüber gemacht, ob und wie sie von ihrem Körper beherrscht wurde. Außer wenn Kyle sich in der Nähe aufhielt. Dann übernahm ihr Körper eindeutig die Kontrolle. Dann hatte ihr Verlangen ihre Nippel im Todesgriff, und ihre Lust versuchte beharrlich, ihre Schenkel auseinanderzudrücken.

„Ja, das ist wahr", sagte sie zu der Frau und kam sich plötzlich vor, als würde sie von neuer Energie und Entschlossenheit angetrieben. „Danke, ich möchte mich auch befreit fühlen.“ Sie wollte nicht länger die langweilige, arbeitswütige Kollegin sein, für die der Serienflirter Kyle nichts übrighatte. Sie wollte nicht länger nur die Angestellte Emma mit dem Handy und den vernünftigen Schuhen sein, sondern wenigstens hin und wieder die lockere und lässige Emma, die ein Privatleben inklusive Sex hatte.

Also atmete sie einmal tief durch. Und dann zog sie ihr T-Shirt aus.

In dem Moment drehte sich ein lachender Kyle zu ihr um, der sich eben wieder die Baseballkappe aufsetzte. „Hey, Em, sieh dir mal …“

Sie öffnete den BH und befreite ihre Mädels, bevor sie es sich anders überlegen konnte.

Kyles Grinsen erstarrte kurz und verschwand schließlich ganz. Aus seiner Kehle drang ein erstickter Laut.

Emma fasste nach den Knöpfen ihrer Jeans.

Jetzt gab es kein Zurück mehr.

Doch beim Blick in sein Gesicht verlor sie auch jedes Interesse an einem Rückzieher. Für Kyle wollte sie alles ausziehen, was sie am Leib trug.

Die Frage war nur, ob er genauso empfand wie sie.

2. *KAPITEL*

Kyle vergaß den dummen Witz, den er wegen seiner grünen Haut hatte reißen wollen. Er vergaß, dass er von Kopf bis Fuß mit kalter, juckender Farbe überzogen war. Er vergaß einfach alles.

Und das, weil seine Kollegin, die nur ihre Arbeit und sonst gar nichts zu kennen schien, soeben ihren BH ausgezogen hatte. Zum Vorschein gekommen war ein Paar perfekte Brüste der Körbchengröße C. Die festen rosigen Nippel schienen ihm förmlich zuzuzwinkern. Er hatte absolut nicht damit gerechnet, dass sie das durchziehen würde. Es passte nicht zu der Seite ihrer Persönlichkeit, die er kannte, und er konnte es ihr nicht mal verübeln, wenn sie einen Rückzieher gemacht hätte. Für die Frauen war das Spektakel entblößender als für die Männer. Er trug schließlich immer noch seine Unterhose – es war also wirklich nichts Wildes. Manchmal brachte er ja sogar in Boxershorts den Müll raus. Doch angesichts der Besessenheit mancher Männer für die weibliche Oberweite konnte er jede Frau verstehen, die sich nicht vor ein paar Hundert Leuten ausziehen wollte.

Allerdings war er sehr froh, dass Emma sich letztlich dazu durchgerungen hatte. Dieser Anblick würde seine Wunschträume weiter beflügeln. Außerdem kannte er jetzt die Antwort auf die eine Frage, die ihm in den letzten Wochen zu schaffen gemacht hatte: War diese vollkommene Form einem Push-up-BH zu verdanken, oder war das pure Natur?

Es war pure Natur, daran bestand kein Zweifel mehr.

Der BH hielt nur, was tatsächlich vorhanden war; er war nicht der Erschaffer des grandiosen Dekolletés, das sie immer unter dünnen Pullovern und Ähnlichem zu verstecken versuchte.

Ihm wurde bewusst, dass er schon viel zu lange dastand und keinen Ton sagte. Also zwang er sich, den Blick von ihren Brüsten zu ihrer Hand weiterwandern zu lassen, von deren Daumen der rote BH baumelte. In die Augen konnte er ihr nicht sehen, denn ihm war klar, dass sie ihm sofort die Lust anmerken würde, die ihm ins Gesicht geschrieben stand.

„Also ziehst du's durch", stieß er hervor und hoffte, dass er fröhlich genug klang. „Cool. Das wird sicher lustig werden." Himmel, er musste sich anhören wie ein Idiot. Allerdings befand er sich am Rand der Verzweiflung, denn ihre Finger waren jetzt damit befasst, ihre Jeans aufzuknöpfen. Er stand nur in Unterwäsche vor ihr, und wenn grüne Farbe auch ein paar Pickel kaschieren konnte, half sie ihm bei einem gigantischen Ständer nicht weiter.

Er sollte wegschauen, sollte sich unbedingt auf etwas anderes konzentrieren. Aber der Reißverschluss ging Stück für Stück auf, und er fühlte sich zu dem Anblick genauso hingezogen wie Bienen zu Honig. In diesem Fall verdammt sexy Honig. Er konnte sich nicht abwenden. Immerhin war Emma die einzige Frau in der Redaktion, die noch nie einen Hauch von Interesse an ihm hatte erkennen lassen. Oder besser gesagt: die noch nie einen

Hauch von Interesse an Männern überhaupt oder auch nur an Sex gezeigt hatte.

Das hier war möglicherweise seine einzige Chance, zu sehen, welche Freuden sie vor aller Welt versteckt hielt. Obwohl er mit seinem Gewissen ringen musste, wollte er gleichzeitig doch wenigstens einen kurzen Blick auf ihre verbotene Frucht werfen. Dann sah er etwas Weißes aufblitzen und überlegte es sich anders. Zeit, woanders hinzuschauen. Er würde seine Reaktion nicht verbergen können, wenn er auch bloß einen Moment darüber nachdenken würde, was sich unter dem halb durchsichtigen Spitzenstoff ihres Slips befand.

Er hob den Kopf, um ihr wieder in die Augen zu sehen, musste auf dem Weg dorthin aber innehalten, als Emma sich aus ihren Jeans schälte und ihre Brüste bei jeder Bewegung wippten. Himmel, er gab sich ja wirklich Mühe, das alles zu ignorieren – doch es war so verlockend wie ein Festmahl, das man einem Verhungernden hingestellt hatte. Ihm lief das Wasser im Mund zusammen. Und was seine Befürchtung hinsichtlich seiner Reaktion betraf, hatte sie sich soeben bewahrheitet: Er hatte eine Erektion von den Ausmaßen des Sears-Towers.

Dann beugte Emma sich vor, um die Jeans über ihre vollen Hüften weiter nach unten zu schieben. Dabei kam sie seiner Erektion bedenklich nahe. Er durfte sich um Himmels willen nicht ausmalen, was in der gleichen Position unter ganz anderen Umständen passieren konnte. Kyle wollte die Hände in die Hosentaschen schieben, um sich selbst davon abzuhalten, nach Emma zu fassen. Erst jetzt fiel ihm wieder ein, dass er momentan gar keine Hosentaschen hatte.

Emma stieß einen leisen Schrei aus, als sie bei dem Versuch, ihren Fuß aus den Jeans zu ziehen, das Gleichgewicht verlor. Sofort streckte Kyle eine Hand aus und gab ihr Halt. Zwar war es eine durchaus reizvolle Vorstellung: sie, halb nackt auf dem Boden liegend. Doch er war nun auch nicht so krank im Kopf, dass es ihm egal gewesen wäre, ob sie sich dabei womöglich verletzte. Was er bislang gesehen hatte, sollte seine Fantasie sowieso erst mal für eine Weile anregen.

„Danke", hauchte sie und blickte ihn mit ihren bernsteinfarbenen Augen an. Was in diesem Moment in ihr vorgehen mochte, konnte er nicht sagen.

Sie stand da und drückte ihre Jeans zusammen mit den restlichen Klamotten an sich, um ihre Brüste zu bedecken. Die Hose, das T-Shirt, der BH und der Beutel ließen so kaum etwas von ihrer nackten Haut erkennen. Das galt jedenfalls für die wirklich interessanten Körperpartien. Kyle war erleichtert und zugleich enttäuscht.

„Komm, stell dich vor mich, bis du besprüht wirst. Dann kann ich den Leuten die Sicht auf dich versperren", schlug er vor, weil ihr deutlich anzumerken war, wie unbehaglich ihr ihre eigene Nacktheit war. Ihre Wangen waren gerötet, und sie war etwas näher an ihn herangetreten, so als wollte sie auf Abstand zu den anderen in diesem Zelt gehen.

Wenn sie das hier durchziehen wollte, würde er ihr dabei helfen. Er wollte, dass sie ihm vertraute, und wenn er es sich jetzt durch den Kopf gehen ließ, gefiel ihm der Gedanke gar nicht, dass die anderen Kerle in diesem Zelt genauso wie er auf ihre Brüste starrten.

Sie kniff die Augen ein wenig zusammen. „Wo ist der Haken?“

Er hielt beide Hände hoch. „Es gibt keinen, ganz ehrlich. Ich will einfach nur nett sein. Du kannst mich ja verklagen, wenn dir das nicht gefällt.“ Er zeigte sich von seiner besten Pfadfinder-Seite, indem er ihr stur in die Augen sah, und sie meinte, er hätte irgendwas vor? Er fühlte sich beleidigt.

„Ich will nur sicher sein, dass ich nicht zur Lachnummer werde.“

„Hältst du mich wirklich für so ein Arschloch?“ Kyle ging um sie herum und warf einem Typen einen finsteren Blick zu, den er verdächtigte, Emmas Po anzuglotzen. Diesen vollkommenen Po, der – oh Gott – von einem Bikinislip bedeckt wurde. Er lag wie eine zweite Haut auf ihren perfekt geformten Pobacken, sodass für die eigene Fantasie wenig auszumalen blieb. Aber immerhin war es kein G-String. Trotzdem war es kein Wunder, dass dem Kerl fast die Augen aus dem Kopf fielen. Kyle musste selbst schlucken, während er die grünen Arme vor seiner Brust verschränkte. Er wusste, dass seine Schultern und Hüften breit genug waren, um einigen Leuten die Sicht auf Emma zu versperren. An der Highschool hatte er Hockey gespielt, und er trainierte heute noch mit Gewichten. Enge Jeans konnte er mit dieser Figur nicht tragen, und er schreckte nicht davor zurück, notfalls die Muskeln spielen zu lassen.

Der Typ ließ seinen interessierten Blick weiterwandern. Das hätte Kyle dem kranken Mistkerl auch spätestens jetzt geraten. Allerdings wusste er nicht so recht, ob er selbst nicht ebenfalls in Richtung Mistkerl tendierte – was ihm im nächsten Moment von Emma bestätigt wurde.

„Ich halte dich nicht für ein Arschloch, aber ich finde schon, dass du dich quer durchs ganze Büro flirtest und ein ziemlicher Scherzbold bist“, sagte sie. Sehen konnte er sie nicht, da er mit dem Rücken zu ihr stand. Er hörte nur, wie der Plastikbeutel raschelte, als sie ihre Kleidung einpackte.

Wenn er Emma reden hörte, hatte er manchmal den Eindruck, dass sie aus einem anderen Jahrhundert stammte. Oder zumindest ihre Wortwahl. „Scherzbold?“, wiederholte er schnaubend. „Wieso? Nur weil mir meine Arbeit Spaß macht?“

„Die dir vor allem dann besonders viel Spaß macht, wenn du dich in der Buchhaltung an Gina mit dem tiefen Ausschnitt ranmachst. Für gewöhnlich, wenn du mit irgendeinem Termin eine Stunde oder mehr hinterherhängst.“

Die Erkenntnis war für Kyle ein Schock. Es war ihm immer so vorgekommen, als würde Emma ihn nicht mögen, und jetzt stand fest: Sie mochte ihn nicht.

Das war okay. Nicht toll, aber okay. Es war ihr gutes Recht, ihn nicht zu mögen, auch wenn er noch so scharf auf sie war. Doch sie hatte nicht das Recht, seine berufliche Integrität anzugreifen. „Ich habe noch nie eine Frist verstreichen lassen. Und falls du es unbedingt wissen willst: Ginas tiefer Ausschnitt kümmert mich gar nicht. Ihr Mann ist ein guter Freund von mir, und Gina und ich sind dadurch ebenfalls befreundet. Mehr ist da nicht."

„Du hast noch nie eine Frist verstreichen lassen? Willst du mich auf den Arm nehmen? Und willst du mir ernsthaft weismachen, dass du nicht mit jeder Frau im Büro flirtest?"

„Noch nie eine Frist versäumt. Nicht ein einziges Mal", beharrte er. Er und Claire hatten vereinbart, dass er von montags bis donnerstags jeweils statt um acht erst um halb neun ins Büro kommen konnte, wenn er dafür freitags eine Stunde früher erschien und eine weitere Stunde an den eigentlichen Feierabend dranhängte. Möglicherweise führte das zu einer Wahrnehmung, er würde zu wenig arbeiten, aber er sah nicht ein, warum er ihr das erklären sollte.

„Ich bin freundlich", fügte er stattdessen hinzu, „und ich mag Menschen. Seit wann ist das ein Verbrechen?" Genau genommen war das der Hauptgrund dafür, dass er seine Arbeit so gut leiden konnte. Er hatte nicht nur mit den Leuten im Büro, sondern mit der ganzen weiten Welt zu tun. Die gesellschaftlichen Anlässe, die Sportveranstaltungen, die Wohltätigkeitsbälle – er berichtete über alles, was sich auf dem Gebiet abspielte, und es machte ihm riesigen Spaß. Zugegeben, ihm war das Sportressort weggenommen worden, weil er sich eine kleine Eigenmächtigkeit mit seinem Presseausweis erlaubt und so einem an Krebs erkrankten langjährigen Kumpel das einmalige Erlebnis verschafft hatte, die Footballspieler der Cleveland Browns persönlich kennenzulernen. Doch er bedauerte seine Degradierung kein bisschen.

Hinzu kam, dass sich ihm durch seine Kolumne über Kunst und Unterhaltung ein Teil der Stadt erschlossen hatte, der ihm bis dahin völlig unbekannt gewesen war. In dem, was er machte, war er zudem verdammt gut, aber nichts davon schien Emma zu kümmern.

Es machte ihn wirklich wütend, dass sie es so hinstellte, als würde er sich ständig bedenklich nahe am Tatbestand der sexuellen Belästigung bewegen. „Außerdem flirte ich nicht mit *jeder* Frau – oder habe ich mit *dir* schon mal geflirtet?“, bemerkte er noch.

Als sie daraufhin entrüstet nach Luft schnappte, kam ihm der Gedanke, dass das womöglich nicht das beste Argument war, das er in diesem Moment hatte vorbringen können. Der vorwurfsvolle Blick der Frau, die in der Schlange ursprünglich hinter Emma gestanden hatte, sich jetzt aber vor ihm befand, bestätigte seinen Verdacht. Dass sie den Kopf flüchtig schüttelte, war eindeutig eine freundliche Warnung gewesen.

„Was ich natürlich nur nicht mache, weil ich vor dir zu großen Respekt habe“, ergänzte er hastig. Normalerweise war das ein Spruch, mit dem sich ein Mann vor einer Menge Ärger bewahren konnte. Zumindest war das die Erfahrung, die er bei anderen Frauen gemacht hatte.

„Du bist ein Weichei“, konterte Emma kurz und knapp. „Von wegen Respekt.“

Emma war eindeutig nicht wie andere Frauen. Die anderen hätten eine solche Erklärung charmant gefunden, Emma hielt sie für Gewäsch. Das war ein Problem, das er nicht so recht zu lösen wusste. Warum er das überhaupt wollte, war ihm selbst ein Rätsel, aber auf jeden Fall konnte er das nicht auf sich beruhen lassen. Es machte ihm ebenso zu schaffen wie die Tatsache, dass er seit Monaten keinen Weg fand, ihr Interesse an ihm zu wecken. Und jetzt kam es ihm sogar so vor, als hätte er zwei Aufträge gleichzeitig zu erledigen: nämlich zum einen, Emma dazu zu bringen, dass sie seine guten Eigenschaften zur Kenntnis nahm, und zum anderen, herauszufinden, warum Arbeit und Vergnügen sich ihrer Meinung nach gegenseitig ausschlossen.

„Vielleicht flirte ich ja bloß nicht mit dir, weil du so gemein zu mir bist", sagte er ausweichend, da er das Gefühl hatte, bei Emma mit Gegenargumenten nicht ans Ziel zu gelangen. Jedes weitere Widerwort würde ihr nur einen Vorwand liefern, um wütend davonzumarschieren. Wenn er ruhig war, würde sie sich eventuell wieder beruhigen.

Sie schnaubte verächtlich. „Ich bin überhaupt nicht gemein zu dir." Im nächsten Moment klatschte etwas gegen seinen Rücken. „Hier, halt meinen Beutel", forderte sie ihn auf.

Kyle verstand das als Einladung, sich zu ihr umzudrehen.

Also drehte er sich um …

… und war froh darüber, dass er es getan hatte.

Emma zitterte förmlich vor Entrüstung über ihr Gespräch, sie hatte eine Gänsehaut und starrte ihn herausfordernd an. Und sie hielt nicht länger den Beutel in der Hand, mit dem sie ihre Brüste hätte bedecken können. Die wippten bei jeder Bewegung sanft hin und her, seit sie vom BH befreit worden waren. Oh ja, er sah hin. Und es tat ihm kein bisschen leid. Er nahm ihr den Beutel ab und beobachtete sie interessiert, während sie dastand und die Arme seitlich ausstreckte, damit sie mit grüner Farbe besprüht werden konnte.

„Du siehst lächerlich aus", meinte sie zu ihm und stieß gleich darauf einen spitzen Schrei aus, als die erste Lage der kalten Farbe auf ihre Haut traf.

„Besonders elegant wirkst du auch nicht gerade", gab er zurück. Allerdings sah sie nicht lächerlich, sondern zum Anbeißen aus. Sogar wenn sie sauer war, strahlte sie dieses gewisse Etwas aus. Sie war einfach heiß. Wenn sich diese Leidenschaft auch aufs Schlafzimmer erstreckte und wenn sie sich dort ein wenig von ihrer geschäftsmäßigen Coolness löste, würde sie durchaus in der Lage sein, einen Mann mit Haut und Haar zu verschlingen. Sie würde das Sagen haben und Forderungen stellen, sie würde ihn aufs Bett drücken, während sie seinen Schwanz in den Mund nahm …

„Wieso hast du diese Kappe auf?", wollte sie wissen.

„Hm?" Kyle wünschte sich mehr als andere, seine Unterhose zurechtziehen zu können. In den unteren Regionen wurde es immer unbequemer und schmerzhafter. Dieses ständige Auf und Ab tat keinem Mann gut. „Weil darunter mein Schlüsselbund versteckt ist. Ich bin nämlich nicht sicher, ob ich diesem Zahlensystem bei den Beuteln wirklich vertrauen kann.“ Brieftasche und Handy hatte er von vornherein im Wagen gelassen, aber er wollte nicht, dass sein Schlüsselbund mit einem anderen verwechselt wurde.

„Das können Sie beim Shooting nicht anbehalten.“ Die Frau, die Emma besprühte – eine stark tätowierte Mittzwanzigerin –, warf ihm einen missbilligenden Blick zu. „Ian gestattet keine Requisiten.“

„Ich weiß. Ich werde die Kappe rechtzeitig abnehmen.“

„Du trägst deinen Schlüsselbund auf dem Kopf mit dir herum?“, fragte Emma und trat einen Schritt nach vorn, als die junge Frau sie für fertig besprüht erklärte. „Du siehst echt albern aus.“

Sie bewegte sich wie Frankensteins Monster: die Arme vor sich ausgestreckt, die Knie steif, das Gesicht von der noch nassen Farbe glänzend und sehr, sehr grün. Ein wenig Farbe war an ihre Haare gekommen, was sie aussehen ließ, als hätte sie in einem wilden Paintball-Gefecht den Kürzeren gezogen. Ihre Nippel konnten in dieser Farbgebung für kleine Rosenkohlröschen durchgehen. Gleich nach dem Einsprühen hatte sie sich an der Nase gekratzt, und so blitzte dort ein Stückchen blanker Haut zwischen dem Grün auf. Definitiv war er hier ganz bestimmt nicht der Einzige, der albern aussah.

„Wenn du mich weiter als albern bezeichnest, werde ich so viele Witze über dich reißen, dass es dir leidtun wird.

Nur mal so als Warnung", entgegnete er.

Sie streckte ihm die Zunge raus, die von grünen Lippen umrahmt in einem kräftigen Rosaton leuchtete. Das hätte wirklich nicht sexy sein sollen, aber genau das war es. Gegen seinen Willen malte sein Verstand sich aus, wie diese Zunge über seinen Körper wanderte, um ihn lustvoll zu quälen.

Kyle trat unbehaglich von einem Fuß auf den anderen. Er musste schnellstens von hier weg, bevor er noch auf die Idee kam, Emma gegen die nächste Wand zu drücken, seine grünen Arme um ihren grünen Leib zu schlingen und etwas folgen zu lassen, was man wohl nur als Alien-Porno hätte bezeichnen können.

Zum Glück wurde er vor dieser womöglich peinlich endenden Idee bewahrt, als ein Mann sich über eine Lautsprecheranlage an die Menge wandte: „An alle Teilnehmer, Sie müssen sich jetzt ins Lagerhaus begeben, wo die Helfer jedem von Ihnen einen Platz zuweisen werden."

Die Leute setzten sich in Bewegung, ein Teil von ihnen in Grüntönen eingefärbt, die von Moos bis Smaragd reichten, andere in einer Vielzahl von Brauntönen. Emma zögerte, woraufhin sich Kyle vorbeugte und ihr beschwichtigend ins Ohr flüsterte: „Hat dir schon mal jemand gesagt, dass du in Grün toll aussiehst?"

„Nein", erwiderte sie mürrisch. „Grün gehört nicht zu meinem Farbschema."

„Vielleicht liegt das daran, dass dich noch niemand ganz in Grün gesehen hat. Das steht dir nämlich wirklich gut."

„M-hm."

Als ihr ein Platz an der Wand gleich unter einem eingeworfenen Fenster zugewiesen wurde, sagte Kyle: „Gib dein Bestes, Mädchen. Stell dir vor, die Kamera wäre dein Geliebter."

Ihre Mundwinkel zuckten, als würde sie überlegen, ob sie es sich erlauben sollte, über seine Bemerkung zu lachen. Das war schon mal ein gutes Zeichen.

„Mütze runter!", knurrte eine stämmige Frau mit einem Durag auf dem Kopf und einem Klemmbrett in der Hand ihn an.

Kyle nahm die Baseballkappe ab, legte den Schlüsselbund hinein und hielt sie hinter dem Rücken, während er neben Emma in Position ging. Dann ließ er die Kappe zu Boden fallen und hörte die Schlüssel klimpern. Es war ein beruhigendes Geräusch, weil es ihm sagte, dass sie wieder von hier wegkommen würden, selbst wenn all ihre Sachen abhandenkommen sollten. Nach dem Shooting wollte er noch den einen oder anderen Teilnehmer interviewen, aber die Fakten zum Event lagen ihm bereits alle vor, da das Team des Künstlers eine umfassende Pressemitteilung herausgegeben hatte. Eine Kolumne zu schreiben, in der er seine Meinung zu einem Thema äußern konnte, war ihm von allen Aufgaben am liebsten.

„Wie fühlst du dich?", fragte er Emma.

Sie stieß ihn mit der Hüfte an. „Ich komme mir nicht wie ein Teil eines Kunstwerks vor. Ich fühle mich eher wie ein nackter smaragdgrüner Trottel. Kannst du den Fotografen irgendwo entdecken?"

„Nein.“ Er sah nur eine Reihe von grünen Hintern, als die Leute in der Reihe vor ihm aufgefordert wurden, sich auf den Bauch zu legen. „Ich bin froh, dass wir stehen dürfen. Das Gebäude ist bestimmt radioaktiv verseucht. Da möchte ich mein bestes Stück nicht mal dann mit dem Boden in Berührung kommen lassen, wenn noch meine Unterhose dazwischen ist.“ Allein der Gedanke ließ ihn schaudern. „Ich möchte schließlich irgendwann Kinder haben.“

Von der einst erfolgreichen Stahlfabrik war nur noch eine verfallene Halle übrig, deren Fenster fast alle eingeworfen waren. Der Betonboden war von einer dicken Staubschicht überzogen. Wenn Kyle genauer darüber nachdachte, gefiel es ihm auch nicht, barfuß an diesem Ort herumzustehen. Auf keinen Fall hätte er sich hingelegt und von dem Zeugs auch noch etwas eingeatmet.

„Hier ist doch bis zuletzt Stahl verarbeitet worden“, meinte Emma. „Wie gefährlich kann das schon sein?“

Kyle zeigte auf ein Schild, das schief an der Wand hing. „So gefährlich.“

Auf dem Schild stand geschrieben: *Kein Betriebsunfall mehr seit 3 Tagen.*

„Na ja, aber die Maschinen sind alle weg, und sie haben gesagt, dass das Shooting nicht sehr lange dauern wird.“

Na toll. Jetzt redete sie beschwichtigend auf ihn ein. Dabei war doch er derjenige, der ihr die Nervosität nehmen sollte. Stattdessen drückte sie nun seine Hand, als wollte sie ihm Mut machen. Moment mal. Das war eigentlich gar nicht so schlecht.

Im Gegenzug drückte er ihre Hand.

„Ich bin davon überzeugt, dass deine Fruchtbarkeit nicht beeinträchtigt wird“, erklärte sie.

Daran bestand kein Zweifel. Kyle bewegte sein Bein, sodass sein Oberschenkel ihren berührte, und sie stießen mit den Schultern aneinander. Er sah zu ihr. „Ganz sicher?“

Sie lachte kurz auf und presste schnell wieder die Lippen aufeinander. „Ja.“

„Du hast nicht mal nachgesehen.“ Er wusste, was für ein Risiko er gerade einging, aber er war zu sehr Spieler, als dass er sich die Bemerkung hätte verkneifen können. Er würde darauf wetten, dass sie ihm nicht während eines Shootings eine Ohrfeige verpassen würde.

Emma wandte sich ihm zu. Ihre Zunge glitt nervös über ihre grünen Lippen. „Kyle … was soll das hier werden?“

„Ich flirte mit dir.“

„Warum?“

„Weil du attraktiv bist. Gewusst habe ich das schon immer, aber heute habe ich das auf eine ganz neue Art zu schätzen gelernt.“

„Du fühlst dich nicht zu mir hingezogen.“

„Tja, mein grüner Riese ist da aber anderer Meinung.“ Er wollte nicht prahlen, doch seine Erregung war für jeden deutlich sichtbar, der einen Blick unter seine Gürtellinie wagte. In diesem Fall konnte nicht mal seine Unterhose darüber hinwegtäuschen.

„Dein …“ Sie sah nach unten und machte große Augen. „Oh. Oh.“

Er war sich nicht sicher, ob er jemals eine sprachlose Emma erlebt hatte. Er wusste bloß, dass es irgendwie sehr befriedigend war.

Sie starrte noch immer auf seinen Schwanz.

All die Aufmerksamkeit ließ ihn zucken, woraufhin sie zurückwich, als wäre sie von etwas gestochen worden.

Kyle lächelte. Er liebte seinen Job über alles.

Band-Nr. 35073
9,99 € (D)
ISBN: 978-3-95649-301-0
304 Seiten
Auch als eBook erhältlich!

Monica Murphy
Torn –
Ich begehre dich!

Ich hasse Gage Emerson, seine Milliarden, sein Wahnsinnslächeln, diese unglaublich grünen Augen! Der Mann kauft hier im Napa Valley Immobilien wie andere Leute Wein. Im Moment hat er es auf mein schickes kleines Café abgesehen. Und er verfolgt sein Ziel mit allen Mitteln … Ich muss einen klaren Kopf bewahren, sonst verliere ich dieses Spiel … Doch der Mistkerl bringt mich um den Verstand! Mir wird schwindelig, wenn ich nur an ihn denke – und seit unserem Quickie in seinem Sportwagen denke ich ununterbrochen an ihn. Seine fordernden Lippen auf meinen, sein verlockender Duft … Ich darf Gage nicht nachgeben, das wäre mein Ruin. Und doch wünschte ich, wir wären wieder in diesem Auto, nur wir beide, nackt …

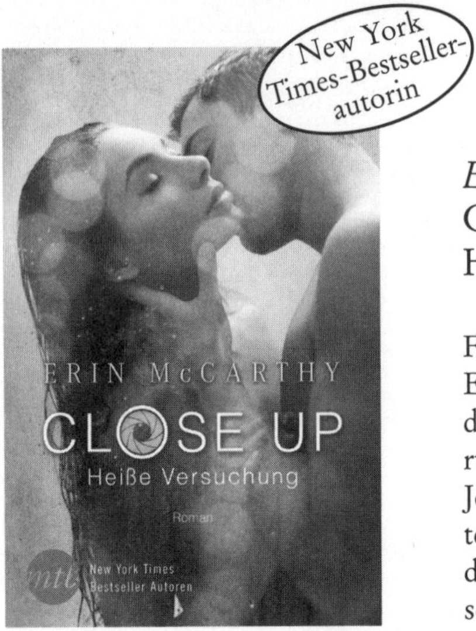

Band-Nr. 35074
9,99 € (D)
ISBN: 978-3-95649-578-6
304 Seiten
Auch als eBook erhältlich!

Erin McCarthy
Close Up:
Heiße Versuchung

Für eine gute Story würde Emma so einiges tun … und das ist auch der Grund, warum sich die schüchterne Journalistin auf ungewohntes gradezu furchteinflößendes Terrain begibt. Der für seine Nacktfotos weltberühmte Künstler Ian Bainbridge ist in der Stadt und Emma wird ihm Modell stehen. Und als ob ihr das nicht schon schwer genug fallen muss sie das ausgerechnet mit ihrem Kollegen Kyle tun – den Mann, bei dem sie schon lange weiche Knie bekommt. Alles sprach bisher gegen ihn: Abgesehen davon, dass sie sich nie getraut hätte, ihn um ein Date zu bitten, sind Beziehungen in der Firma auch streng verboten. Doch nun, nackt und ganz nah an ihm, fragt Emma sich, ob es nicht an der Zeit wäre, die Vernunft zu vergessen und sich der endlich der prickelnden Versuchung hinzugeben …

„Scharf, temporeich und superheiß!“
Publisher's Weekly